中公文庫

ファイト

佐藤賢一

中央公論新社

目次

第一試合 7
第二試合 91
第三試合 191
第四試合 269
解説 角田光代 356

ファイト

第一試合

対ソニー・リストン、ヘビー級十五回戦
世界タイトルマッチ、一九六四年二月二十五日

○ラウンド

怖い。そんな情けない言葉を、ファイターは吐《は》いてはならない。強がる見栄坊の口からは、他の言葉が出ざるをえない。

「八ラウンドKOだ。八ラウンドで、奴を叩きのめしてやる」

四本ずつ指を立てた左右の手。並べながら、八ラウンド、八ラウンドと何度も突き上げ、それだけには留まらない。会場にも来られない、テレビも見逃した。そんなファンのためだと打ち上げ、その八ラウンドの実況までしてみせた。

「クレイ前に出る。リストンと向き合う。

リストン下がる。リストン下がる。行きたいか、リングサイドの特等席。

クレイ、左をスウィング。クレイ、右をスウィング。

ほら、若きカシアス。ほら、うまい試合運び。

リストン、下がる。また下がる。さらに下がる、もう下がれない。もう時間の問題。

クレイ、ぶんと強烈パンチ。もうひとつ右、きれいなスウィング。

熊野郎、ふっとんだ。リングの外まで、ふっとんだ。

リストン、上がる。どんどん上がる。

レフェリー、こまる。ソニーが来ない。ダウンを取れない。カウントできない。

いや、リストン、もうみえない。もう、お客さん、座ってられない。

レーダー、捕らえた。リストン、みつけた。大西洋の上空だ。

なんてこと、試合をみにきて、人工衛星の打ち上げをみた。

なんてこと、大枚はたいて、ソニーの皆既日食をみた」

あげくに大声で連呼したのだ。

「俺は偉大だ。誰よりも偉大なんだ」

まったく、喋《しゃべ》りすぎた。我ながら、嫌になる。いつも喋りすぎる。後悔して、いつも胃が痛くなる。どうしてって、試合が始まる遅くとも十分前には、その言葉の全てが酷に裏返る。

八ラウンドで逆にKOされたら、どうする。前に出られなかったら、どうする。下がることしかできなかったら、どうする。リングサイドに転落？　そりゃないが、左スウィング、右スウィングと好きに殴られてしまったら、どうする。

試合のペースを取られたら……。八ラウンドにはフラフラで、身体はともかく意識のほうは大西洋まで飛ばされたら……。そんな強烈な一撃を喰らわされて、長々マットに伸びることになってしまったら……。

大恥だ——痛いのも、怪我をするのも、死ぬのも構わないと思うけれど、大恥かかされることだけは堪えられない。

ああ、なんで、ボクシングなんだ。なんで、他のスポーツじゃないんだ。ベースボールでも、フットボールでも、ああだから、こうだからと、うまく言い訳できるじゃないか。負けたところでボクシングほど、恥をかかずに済むじゃないか。

殴られるのは特別だ。張り倒されたら、スポーツだなんて綺麗な話はできやしない。殴り負けする。それは人間として、男として、存在の全てを否定されることなのだ。

だから、怖い。リングに上がるのが怖い。

「カシアス・クレイなんかが、勝てるわけがない」

それが世人《せじん》の声で間違いない。まだ若い。まだ弱い。取柄は予告KOだの何だの、やたら大口たたくことだけ。世の関心は集められても、実力は伴わない。タイトルマッチも時期尚早。かてて加えて今のチャンプは、ソニー・リストンではないか。

相手が悪い。格が違う。

世界ヘビー級チャンピオン——そのタイトルは伝説のロッキー・マルシアノが返上した。「マングース」と呼ばれる大ベテラン、アーチー・ムーアと激闘の末、フロイド・パターソンが王座についた。さすがヘルシンキオリンピックの金メダリストだ。そのパターソンを一ラウンドKOに葬《ほうむ》り去り、リマッチでも一ラウンドで退けた怪物が、ソニー・リストンという男なのだ。

その豪腕はロッキー・マルシアノを凌《しの》ぐ。「褐色の爆撃機」こと、ジョー・ルイスに匹敵する。引き比べたら、カシアス・クレイは何なんだ。葡萄《ぶどう》の玉さえ潰《つぶ》せない、軽いパンチしか打てない。それが世人の声なのだ。

馬鹿にするな——歯軋《はぎし》りしても、賭け率は七対一。圧倒的なリストン有利で、ギャンブルにすらならない。胴元はブッキングを改めた。リストンは何ラウンドでクレイをKOするか。こっちに五倍の金が集まったとも聞いた。

ファイトマネーの額だって、俺が六十三万ドル、リストンは百三十万ドル。

ちくしょう——悔しいから、俺は喋る。懲りずに喋り続けてしまう。

「金をすりたきゃ、リストンに賭けろ」

「奴は醜い。チャンピオンでいたかったら、俺みたいにプリティでないと」

「さあ、ショーが始まるぜ。これは俺様のショーだ。大逆転のショーなんだ」

怖い。こんな派手に吹いたのだから、負けて恥をかくのが怖い。笑われるのは堪えられない。それだけは我慢できない。

逃げたい。逃げられる理由はないか。風邪をひいた。いや、駄目だ。それなら計量のとき、すでに鼻を啜《すす》っていなければならない。

控え室で急に腹が痛くなった。それなら通用するかもしれないが、嘘と疑われるかもしれない。いっそ地震でも起きないものか。でなけりゃ、ハリケーンが襲ってくるとか。いや、会場の火事でもいい。

紫色の煙なら、もくもくと充満していた。アクシデントを伝えるアナウンスはない。アメリカが世界に誇る紙巻煙草が、数百本、数千本と灰になっているだけだ。

現に耳に聞こえてくる。マイアミビーチ・コンヴェンションホールは満席だ。それが大歓声なのだ。

それよりも、やかましいのはリングサイドか。シアターネットワークテレビの実況、スティーヴ・エリスが捲《まく》し立てる早口も、解説を務めるジョー・ルイスの聞き取りにくい籠《こ》もり声も、記者たちがカタカタ叩くタイプライターの音までもが、やけにはっきり聞こえてくる。

なに喋っている。なに書いている。気になって仕方ないが、俺は気づきもしない顔をして、コーナーに近いところでシャドーボクシングを続けるしかない。

ジャブ、ジャブ、左右のワンツー、またジャブ、そして右ストレート。縄なしで縄とびでもするかのように、ステップ、ステップ。軽やかに繰り返して、ステップ、ステップ。

試合開始は午後十時——テレビ中継のため、前座で時間が調整される。腹が立つほど予定の時刻きっかりに呼び出される。リング入場は否応なしだ。

はじめに俺が青コーナーから入り、それからチャンプが赤コーナーからロープを潜《くぐ》る。

暴言を後悔するとか、逃げる口実を探すとか、俺ときたら、この期に及んで何やってる。

すでに役者は揃《そろ》っている。ニュートラルコーナーで左右のロープをつかみながら、レフェリーのバーニー・フェリックスが待機している。金髪のフランキー・ウェイモンが、今宵のリングアナウンサーである。

「レディース・アンド・ジェントルメン、今宵はフロリダのマイアミビーチへようこそ。マイアミビーチ・コンヴェンションホールへようこそ。まずはじめに往年の名ボクサー、それに期待の有望株を皆さんに紹介させていただきたい」

セレモニーは、メイン・イベントにつきものだ。

ウェルター級の前世界チャンピオン、ルイス・マヌエル・ロドリゲス。ライト・ヘビー級のチャンピオン、「ザ・ダンシング・マスター」こと、ウィリー・パストラノ。ヘビー級のタイトルを狙うカリフォルニアの人気者、エディー・メイチャン。

紹介されたボクサーは、青コーナー、そして赤コーナーと選手の激励に回る。最後に紹介されたチェック柄のジャケットが、シュガー・レイ・ロビンソンである。

パウンド・フォー・パウンド（全階級通じて）最強の呼び声高い、ウェルター級とミドル級の元世界チャンピオン――シュガー・レイは、誰より尊敬するボクサーだ。この俺がファイトスタイルを手本にした名チャンプだ。

青コーナーにも激励に来てくれた。感激だ。握手で迎えた俺は、丁寧に二回お辞儀した。

深く、深く、まさに礼儀正しい若者の見本だ。

もっとも俺は、いつも模範的なわけではない。

思い出すのは一年前のラスヴェガス。リストンがパターソンとのリマッチを制した試合だ。有望株として招待され、そのときは選手を激励する側だった。

赤コーナーに向かうも、俺はリストンを前に立ち止まった。目を見開き、高々と両手を上げて、叫ぶ真似までつけながら、大袈裟《おおげさ》に怖がるふりをしてやった。

要はチャンピオンを茶化した。試合の数日前から茶化し続けだった。

練習場に乗りこんでは、スパーリングパートナーも倒せないのかと面罵《めんば》した。息抜きのカジノ遊びに近づいて、熊にギャンブルがわかるのかと嘲弄《ちょうろう》した。

「調子に乗るな」

あげくに凄《すご》まれた。そういった前段あって、俺はリングに上がるやリストンを怖がってみせたのだ。

試合の後も、俺はリングに勝手に上がった。あの醜い熊をやっつけてやると、左右に四本ずつの指を立て、八ラウンドのＫＯ予告を高言したのは、このときからだ。勝利したチャンピオンに、おめでとうの一言もないままにだ。

「それでは挑戦者を紹介しましょう。トランクスは白に赤のストライプ、ケンタッキー州ルイヴィル出身、二一〇ポンド二分の一、ローマオリンピックのライト・ヘビー級チャンピオン、カシアス・クレイ、クレイ、クレイ」

会場は歓声——というより、ブーイングで沸いた。俺は知らぬ顔だ。不自由なグローヴの指先で、マウスピースをいじるのみだ。はん、大口叩いて、なにが悪い。大人しくしていれば、チャンスは勝手にやってくるのか。

馬鹿な。馬鹿な。生意気に生意気を重ねる。無礼に無礼を上塗りする。そうして挑発に次ぐ挑発を繰り返す。だからこそ叩いてやると、チャンピオンは挑戦を受ける気になる。今日のタイトルマッチだって、そうやって組まれたものだ。

「対するは、白に黒の縁どりのトランクス、コロラド州デンヴァーから来たるは二一八ポンド、世界ヘビー級チャンピオン、チャールズ・ソニー・リストン、リストン、リストン」

リングアナウンサーが吊り下げのマイクを向けた。顔を近づけ、レフェリーは両選手をリング中央に呼び寄せた。でも、バーニー、あんた、本当に大丈夫かい。まんまるに太っちまって、選手権試合なんかさばけるのかい。そう思わないではなかったが、そんな風にからかっている場合じゃない。

いつものように綿棒を耳たぶの上に差し、付き添うのはトレーナーのアンジェロ・ダンディーだった。

アンジェロは白人だが、イタリア系だから背は低い。おかげで気が回るのか。

「カシアス、いいか。バーニーの注意を聞く間は、ぴんと背筋を伸ばして、背が高いところをみせつけてやれ。誰にだって？　リストンにだよ。奴《やっこ》さんも睨《にら》みつけて、脅しをかけてくるだろう。それを逆手に取ってやるのさ、こっちのほうがデカいって、逆に脅しをかけてやるのさ」

なるほど、悪くない。パンチャーのリストン、ボクサーのクレイ。パワーのリストン、テクニックのクレイ。巨漢のリストン、小兵《こひょう》のクレイ。そんな風に色分けされた試合だった。俺からして熊だの何だのと奴をからかってきた。

さっきアナウンスされた通り、ずんぐりのリストンは二一八ポンド（約九九キロ）、すらりとした俺は二一〇ポンド二分の一（約九五キロ）。目方でいえば、思いこみも間違いではない。

しかし、上背は違う。リストンは六フィート一インチ（約一八五センチ）。俺は六フィート二・五インチ（約一八九センチ）。バーニーの手招きで間近に向き合えば、やはり俺のほうが高い。

それなら無理にも高くなれ。背筋を伸ばし、踵《かかと》を上げて、こっそり背伸びまでしてやれ。ヘビー級のボクサーは、一体に巨体自慢だ。単純なデカさが自信のよりどころだ。それを否定された日には、たちまち動揺してしまうのだ。

「両選手とも、クリーンなファイトを心がけるように」

レフェリーの注意は聞き流し、俺は薄笑いまで浮かべた。こっちのほうがデカい。優越感を仄めかしたかった。しかし、実際どれほどの顔だったか。むしろ無表情を通すべきだったか。

薄笑いも引き攣《つ》っては、元も子もない。背伸びを続けながら、内心では零《こぼ》さずにいられない。怖い。やはり怖い。ソニー・リストン、こいつは怖い。

丸刈りに近い短髪。目も丸い。鼻も丸い。分厚い唇に細い口髭——多少の愛嬌さえ感じさせる。その意味でもリストンは熊だ。それが無表情の見本、まさに石の形相だった。そのうえで睨みつけてくる。ただの脅しでなく、向こうもわからせようとしている。怒っている。かなり怒っている。もはや激怒している。

当然だ。怒らせる真似をした。パターソン戦のときだけじゃない。デンヴァーの私宅にも押しかけた。三十人乗りの大型バスで、芝生の庭に横付けした。

ボディには「世界で最も派手なファイター、リストンは八ラウンドで倒れる」の文字も入れた。記者まで集めて、ドアをノックしたのが午前三時だ。パジャマ姿で出てきたリストンに、またも挑発の言葉を投げた。

「さあ、ソニー、家から出てこい。今ここで叩きのめしてやるから、外に出てこい。さもないと、家を壊して突入するぞ」

これが駄目押しになった。そのままデンヴァーで試合の契約が交わされた。去年の十一月の話だ。

二月に会場もマイアミと決まった。マイアミ空港でも、リストンの到着を待ち伏せした。

「ヘイ、チャンプ、おまえは醜い熊だ。今ここで伸《の》してやろうか」

リストンは無視して車に乗りこんだ。それを、こっちも車で追跡した。滞在先のサンダーバードホテルまで押しかけて、また騒ぐ、また罵る、これみよがしに記者のインタヴューを受けてやるで、嫌がらせを続行した。

今日も今日とて、ひどかった。朝十一時の計量に、羽織るデニムのジャケットには、背中に赤糸で「熊狩り《ベア・ハンティング》」と刺繡を入れた。そのうえで計量、そして検診が終わるまで騒いだ。悪乗りがすぎて、コミッションに二千五百ドルの罰金を科せられたほどだ。

「ヘイ、チャンプ、俺は今すぐ戦えるぞ。おまえなんか、いつだって倒してやる。今夜はリングサイドでショック死する客が出るぞ。怖気《おじけ》づいたか、チャンプ。それとも偽物のチャンプか。おまえは醜すぎる。おまえは熊だ。おまえを痛めつけてやる。おまえなんか生きたまま食ってやる」

ボクシングは喧嘩《けんか》じゃない。カッカしたら負けだ。だからカッカさせたかったが、リストンは黙って睨みつける。

安っぽく撒き散らさない。怒りを内に溜《た》めこんで、ここぞとぶつける瞬間に備えている。

怖い。これは人殺しの目だ。ああ、そうだ。この熊みたいな男は、そうだった。ソニー・リストンは悪玉なのだ。

善玉と色分けするため、プロモーターがしかけた演出じゃない、本物の悪玉だ。

不気味な静けさは、もとより若者の風ではない。公称三十二歳だが、もっと上ではないかといわれる。生まれ年も定かでないほどの生い立ちだからだ。

貧民街に育った。学校で読み書きを覚えるかわりに犯罪を覚えた。自分でも知らぬ間に、どっぷり裏社会に浸かっていた。

逮捕歴もある。収監歴も一再ならない。刑務所に入れられていたとき、更生活動でボクシングを習ったのが、ソニー・リストンという悪玉のチャンプなのだ。

洒落にならない——金持ちではないが、尋常な家庭に育ち、スポーツとしてボクシングを始め、そのままアマ・エリートに成長し、オリンピックで金メダルを取りましたと、俺みたいな幸福なゴールデン・ボーイが、軽い気持ちで怒らせてよい相手ではない。

調子づいたが最後で、たちまち殺される。一撃で命を取られる。ケネディだって大統領になったはいいが、この十一月には殺されちまったじゃないか。

「それでは健闘《グッドラック》を祈る。お互いに握手——」

なんかするはずがない。マイクを通して、声ばかり大きく響いた。無視されたバーニーは気の毒だが、とても仲よく握手できる雰囲気じゃない。睨みつけるリストンは、それをわからせようとしていたし、こちらも察して、はじめから期待しなかった。

いや、それじゃあ、王者の迫力にすでに呑《の》まれたことになるか。大胆不敵な挑戦者は、あえて無視して、手を差し出すべきだったのか。

あれこれ考えているうちに、コーナーに戻っていた。今さら、どうしようもない。平然としてみせるしかない。

いじっていたマウスピースを咥《くわ》えると、もごもご咀嚼《そしゃく》しながら、口内の感触を確かめる。その間も、なるだけ身体を動かし続ける。ステップ、ステップ。縄なしで縄とびをするように、軽やかにステップ、ステップ。

動かないわけにはいかない。いつ脚が震え出すか、いつ膝が怪しくなるか、いつ立ち竦《すく》んでしまうか、ちょっと覚束《おぼつか》ない感じだ。

呼吸も浅い。深呼吸しようとしても、なんだか空気がうまく肺に入ってこない。それなのに、もう時間は残っていない。

処刑台に引きずり出される気分——ああ、リストンの無表情は、まさしく死刑執行人だ。

一ラウンド

ディン、とゴングが鳴った。えっ、もう。早すぎると思ったが、それで試合は始まった。

行くしかない。心の準備はできていないが、待ってもらえば、できるものでもない。出たくはないが、出るしかない。

高すぎるほどのプライドも、コーナーに留まることを許さない。

「行くぞ」

出た先のリングが、未知の世界というわけでもない。

なんだか淋《さみ》しい。殺伐として、とても淋しい。そこは、やけに白い世界だ。

丁寧に敷かれたマットの色が白。その色が頭上からのカクテルライトに、これでもかと照らし出される。白くて当然——しかしロープだの、エプロンだのは、毒々しいくらいの赤だ。その華やかさが目につかなくなるから、不思議なのだ。

リングでは音も消える。エリスのうるさい実況も、ルイスの聞き取りにくい解説も、啄木鳥《きつつき》の群生を思わせるタイプライターの機械音も、全て綺麗に聞こえなくなる。

だからリングは淋しいという。意外なほど静かで、ひともいない。

ラウンドが始まれば、フットワークは止められない。左足から動き出し、同じ歩幅を保ちながら、右足に追いかけさせる。左回り、左回り。そうやって相手の右側につけるのが右構え、オーソドックスの基本なのだ。

リストンもオーソドックスだ。やはり左に動き出した。左構えのサウスポーは逆の右回りになるが、どちらにしてもリングのなかでは、フットワークで回り続ける。

そのために世界は消える。人も物も周囲は形を失って、ただ線だけが横に流れる。まるでメリーゴーラウンドだ。こんなに淋しい遊具もないが、みえる景色は確かにメリーゴーラウンドからのそれだ。

敵だけがはっきりみえる。跨《また》がる木馬がいなくならないのと同じだ。一緒に回っているからだ。

リストンは両拳のガードで、しっかり構えていた。左の顎《あご》がみえない。右の頬から顎にかけても、右ナックルで隠れている。

俺は思う。強い——この男は、べらぼうに強い。

どういうわけかは知らないが、ボクシングの試合では向き合えば、相手の力が大体わかる。

十とか二十とか数字で出るわけではない。直感といえば直感でしかない。それでも強い相手は強いとわかる。

例えば、パンチの入れどころが、みえてこない。

必ずしも構えの良し悪しではない。ガードが教科書通りに完璧でも、弱い奴は弱い。おい、おい、本当に殴っていいのかよと、逆に心配してしまうほどだ。

反対に強い奴は強い。だらりと両手を下げられても、なかなかパンチを入れられない。要するに隙がない。

そこでリストンだ。上も駄目、下も駄目、どこにパンチを打てばよいやら、ちょっと途方に暮れる感さえある。

間違いないと俺は思う。今まで戦ってきたなかで、最強のファイターだ。プロで十九戦してきたが、これだけ強い奴はいなかった。

そいつが本気で怒っている。ナックルの奥に殺し屋の目を底光りさせながら、ぐんぐん前に迫ってくる。丸く見開かれた目は、まるで鮫——その黒目にバチと雷光が走る。

とっさに身体が動いた。左ジャブだ。臙脂《えんじ》のグローヴが大きくみえる。恐ろしいパンチだ。ビビったせいで、よけ方が大きくなった。無様だとも悔やんだが、それでよかった。

リストンは左ジャブを続けた。ジャブだが、左ストレートに近い。上体を反らしてよけたが、今度も大きく動かざるをえない。これで、いい。やはり、いい。それというのも、熊野郎の左というのが……。

右ストレートが飛んで来た。ぶんと唸《うな》りを鳴らして、力いっぱいのパンチだ。俺は左に回って、空《くう》を切らせた。打たれなかったが、呑気に分析している暇はない。

リストンは左ジャブと一緒に追いかけてきた。スッと下がって外したが、そこに例のストレートに近いジャブが続いた。左回り、左回りで外しながら、俺はガードも上げていない。

虚勢といえば虚勢。挑発といえば挑発。しかし、当然といえば当然。ボクシングでは距離さえ開ければ、どんなパンチも届かない。逃げるだけでいいのなら、どれだけでも逃げられる。が、逃げては勝てない。ノックアウトは免《まぬか》れても、判定で勝ち目がない。

リストンの左ジャブに、俺は右フックを合わせた。軽いパンチで、踏みこみも浅い。効いたとは思わない。それでもチャンプは少しは驚いたか。

いや、いっそう腹を立てた。すぐまた左ストレートのようなジャブを突き出した。

俺は左回り、左回りで、また安全な距離を開ける。上体を右に左に動かしながら、的《まと》を絞らせないというのも基本の動作だ。

出端《でばな》のタイミングで、俺はフェイクのパンチを出した。リストンの踏みこみが浅くなり、左ジャブも手前に終わった。どんどん来いと足を止め、両の掌を前に出し、おまえなど怖くないぞと余裕をみせたが、それが失敗だった。

息が止まった。鳩尾《みぞおち》に固いものが刺さっていた。怒りを燃やした丸い目が間近にみえた。リストンの右ストレートだ。

上ばかり気にしていたところで、ボディに来た。思わず身体が畳みかけたが、とっさの動きでリストンをクリンチに捕まえた。

肉の塊――まさに中身が詰まった身体だ。

俺は距離を開けた。危なかった。やっぱり強い。油断ならない。

試合中、ふっと気が抜け、一発もらうことがある。悪い癖だと、よくアンジェロに注意される。それも今日という今日は命取りになる。

アンジェロのいう通りといえば、リストンのパンチもだ。

「左ジャブの破壊力は物凄《ものすご》いぞ。クロスと同じくらいの力がある」

クロスというのは、クロスカウンター。自分の腕を相手の腕に交差させて打つ。ただのカウンターに倍した威力がある。

それと同じ力がある左ジャブで、リストンは追いかけてくる。

ガードの高い構えからもわかるが、ただの力自慢じゃない。腕っぷしだけの、ぶん回しファイターじゃない。根からの悪党は悪党だが、ギャングの用心棒みたいに簡単な相手じゃない。

ボクシングの基本がある。基本中の基本、左ジャブが磨かれている。

手強い。が、ファイターなら誰もが習う。無暗に恐れるものではない。

本当に怖いのは、習って真似できないものだ。その男だけに与えられた天分だ。

俺は速い左ジャブを出す。当たらないし、それでいい。相手の突進する気を逸《そ》らす。これはストッピングジャブだ。

出足を止められ、左ジャブは届かない。リストンは一歩を踏みこみ、左ストレートを伸ばしてきた。

俺は顔を斜めに反らしてかわす。右ストレートでボディを狙ってきたが、それも左に回りこんで、かわしてやる。

膝のバネを使いながら、身体ごと飛びこむような大振りの右が来た。やはり回りこむことで、それまた空を切らせてやる。

リングには風切り音だけ、虚しく残る。それさえ蹴散らす鋭さで、俺は左ジャブを二発続けた。牽制のパンチで、すかさず左ストレートをボディに続ける。それをリストンは肘《ひじ》のガードで難なく阻む。やっぱりな。ほら、やっぱりな。

上体をウェーヴしながら、俺は左回り、左回りと続ける。今度はリストンが左ジャブ二発だが、この距離では届かない。

三発目も飛ばしてきたが、ここまで離れていれば、顔を横にずらせばかわせる。いや、ここまで離れて、なお顔を動かさなければならない。だから、やっぱりな。ほら、やっぱりな。

リストンの天分はリーチの長さだった。

やたらと腕が長い。いざ対戦してみれば、七フィート（約二一三センチ）という数字は大変な武器だ。ただの左ジャブがストレート並み、いや、クロス並みのパンチになるのは、奥深くまで伸びてくるからなのだ。

構えに隙がないのも、長い腕のおかげだ。拳のガードを顎まで上げても、肘はベルトラインまで下がる。上にも下にも打ちこめないはずである。

とはいえ——それだけといえば、それだけだ。距離さえ大きく取れば、もう怖くない。

ふうと息を吐いて、気がついた。呼吸が楽だ。これまで苦しかったのか。俺は緊張していたのか。ガチガチに硬くなっていたのか。

それならば、ダンス、ダンス。リズミカルなステップで、左右の脚をアメリカンクラッカーよろしく揺らす。

遊んでいるかにみせて、すかさず左フック、そして速い右ストレート。軽いパンチ。浅いパンチ。

刹那《せつな》、リストンはずんぐりの身体を固めた。小山の肩と背中が盾《たて》さながらだ。はん、なんて不器用なんだ。

リストンは防御がうまいわけではなかった。腕が長い。それでガードは固い。しかし速くは動けない。ひらりひらりと華麗にはかわせない。そりゃ、そうだ。熊野郎なのだ。

だったら、行くぜ、左ジャブ。右の振り下ろしで、脳天パンチ。ずんぐりの背中で固まり、やはりリストンは反応できない。

リストンは追ってきた。足運びのテンポで左ジャブを重ねるが、そんなもの、当たらない、当たらない。右に左に上体を振りながら、軽やかなステップ、ステップ。左回りを続けるだけで、俺はガードを上げることすらしていない。

どうだ。これがカシアス・クレイだ。

抜群のスピードとリズム感。超絶ディフェンス。高速オフェンス。これで並み居る敵を今日まで退けてきた。これが誰にも真似できない、この俺の天分だ。

「チャンピオンは俺みたいにプリティでなけりゃあ」

ただの美男自慢じゃない。歯が折れているでもない。瞼《まぶた》が分厚く腫《は》れてもいない。傷痕が醜く残っているでもない。プリティな顔は殴られていない証拠だ。それ自体が高いディフェンス技術の証明なのだ。

今になって思い出すなんて。やはり俺は舞い上がっていた。いや、もう大丈夫。軽やかに、滑らかに、柔らかに、身体も動いて、もう大丈夫。

リストンの左ストレート。上体を振れば、かわせる。俺も左ストレート。これは外された。熊野郎は上体を下げ、ダッキングのまま前に出てくる。また目にバチと雷が走る。

ぶんと風音を鳴らし、大振りの右フックが飛んできた。上体を右に振ってかわし、すぐ左ジャブで牽制、また奴の目がバチと光る。

また大きな右フック。これは得意のスウェイバックでかわす。腹筋と背筋を使いながら、顔を素早く後ろに反らすディフェンスだ。背が高いファイターには最も楽なかわし方だ。

リストンは目を瞬《しばたた》かせた。てっきりヒットさせたと思った。こんな風に外された覚えがなかったのだろう。だからいってるんだ。俺は大の得意なんだ。ほんの数ミリだけ残す、ギリギリの見切り方で、決して当てさせやしないんだ。

また俺は距離を開けた。確信を言葉にする余裕を得ていた。リストンの左ジャブは凄い。やはり凄いが、他のパンチは大したことない。

ストレートは右も左も怖くない。力みすぎて、身体のバランスが大きく崩れる。だから左ジャブなのだ。ジャブなら力まない。姿勢も斜めに流れない。このジャブが十分に強力なのだ。

リストンのトレーナーは、できれば他のパンチなど打たせたくないくらいだろう。フックとなると、いよいよギャングの振り回しパンチまで落ちる。横殴りに回す動きは、リーチの長さも活かせない。

もちろん、ヘビー級のパンチだ。出鱈目《でたらめ》でも、当たれば効く。それを俺は当てさせない。よほど油断しなければ、当たらない。要注意なのは、基本の構えから出されるシュアな左ジャブだけだ。

リストンは左ストレート、それに左ジャブ三発を続ける。俺はノーガード、ただバックステップでかわし、左回り、左回り、ダンス、ダンス。

リストンは左ジャブ。今度は二発。いずれもヘッドスリップでかわす。そのまま左足を踏みこむ。俺は右ストレートを出した。かわされた。斜め前に動くダッキングだ。やるな、熊野郎。バランスが崩れない分には、また防御も悪くない。

リストンは左ジャブ二発、俺はバックステップで外す。もう背中がロープだ。前に出て距離を潰す。うまくクリンチに逃れる。

抱えられた腕を動かし、リストンは俺の背中を打ち据える。利き腕の右でも、所詮は小手先パンチだ。効くはずがない。いや、意外に痛い。というより、ずしりと重い。

レフェリーに分けられたとき、気がついた。この熊野郎、なんてデカい拳《こぶし》だろう。

拳回りが一五インチと二分の一（約三九センチ）。間近にすれば、やはり仰天の大きさだ。なるほど、痛い。なるほど、パンチが大きくみえる。シャープだとか、パワフルだとか、論じる以前の問題で、拳そのものがデカいのだ。

腕は長い。拳は大きい。はは、熊というより、ゴリラだな。俺は苦笑しながら距離を取る。二分すぎとタイムを教えられる。誰にといって、自分にだ。

ファイターには三分という、一ラウンドの時間が刻みこまれている。一分、二分、二分五十秒。いちいち時計をみなくてもわかる。それはリストンの奴も同じだ。

二分――ここからの攻防で、ラウンドの印象が決まる。ジャッジの判定が左右される。リストンも稼ぎにかかる。俺だって点取りに励まないと。

ダンス、ダンスで左に回り、高速の左ジャブ二発。リストンは上体のリズムでかわした。左、左、左のジャブ三連打で、俺のあとを追いかけてきた。

リストンは捕まえたい。そろそろ捕まえなければならない。そのうち捕まえられると疑ってもいない。リングの広さには限りがあるからと。じきロープに阻まれるからと。

が、それだからファイターは後ろには下がらない。横へ横へと動き続ける。四角いリングに円を描く。サークリングが基本である。リストンはついてこられない。俺のスピードに追いつけるはずがない。ああ、俺のほうが速い。ああ、俺のほうが強い。だから、リストンの強さを読めた。ただの乱暴者ではないとわかった。強さは物差しと同じだ。自分の尺の内にあるから、相手の程も正しく計れる。自分の力を超えたものは計れない。目盛が足らずに、わからない。

さて——腕を出す。拳を軸に回りこむ。それからリストンのボディに左ジャブを伸ばす。もうひとつ顔面に飛ばす。

どちらも外れた。さらに左ジャブを二発。かわしてチャンプも左ジャブを返してきた。左ストレートに近いジャブ——やはり強烈なパンチだ。これだけは要注意だ。

左回り、左回り、ダンス、ダンスでリズムを整えながら、思い出すのはセコンドのバンディーニ・ブラウンと二人で、試合前に繰り返した台詞《せりふ》だ。

「蝶のように舞い、蜂のように刺す《フロート・ライク・ア・バタフライ、スティング・ライク・ア・ビー》」

やっちまえ、若いの、やっちまえ《ランブル、ヤングマン、ランブル》。そうやって大声を張り上げた。

ここで台詞を思い出せたのは悪くなかった。左回り、左回り、ダンス、ダンスで蝶のように舞い、それから高速の左ジャブ二発、ステップ、ステップで横に流れて、左右のワンツーを蜂のように刺し貫け。

ヒット――顔面を綺麗に捕らえた。確かな手応えもあった。リストンも目を白黒させた。しかし、慌てる暇も与えない。

左、左、左とジャブの三連打。同じ左で今度はフック。ぐっと腰を入れて右ストレート。左右のワンツーと続けたところで、ようやくガードに阻まれる。

少し離れて、また向き合う。リストンの目が泳ぎ始める。この試合、初めて守勢を自覚したか。ただ逃げるのがうまい奴と、俺のことを軽く考えていたのか。

気がつけば、自分が打たれた。しかも、そのパンチが効いた。驚いた。うろたえた。と、そんなところだった。

ああ、効くのさ。軽いパンチにみえても、効くのさ。全身バネの身体だからさ。不十分な体勢からでも、俺は強く打てるのさ。

残り四十秒、また左右が当たる。さらに左、左の二発を入れる。

リストンは大振りの左フック。この手のパンチは見切りやすい。続けた左ジャブも俺には触れない。軽やかにステップ、ステップ。俺が左回りに戻れば、届かない。

リストンは左ジャブを二発。俺はワイパーの動きでかわす。キュッキュッと音まで聞こえるような、クイックなヘッドスリップだ。すかさず左ストレートを伸ばす。動かないボディに伸ばす。長い腕がガードを急ぐ。

守勢を認めたくないか、リストンは左ジャブを出した。追いかけて、さらに左ジャブで攻めてきた。俺は下がる。また下がる。しかし、このラウンド終盤に、逃げ続けるつもりはない。わかりそうなものじゃないか。俺は回っていないじゃないか。

リング中央に留まり、俺は軽く左ジャブ。そこから左ジャブ三発。また左ジャブ三発。さらに右フック。

「ディン」

ゴングは聞いた。返しの動作で、左フックは止まらなかった。九連発のヒット——負けじと、リストンも左を出した。また左を出したところで、やはり聞こえた。

「ディン、ディン」

肥えた身体が間に入った。レフェリーは慌て顔だった。

「ディン」

もうひとつ鳴らされた。バーニーはラウンド終了の合図が聞こえなかったらしい。

ふうと一息、とたんにロープが赤く色づく。賑やかな世界が戻る。そよぐ煙が、うっすら紫色を帯びる。なにより世界が激しく波立つ。耳に痛いくらいの音が満ちている。

会場は大歓声だ。バシャッ、バシャッと白い光が景色を切り取る。カメラのフラッシュが一斉に焚かれて、俺は火傷させられそうになる。

全身の腺からブワッと汗が噴き出した。いや、噴き出した気がしただけで、とっくに汗まみれだった。濡れた肌が黒光りしている。全身が火のようになっている。

二ラウンド

青コーナーに戻りながら呟《つぶや》く。生きのびた。俺は生きのびた。生きのびた、だって。そりゃ、何だ。あれだけ相手を殴ってきたのに何だ。自分でもそう思わないではないが、インターヴァルの安堵から出る言葉は、それに尽きた。生きのびた。人殺しと戦わされたのに、まだ俺は生きている。一ラウンドを生きて、自分のコーナーに戻れた。

椅子に腰を下ろして気がついた。対角線上の赤コーナーで、リストンが立ち続けだった。座ってなどいられない。座れば、また立たねばならない。立ち上がるための、ほんの僅《わず》かな時間も惜しい。生意気な若造を一刻も早く叩きのめさねばならない。そういわんばかりに目を剝いて、一ラウンド開始のときに勝る形相なのである。

リストンが許せないのは、あるいは醜態を曝《さら》したことか。ラウンド終盤に九連発を決められて、その借りを返せずにいることか。ああ、確かに俺は殴ることまでしてきたのだ。

「聞いているか、カシアス」

アンジェロが怒鳴る。汗を拭き、水の瓶を差し出しながら、耳の脇で喋り続ける。左ジャブの連打ならぬ矢継ぎ早の指示である。

もちろん気づいていたが、お察しの通りで話は聞いていなかった。ハッと口を開いても、やはり言葉は嚙《か》み合わない。

「俺はまだ生きている」

「ああ、生きてるさ、当たり前だ」

「そうだな、アンジェロ。俺は無事に一ラウンドを越えたんだ」

「まだ安心するのは早い。リストンは三ラウンドのゴングは鳴らない、つまり二ラウンドで倒すと予告したんだ。一ラウンドだって持たないといったのは……」

アンジェロは顎を向けた。その先はリングサイドだ。ぐるりと長卓について、カタカタ機械に文字を打ちこむ連中がいる。何人かは、こっちをみている。お互いに目も合う。

「誰が一ラウンドも持たないって。誰が口先ばかりだって。はん、誰が大人しく口を閉じてやるもんか。ほら、みろ、アー。ほら、アー、アー、アー」

「マスコミは、ほっとけ。いいか、カシアス……」

「一ラウンドは、どっちが取った」

「なに？」

「おまえだ」

ブラウンのほうが笑みで答えた。黒人なので、歯の白さが目立つ。アンジェロも頷《うなず》いた。

「ああ、おまえだ、カシアス。一ラウンドは取った。試合に勝つのも、おまえだ。が、調子に乗って作戦を忘れるなよ」

「作戦？　ああ、そうか、作戦だな、わかった」

「それから、もっと目を狙え。おまえの速いジャブは相手の目を潰す。あれは、いい。だから眉とか、頬骨のあたりを狙って、パン、パンパンパン、パンと打ち続けろ」

わかったというかわりに、ブラウンが差し出したマウスピースを咥えなおす。水で洗ってくれたらしく、燃える口内に冷たさが心地よい。まさに救われる気分だ。だから、わかった。はじめに立てた作戦だな。それに目を潰すんだな。

「ディン」

俺はゴングで立ち上がった。赤コーナーのリストンは、もう動き出していた。椅子に座らなかったからだ。きちんと休まなかったのだ。そのことを、たっぷり後悔させてやる。

あっという間に距離が詰まった。パンチが交錯しそうになった。その前に俺は右に回った。普通とは逆のトリッキーな動きだ。

リストンは戸惑う。頭を右往左往させる。今度ばかりは熊ではなくて、ボールを投げる真似に騙《だま》された犬、そっくりだ。気が逸れたところに、俺は左ジャブ、左ジャブ。奴もようやく向かう先をみつけたが、俺は左回り、左回りで、正しいサークリングを始めている。

リストンは追ってくる。やや頭を下げた三白眼《さんぱくがん》で、パンチを繰り出すチャンスを窺う。その前に俺は左ジャブ、左ジャブ、もうひとつ左ジャブで、眉のあたりに三連打を打ち据える。が、不用意に近づいた報いだ。左フックを横顎にもらった。

意識が飛ぶ速さはない。膝まで響く重さもない。それでも衝撃はある。固い棒が突き出されたようである。おっとっと、こいつはまずい。だから、忘れてはならない。

作戦――最初の二ラウンドは、とにかくパンチをもらわない。KO予告を空振りさせる。奴の面子を潰して、焦《あせ》らせてやる。

のっけから倒そうと飛ばしてきたリストンは、同時に息が上がり始める。そのまま、ととん疲れさせる。三、四、五の三ラウンドを動き回り、徹底的に疲れさせる。

チャンピオンの攻撃は雑になる。だんだん防御にも穴が開く。三十男はただ立っていることさえ辛くなる。

そこを一気に攻めかかる。こちらは若い筋肉の奥底から、無尽蔵のスタミナを湧き上がらせる。七ラウンド、八ラウンドと攻め続ける。こちらのKO予告八ラウンドは、あながち口から出任せじゃない。

ダンス、ダンスで、サークリングに戻りながら、俺は重いジャブ、それから軽いが、スピードを乗せたジャブと、緩急つけた左で奴の左目を二連打した。

リストンも左を突いてくる。それをバックステップで空転させる。また左が出されて、またバックステップで逃げる。寄られて、ぶんと右を振るわれる。ダッキングで頭を潜らせ、逆立てた縮れ髪だけ掠《かす》らせる。

さあ、メリーゴーラウンドのベルが鳴る。この世の全ては横に流れる線になる。殴り合う二人の男しかいなくなる。

俺は左回りのダンスから、左、左、左のジャブ三連発。リストンは左右のワンツー、さらに左のスリーと繰り出すが、届かない、届かない。ワンツーで追いかけても、俺の身体はスッとすべって遠ざかる。

リストンの目にバチと光が走る。それが合図と引いたところに、大きな右が飛んでくる。空転に懲りることなく、左が続く。ぶんぶんと風切り音を鳴らしながら、ヒュウ、ヒュウ、まさに迫力満点だと、冷やかす口笛を吹きたくなる。はは、遅い、遅い。はは、みえている、みえている。

リストンの作戦は大きな一発狙いのようだ。まぐれでも、偶然でも、ラッキーパンチでも、とにかく一発ヒットさせる。それを突破口に、一気の連打で大攻勢をかけて来る気だ。

しかし、怖いのは左ジャブだけだ。磨き抜かれた左ジャブだけだ。他はどれも力任せの、素人パンチに近いのだ。

その一発ではダメージにはならない。突破口にはさせない。そもそも一発だって許しやしない。

リストンはボディ狙いの右スウィングだ。長い腕が伸びきる前に、俺のほうでも手を伸ばす。上から頭を押さえてやる。奴はつんのめりかけて、そこから起きる。

リストンはまた向かってきた。その出端にストッピング。左ジャブ、左ジャブと突いてやる。伸ばしたまま左腕を支《つか》えさせ、熊野郎の突進を制してやる。

もうひとつ、ストッピングジャブ。リストンは構わず頭から突っこんでくる。左ジャブ、左ジャブ、左ジャブとパンチも繰り出してくる。しかし、俺は付き合わない。ダンス、ダンスで、左回りのサークリングに戻りながら、ノーガードの鼻先で三発ともかわしてやる。

リストンは左ジャブ二連発。俺の答えはストッピングの二連発。焦《じ》れた熊野郎は、猛然たる攻めだ。左、左、左、それから右と続けてきた。

俺はヘッドスリップの連続でかわす。グローヴの革が頬の産毛を撫でてすぎる。あと一ミリも残さない、またギリギリの外し方だ。

リストンは瞠目《どうもく》の顔だ。手応えがないことが不思議なのだ。

これで、いい。これが、いい。どうでも当たらないと思えば、もうパンチも出さなくなる。追いかけてもこなくなる。あと少しで当たる、そう思わせるのが肝《きも》である。相手はまた力を振り絞る。疲れても疲れても、パンチを繰り出す。

リストンは実際いきりたった。また大きな右だった。狙いも同じボディだった。そのパンチは当たらないよと、俺はバックステップで下がった。馬鹿な熊さんと笑って、調子に乗らずにいられなかった。

間近でパンチをかわして、みえた。リストンの頬骨の高いところが、ピンク色に変わっていた。唇の裏側みたいな鮮やかな色だ。肌が黒いから、よくわかるのだ。パンチを受けた痕が傷になり、血が滲《にじ》み始める前兆だ。

ここぞと、どんどん行くしかない。左ジャブで目を狙う。それに応えて、リストンも左ジャブ二連発だ。このシュアなパンチは危ない。が、当たる距離まで詰められたわけではない。

俺はストッピングジャブから、そのまま左腕を伸ばして、いったん大きく距離を開けた。電光石火の高速パンチとみせかけながら、ゆっくりの左ジャブでからかう真似をした。

リストンの目を覗《のぞ》く。はっきり苛立《いらだ》ちがみえる。

リストンは左ジャブで前に出る。左、また左、さらに追いかけて左、左とあきらめない。左回り、左回り、ダンス、ダンスに遊ばれるだけなのに、左、左、すがって右と臙脂色のグローヴを振るい続ける。

もちろん俺は全てかわす。造作もないが、もう背中がロープである。仕方なく前に出て、クリンチに逃れにかかる。リストンは丸刈りの頭を下げて、そこに突っこんでくる。

俺の腕にアナコンダが絡みつく。リストンの長い腕――瘤《こぶ》のような肩まで、ぐいぐい押しつけられてくる。ロープ際でもつれて、接近戦だ。

また背中を叩かれた。小手先のパンチだ。卒倒するわけではない。それでもやはり痛い。あの大きな拳骨が、打ちこまれる。ここで打たなきゃ、いつ打つんだ。そういわんばかりの猛回転である。

背肋骨《はいろっこつ》が軋む。もがくような動きで、俺は長い腕を振りほどく。逃すものかと、リストンは近距離から力んだパンチを叩きつけてくる。フック、それからアッパー——俺は横に回りこんで、ロープ際から脱出した。

さらに下がって距離を取り、俺は牽制の左ジャブを一発、上体を左右に動かしながら様子をみると、またリストンは突撃してきた。左、右と拳は振るうが、パンチを当てにくるのではない。身体ごと押しこみながら、無理にも強いてくるのはリング縦断だ。

反対側で、またロープを背負わされた。顎の下に丸い頭が押しつけられ、こうなると怖いのはバッティングだ。瘤の肩を突き出し、蛇の腕を絡ませ、脇を通した大きな拳で俺の背中を叩くのも、さっきと全く同じなのだ。

レスリングかよ——マウスピースを咥えていたが、していなければ舌打ちしたところだ。足で捕まえられないなら手で捕まえる。もつれた接近戦で、何発か喰らわせて、それを突破口にする。それがリストン陣営の、もうひとつの作戦なのだ。

しかし、そろそろ二分になる。これからラウンド終盤になる。レスリングだとしても、三十男は元気に続けられるのか。

左回り、左回りで、ダンス、ダンス。サークリングから左ジャブ、ステップインで左ストレートとボディに刺したが、ふたつとも外された。

リストンは左ジャブで追いかけてくる。俺も左ジャブ、左ジャブで応える。ぶんと唸る大きな右が飛んでくる。作戦も一発狙いのほうで、それなら俺にも狙いがある。スウェイバックでかわしてやる。教科書通りの身のこなしで、ビューティフルにかわしてやる。

これだけ見事にかわされたほうは、ショックだ。えっ、どうなんだ。俺の動きは、どうだ。

マウスピースに声を籠もらせ、左、左の高速ジャブで突き放す。きつい奴もくれてやれ。左ストレートもろとも、一歩を踏みこめ。

そのときだ。右顎に固いものが食いこんだ。顔の半分ほども減《め》りこんだ。この大きさは、リストンの拳だ。

思いついたところで、ハッとした。とっさに両脚に力を入れた。膝が落ちかけていた。パンチが効いた。左に左で相打ちに取られた。

危なかった――リーチが長い。拳が大きい。リストンの左ジャブは、やはり要注意だ。俺はガードが低いのだ。

攻撃にかかるときは、ことさら油断できない。そう自戒しながら距離を取る。大慌てで逃げたくなるほど切迫した気分である。

しかし、リストンは詰めてこない。当てるつもりもないジャブを、いくつか力なく続けただけだ。

どんどん前に出るでもない。目にも光が走らない。自分のパンチが効いたことに、もしや気づいていないのか。気づいてはいるが、このラウンド終盤に、ここぞとラッシュをしかける体力は、もはやないということなのか。

右顎のダメージは徐々に消えた。俺は何事もなかった顔でサークリングを再開した。そうだ、作戦がある。自分の作戦を忘れるな。今は躍起に攻めるより、すいすいと動き回ることなのだ。

ゆっくり、ゆっくり、ダンス、ダンス。そこにリストンは左ジャブを出してきた。また簡単にスウェイでかわす。左、左と続けられても、スウェイ、スウェイで、左、左と回り続ける。

リストンは右のパンチだ。ボディ狙いだが、届かない。顔面狙いの右フックも空振りだ。柔らかく膝を動かし、ダッキングでかわしたからだ。

左ジャブを二発。これが突進の前触れで、リストンはまた頭から突っこんでくる。ロープ際でクリンチすると、ここぞと小さなパンチを振るう。

一発狙いか、レスリングか。こんな二本立ての作戦よりも、と俺は思う。左ジャブ一本でこられたほうが、どれだけ怖いか知れないのに……。

俺は左を突きながら離れた。リストンの追うパンチは、左右とも届かない。左ジャブ、左ジャブ、回りこんで左ジャブ、左ジャブ。俺のパンチは四発のうち三発ヒットだ。リストンがバチと目に光を走らせ、大きな右を出しかけたとき、ディンとゴングの音が響いた。

三ラウンド

青コーナーに戻り、俺はみた。赤コーナーのリストンは今度は椅子に座っていた。セコンドに何かいわれながら、チャンピオンには頷きもない。その無表情を、どう解釈するべきか。

生気に乏しい？　なんだか老けた？　やはり疲れたということか。まだ二ラウンドだが、やはり……。ブラウンの手にマウスピースを出すのと一緒に、俺は吐いた。

「だから、インターヴァルは休んでおけよ」

タオルで顔を拭いながら、アンジェロは耳元で囁《ささや》くというより、怒鳴らんばかりだった。

怒っているわけではない。そうしなければならないほど、会場が大騒ぎになっているのだ。

「ああ、みんな驚いてる。なかんずく、リストンだ。どうやっても、捕まえられない。どうしたらいいか、わからない。あの顔はすっかり困惑しちまってるのさ」

「疲れたんじゃないのか」

「それも、ある。自信満々のチャンプは、今回は練習不足だったのかもしれない。ああ、ジムワークだけで、走りこみはしてないな。しかし、カシアス、ここからが大切だ。リストンは確かに疲れているが、その疲れ方を正しく見極めていかないとな」

「どういうことだ」

「まだ強烈な一撃があるってことだ」

「ああ、そういう」

俺が結構なもらいものをしたことに、アンジェロは気づいていた。

「リストンのKO予告が当たるところだったぞ」

「そういえば、二ラウンドといってたな」

忘れていた。KOされてしまう恐怖が、頭をよぎることすらなかった。そんな風に追い詰められる展開ではなかった。

「まあ、二ラウンドも、おまえが取ったよ。こっちのペースになってきた。ああ、カシアス、一発さえ注意すれば、このままでいい。とにかく、目を狙え。この三ラウンドで、チャンピオンの左目を潰そうや。軽いパンチでいい。どんどん当てろ。軽いパンチのほうが意地が悪い。傷になる。腫れ上がる。血も噴き出す」

ディンと三度目のゴングが鳴った。立ち上がれば、身体は軽い。洗われたマウスピースは、やはり冷たい。口のなかは前のインターヴァルほど熱くない。もしくは熱いと感じなくなったのか。身体が熱さに馴《な》れてきたのか。それで、しごく動きやすいのか。

作戦を忘れたわけじゃない。注意を怠るつもりもない。それでも、どんどん行くしかない。

俺はステップを踏んで近づいた。リストンはベタ足で歩いた。奴はもともとフットワークがあるほうじゃない。それにしても今日はまずい。熊でも不合格なほどのろい。

俺は左ジャブ——速くて伸びのある左ジャブ。これが当たる。チャンピオンの目の下に命中する。

リストンも左ジャブを返した。それでも目は光らない。中途半端なパンチも冴えない。俺は難なくかわす。高速の右フックを放つ。

左の顎に叩きこまれ、リストンは効いたはずだ。慌てた目も無理からずだ。なんとかしようと焦るが、奴にできることは限られている。頭を下げて突進をかけるが、それくらいとっくに見抜いている。

俺はバックステップであしらった。上体の動きが波になる。軽やかに左回りに入る。そうみせかけて、ワンツーを出す。下げたチャンプの頭に当たる。

それは効かない。頭は急所じゃない。テンプル（こめかみ）、ジョー（横顎）、チン（顎先）でなければ、殴られても倒れない。決めつけたリストンは、端《はな》からよけようともしない。

一ラウンド、二ラウンドもよけなかった。が、これが侮《あなど》れたものじゃないんだ。ヘビー級のパンチだからだ。足腰を入れて打たれたパンチなのだ。

ビイィーン、ビイィーンと、衝撃は頭蓋のなかで反響する。鎮まるまでの十秒間は、何も考えられなくなる。次のパンチが来ても、うまく対処できなくなる。

俺は左回りに戻った。そのまま遠見するつもりはなかった。この十秒はチャンスなのだ。左、右、左を打つ。少し離れて、左を打つ。左フック、そして右、また左と、連打が面白いように当たる。

左、左、また離れたと思わせてステップイン、ひゅんと右フックを振るう。手応えがある。左、右、左から、また右フック、また手応え。ゴツと骨の感触がある。効いたこと請け合いである。

リストンの顔が落ちる。スッと流れて、俺の視界を外れる。意識が飛べば、膝が落ちる。切れた操り人形になる。

いや、丸い頭は止まる。ガクンと揺れて、下げ止まった。俺の膝下で踏み止まった。前屈みに崩れかけたが、そこで意識を取り戻した。すんでのところでダウンを逃れた。

簡単にダウンするファイターはいない。俺だって、さっきは倒れていない。問題は、この先にある。攻めきれるか、守りきれるかで勝負は決まる。

俺は休まなかった。小さく、大きく、左フックをダブルで入れた。右に回した腰の戻しで、右ストレートを深く突き刺す。やはり固い手応えがある。

引き戻した拳に鼻が動く。鉄の臭いが目に染みる。グローヴが濡れて赤黒い。べっとり血がついている。リストンは出血している。左目の下からだ。このまま目を潰すんだ。

ずんぐりの身体はロープ際だった。またもダウンを堪《こら》えるために、リストンは大きく足を踏み出した。前のめりの勢いで、つんのめるようにして進んだ。そのことを恥じるように、しっかりと拳が構えなおされた。

リストンは左ジャブで向かってきた。俺はスピードでなく、虚を衝くタイミングの妙で迎えた。左、それから右を頭に打ち下ろす。さらにワンツーを続ける。また頭を下げられれば、その脳天に左フックを叩きつける。

少し離れて、ダンス、ダンス。リストンは追いかけてきたが、まだ意識ははっきりしない。大きな左にワンツーを続けたが、どのパンチにも力がない。虚仮威《こけおど》しの迫力すらない。左回りを続けていれば、もはやかわすまでもない。

リストンに残る作戦はレスリングだ。右フック、ワンツーと無駄を打ち、あとは頭を下げての突進だ。

ロープ際でクリンチにかかる。ここぞと腕を回転させる。ガードを抉《こ》じ開け、ボディに叩きこもうとする。無駄なあがきでしかない。ショートパンチは上手じゃない。苛々《いらいら》して、俺も力ずくになった。無理にも振りほどこうとしたが、リストンは離さない。力瘤が盛るほど腕に力を入れて、このクリンチこそ命綱とばかりに離れない。

哀れなほど必死だった。間近でみれば、左目の下がひどかった。虫刺されのように腫れたところに、大傷がぱっくり口を開けていた。まるで下から蓋をされた格好だ。もうみえにくくなっているはずだ。

レフェリーがクリンチを分けた。俺は距離を取る。まず左ジャブで牽制する。

リストンは右フックの大振りだった。当然ながら当たらなかった。

こう打つんだと左ジャブ、それから右ストレートを打ち下ろすと、今もって奴には頭を下げることしかできない。左スウィングを回してきたが、下を向き、マットを眺めながらのパンチなど掠りもしない。

いったん離れて、顔を上げる。リストンは左ジャブから立て直しにかかる。パンチが繰り出される構えの奥では、やはり目が塞《ふさ》がっている。みえないはずだ。少なくとも、みえにくい。うまく防げるわけがない。

その長い左ジャブにクロス気味に、俺は右ストレートを合わせた。拳に骨の感触が来る。打ち抜かれた左頬に血が弾《はじ》ける。その赤が俺の頬まで飛んでくる。リストンの目が裏返る。

ダウンするか。クリンチでなく、倒れかかる感じか。いや、リストンは意識を戻した。ここぞと組みついてきた。長い腕を絡ませて、また俺の背中を乱打だ。

いい加減にしろ、熊野郎――力ずくで振りほどくと、今度は抗《あらが》う力もない。

あっさり離れたリストンは、左ジャブで追いかけてきた。スウェイでかわすと、もうコーナーが近かった。が、どうということもない。左フックは肘のブロックで凌げばいい。

あとは左回り、左回り、ダンス、ダンスで、広いリングに難なく脱出するだけのこと。

二連打の左ジャブには、二連続のスウェイバック。次の左ジャブは回りながらのダッキングで空転させる。

ロープ際でもつれかけるも、素早く逃れる。追いすがる左ジャブも、スウェイでかわす。次の左ジャブには、また右クロスを合わせる。

だらりと腕を下げながら、奴の左ジャブ、左ジャブ、左ジャブは、スウェイ、スウェイ、スウェイで無駄にしてやる。ほとんど当たっているようで、ミリ幅で当たっていない。俺の超絶ディフェンスだ。

リストンが当てたのは右ひとつ、後頭部に届いた力ないパンチだけだった。いや、クリンチに捕まえようと、手を伸ばしただけなのか。熊野郎は、またレスリングなのか。

身体を密着させながら、ボディ、ボディ、ボディとしつこく打ってくる。もう付き合わないよとばかりに、俺は強引に突き放す。

左回り、左回りで、ダンス、ダンスに入る。ゆっくりの左を伸ばす。高速のワンツーを飛ばす。

リストンはヘッドスリップでかわした。そこから左ジャブも出した。

やはり基礎は、しっかりしている。それを活かせる体力も残している。なるほど、まだ三ラウンドだ。仮に疲れ果てたとしても、チャンピオンのプライドがあるかぎりは侮れない。じっくり、じっくり、それを打ち砕いていくしかない。

いきなりの左フック。左ジャブの三連打。また奴の左目を打ち据えて、また返り血が飛んでくる。

リストンも左右を振るうが、まともに目がみえていない。容易に当たるはずがない。いや、パンチを当てるつもりはない。

リストンの頭が下がった。低い位置から突っこんできた。またクリンチで、またレスリングだ。左右の拳で俺の背中を叩くのだ。

早目に逃れて、左ジャブとワンツーで突き放す。反応できないリストンは、ただ頭を下げながら固まった。そこから長い左を出してきたが、俺はスウェイで簡単にかわしてやった。続く右の二発は、ダッキングでやりすごした。

なおリストンは左ジャブ、左ジャブ、ロープが近いとみるや、いきなりのクリンチだった。捕まえてから、ここぞと左右のパンチなのだ。

いや、太い腕を梃《てこ》に、俺を投げ飛ばすつもりか。いよいよ本物のレスリングをやるつもりか。

つんのめり、転びかけたところに襲いかかる。チャンピオンともあろう者が、これぞチャンスと目の色を変えている。

俺はストッピングのジャブを出した。リストンは右を飛ばしてきた。それを潜り、うまいこと回りこみ、体勢さえ立てなおせれば、続く長い左をスウェイであしらうのは造作もなかった。それにしても、頭に来た。

「さあ、来い、うすのろ」

マウスピースを嚙んでいるから、まともな言葉にはならない。それでも吐き出さずにはいられない。ファイトにならないのは、我慢ならない。戦いもせず、プライドだけ守ろうとする了見が気に入らない。

リストンは左を二発続けた。俺はサイドステップ、ヘッドスリップでかわした。

当たらないと苛立てば、奴が向かう先はコーナーポストと相場が決まる。小山の身体でのしかかり、クリンチに捕まえるのだ。またボディを打ちにきたが、俺は一発しか許さなかった。

上体の動きでかわすと、すぐ左回りにかかる。サークリングをリストンは、左ジャブで追いかけてくる。

その突進を俺は左、左、左、左の四連打で迎え撃つ。長い右ストレートには、速い左ストレートを返す。

パンチでは埒が明かないと、またリストンはクリンチだ。でも、これはレスリングじゃなくて、ボクシングの試合なんだ。きちんとファイトしようじゃないか。

もつれる間に、ボディに一発、背中に一発と入れられた。この野郎と歯軋りしたが、そこで気づいた。大きな拳に力がない。

リストンは疲れたのか。まだ三ラウンドなのに、もう腕に力が入らないほど疲れたのか。

「ディン」

ゴングに促されれば、コーナーに戻るしかない。

途中で振り返れば、白いマットに赤染みが点々と続いていた。その先を行くリストンの足取りは、どう贔屓《ひいき》目に眺めても元気がない。一歩一歩が重たげで、もう背中は老人だ。

四ラウンド

「決定的なラウンドだ」

弾む言葉で、アンジェロは迎えてくれた。

「勝てるぞ、カシアス。こいつは勝てる。リストンは、もう疲れ果てている」
俺はリングの対角線をみた。赤コーナーのリストンは、椅子に沈むようだった。
分厚い胸板が上下していた。完全に息が上がっていた。目も虚《うつ》ろで、力がなかった。
リストンの疲労困憊《こんぱい》はリングでも感じた。しかし、こうまで造作ないものなのか。実は
奴の演技なんじゃないのか。
「本当だろうか。まだ三ラウンドなのに」
「本当さ。そりゃ、疲れるよ。練習不足のリストンじゃなくたって、疲れる。なんたって、
あれだけ空振りさせたんだ」
ミスパンチがスタミナを消耗させる。それもボクシングの常識である。グローヴをつけ
ているからだ。ちょっとつけてもわからないが、グローヴは意外に重いのだ。
錘《おもり》を握り、腕を振り回すようなものだ。その振り幅が大きければ大きい分だけ、体力も
食う。パンチが当たらず空振りに流れるほど、スタミナの消耗も激しくなる。
「おまえの超絶ディフェンスが、チャンプのスタミナを奪ったのさ。奴さん、もうグロー
ヴをガードの高さに上げるのだって、しんどくなっているだろうぜ」
「はは、そのうち泣き出すかな」
笑ったが、冗談ではなかった。体力だけの話ではないのだ。俺の超絶ディフェンスは立
ち向かう者の心を折るのだ。

どれだけ出しても、当たらない。どんなパンチも、当たらない。どうやっても、届かない。どう頑張ろうと、通用しない。その無力感に泣きたくなる。自信家の男ほど、泣きたくなる。

ルイヴィルの田舎ジムにも、たまに来たものだった。喧嘩自慢の不良たちだ。ファイターだって目じゃないと、最初は吹きまくるのだ。

それがリングに上げられて、ボクシングの技術をみせられる。まるで歯が立たなくて、なにひとつできなくて、グローヴが重くなって、手も上がらなくなって。

もう自信喪失だ。本当に泣いたものなんだ。ポマードで頭を固めて、リーゼントだのなんだの格好つけてた白人どもが、汗まみれで、滅茶苦茶になった髪で、ジムの隅に隠れるように、サメザメと、サメザメと。

「手も足も出ない。泣かないまでも、リストンは茫然《ぼうぜん》としているよ」

アンジェロにいわれ、どれと赤コーナーをみなおす。チャンプの顔はおろか、姿さえみえない。Tシャツの背中が、いくつも折り重なっていた。読み取れるのは陣営のホテル、スポンサーにもなっている「サンダーバードホテル」のロゴだけだった。

皆でリストンに組みついて、懸命の止血を施しているのだ。左目の下の傷は、やはり相当ひどいのだ。

「だが、カシアス、焦りは禁物だ。おまえのKO予告は八ラウンドだ。無理することはない。四ラウンドも同じでいい。動き回れ。鬼ごっこで疲れさせろ。空振りで疲れさせろ。リストンの目だけ潰せば、おまえの勝ちだ。二十分後には世界チャンピオンだ」

ディンとゴングが響いた。

俺は青コーナーを飛び出す。ステップ、ステップ、ステップで、軽やかに近づいていく。リストンは左ジャブから始めた。インターヴァル明けは元気だった。パンチも鋭い。足も動く。まだ回復できるのか。疲労メーターは振りきれていないのか。

俺も左ジャブを突いた。同時に左回りに入った。ダンス、ダンス。左ジャブ、左ジャブ。メリーゴーラウンドさながら、景色を線に流して思う。いくらか気長に構えるか。このラウンドくらいは流すか。

リストンは身体を揺すった。行くぞ、前に出るぞと脅す動きだ。はん、のろまがやるか。ダンス、ダンスのサークリングから、俺はフェイクの左を出した。そこから始めて、緩急をつけて、左、左、また左、もうひとつ左とジャブの四連発だ。バチ、バチ、バチ、バチと、音も四連打なのだ。

目の下の傷が痛むのか、リストンは顔を顰《しか》めた。なお左ジャブで応戦したが、早くも失速してしまった。

俺は高速の左ジャブを二発、さらに左ジャブを射しこんで、また左回り、左回りの、ダンス、ダンスに戻っていく。これで、いい。ああ、これを続けさえすればいい。二十分後には世界チャンピオンだ。ああ、世界チャンピオンなのだ。

リストンは大きな左で、ニュートラルコーナーに追い詰めてきた。俺は右を打ち下ろした。また脳味噌を震わせてやった。

左回りのダンスに戻ると、熊野郎は右ストレートより前に、丸い頭を突き出してくる。それを脇の下に抱え、俺は左に回りこむ。

ほら、左ジャブ、左ジャブだ。リストンが嫌がるからだ。左目の傷が痛む。右側に頭を下げる。それを左アッパーですくう。左回りで少し離れて、また左ジャブを打つ。左回り、左回り。本当に動いてばかりだ。左ジャブ、左ジャブ。本当に左ジャブばかりだ。

それがボクシングの技術だ。リストンじゃないが、それがファイトの基本だ。俺が覚えたのは、まだ十二歳のときだ。

自転車を盗まれた。自慢の自転車だった。フレームが赤白ツートンカラーだった。シュウィン社製の、ピカピカの新品だった。ルイヴィルのコロンビア会館に乗っていった。恒例のバザーを覗いていた。その間に盗まれた。あっという間の出来事だった。

コロンビア会館の地下に、警官のジョー・マーティンがいると聞いた。泣きじゃくりながら、俺は届けた。犯人を叩きのめしてやるともわめいた。

「それなら、戦い方を覚えなきゃ」

マーティンにいわれて気づいた。地下がボクシングジムだった。

俺はトレーニングを始めた。それは不正を正す槌《つち》だった。自転車を盗んだ奴を罰してやる。いじめを止めない上級生を撃退する。馬鹿にした輩《やから》を懲らしめてやる。

ちょっと想像するだけで、万能の人間になれた気がした。楽しくて楽しくて、俺はどんどん夢中になった。

スッ、スッ、スッ――シューズの底に張られた革が、マットを擦る音がする。

「捕まるな《スティ・フリー》」

自由でいろ。それが最初の教えだった。だから左回り、左回り、ダンス、ダンス。

「ジャブ出せ《スリップ・ア・ジャブ》」

それが次の教えだった。左ジャブ、左ジャブ。ほとんどの人間は右利きだ。右でしか殴れない。だから、ファイターは左を覚える。左ジャブを覚えただけで、もう二倍も強くなる。

軽快なサークリングから、左ジャブ、左ジャブ。

リストンは追いかけてくる。俺の正面に立ち、頭を左右に振る。的を絞らせないつもりだ。しかし、それじゃあ下げすぎだ。ほら、脳天に左ストレートを打ち下ろされて、また何も考えられなくなるだけだ。

リストンは怒った。左ジャブ、左ジャブと出した。俺はスウェイであしらった。ニュートラルコーナーが近かった。それはエプロンに詰まる前だ。鋭くステップインしながら、俺は左フックを出した。チャンプの右頬に叩きこんで、ここからは右目を潰すか。

リストンの左右は大振りだった。次はレスリングになるか。ロープ際まで押しこんで、やはりクリンチに捕まえようとしてきた。付き合っちゃ、いられない。

俺は左ジャブ二発を上下に打ち分けた。それからスッと、後ろに下がる。熊野郎は動き出しが遅れてしまう。長い左ジャブも届かなくなる。

ゆるく左を出しながら、また俺は左回り、左回り、ダンス、ダンス。リストンは左を出すが、届かない。ボディに右を伸ばすが、ガードの肘しか触れない。左ジャブ、右ボディと二度も繰り返せば、いよいよ掠らせもしない。

牽制か、陽動か、リストンは長い左をゆっくりと出す。俺も長い左を、ゆっくりと伸ばす。付き合うと思わせながら、高速の左ジャブだ。パン、パン、パンの三連発だ。

手応えはあった。ボクシングを始めた俺は、アマチュアの試合に出るようになった。

十六歳でアマチュアの登竜門、「ゴールデングローヴ」の全米決勝に進んだ。そのときは負けたが、十七歳で今度は優勝した。ライト・ヘビー級だったが、それを十八歳で二連覇した。

全米アマチュア体育協会のトーナメントも優勝した。ローマオリンピックのアメリカ代表にも選ばれた。金メダルにも輝いた。

世界一だ。大変な栄誉だ。銀メダルのポーランド人、銅メダルのロシア人を、俺は左右に従えた。表彰台の一番高いところで、全てを手に入れたように思った。

しかし、金メダルでは足りなかった。世の不正ことごとくは懲らせなかった。アメリカすら正せない。この俺をリスペクトしないという、最たる悪さえ正せない。

それは黒人だからという理由だった。それだけで白人は認めなかった。

地元のルイヴィルにさえ、俺に給仕しようとしないレストランがあった。地元が俺の顔を知らないはずはなかった。そんな馬鹿な話はなかった。だって若き金メダリストだ。

俺は強い。そして美しい。強いから美しい。つまりは偉い。誰より偉い。その俺を認めろ。早く認めろ。きっと認めろ。

俺はプロに転向した。階級もヘビー級に上げた。俺より偉い者がいるなんて、誰にもいわせないためだった。

ああ、俺はプロボクシングで世界ヘビー級チャンピオンになる。なれば、俺は認められる。全て思い通りになる。かなわない願いはなくなる。正せない悪はなくなる。

俺はタイトル挑戦に漕ぎつけた。十九戦十九勝で、ようやくだ。このチャンスは逃せない。ものにしなければならない。強いチャンピオンを倒して、嫌でも認めさせなければならない。美しい王者になって、偉さを知らしめなければならない。

リストンは左ストレートだった。はん、ひらりとステップだけでかわしてやる。また左ストレートが飛んでくる。今度はスウェイで軽くあしらう。

熊野郎は身体ごと前に出てくる。追いすがるかのような左ストレート――一発だけ左目にもらってしまう。

左回り、左回りで、俺は危険地帯を抜け出した。苦笑した。ダメージはないが、やはり油断は油断だった。なぜ、ふっと気が抜けてしまうのか。俺は邪念が多いというのか。なおらない悪癖だというのか。

アンジェロに叱られて終わりじゃない。意外に大きなミスかもしれない。痕がヒリヒリして仕方がない。もしや傷になったかもしれない。

額の汗を拭う真似で、俺はグローヴを動かした。みても、まだ血はついていない。まだ傷にはなっていない。なっても、大した怪我じゃない。

残り一分――リズミカルな足の動きは、アメリカンクラッカーのようだ。俺はダンス、ダンスで立て直すんだ。

ストッピングの左ジャブ。リストンも左ジャブ、左ジャブ。不器用な追走だ。変則の右回りで翻弄するんだ。それから左回りに戻れば、もう老いぼれはついてこられない。

高速の左ジャブをダブル。リストンの左ジャブを外し、右フックで逆に仰《の》け反《ぞ》らせてやる。

そこで唐突に立ち止まる。グローヴの掌をみせてからかう。リストンは、いきり立つ。

左ジャブ、左ストレートと繰り出す。俺は手で払うパリングで流す。また左回り、左回り。またダンス、ダンス。サークリングから、ほら、左ジャブが当たる。左ストレートは外れる。いや、ダブルで打てば、また当たる。

リストンは左フックだ。もっと大きく左フックだ。それからボディに左ジャブだが、どれひとつ届かなかった。

俺は左ストレートを入れた。速いパンチのあとに、わざと立ち止まった。これみよがしの嘲弄だった。

リストンは左ジャブで攻めかかる。大きく上体を振る動きで、俺は簡単に外してやる。それから左回りに入る。そう思わせて、いきなり左フックを出す。

手応えはあった。そこでゴングが鳴った。

「ディン」

音を聞いて思う。やはり、しくじった。余計な一発をもらった。目のあたりが、まだヒリヒリしている。いや、はっきりと痛い。これは……。

五ラウンド

　俺は青コーナーに戻った。その頃には目を開けていられなかった。我慢なんてできない。ヒリヒリするなんてものじゃない。千本の針をまとめて、眼窩《がんか》に押しつけられたようだ。

「目がみえない」

「なに、なんだって。とにかく、カシアス、おまえ、また悪い癖が……」

「アンジェロ、目がみえないんだ」

　俺はエプロンによりかかった。目を開けたり閉じたりで、具合を確かめてみた。痛みは止まない。目をつぶれば痛くない。目を開ければ、とたんに痛い。焼けたような熱も去らない。明らかに普通ではない。アンジェロも異変に気づかずにはいられなかった。

「なんだ、カシアス、目がどうした」

「痛いんだ。燃えるように痛いんだ」

「なにをした。殴られた痛みか」

「そんなんじゃない」

セコンドも認めざるをえない。

「確かに傷があるわけじゃない。腫れてもいない。どういうことだ」

「なあ、アンジェロ、あれじゃないな。あれじゃないか。ほら、リストンがエディー・メイチャンとか、クリーヴランド・ウィリアムズと戦ったときの……」

ブラウンが続けると、会話が途絶えた。痛くて痛くて、俺は瞼を閉じたままだった。アンジェロは多分、ブラウンと顔を見合わせていた。

「なんだ、なんだ、なんだよ」

「なんでもない」

という割に、アンジェロは迷わなかった。立てた小指を、痛む目尻に当てた。それは、すくうような動きだった。俺は無理して目を開けた。ぼんやり曇った視界のなかで、アンジェロは小指を自分の目に入れた。

「なるほど、ヒリヒリする。あっ、いや、こいつは焼けるようだ。ブラウン、スポンジだ」

アンジェロが命じる前に水音がした。ブラウンはスポンジをバケツに浸した。手渡されたものが、額のあたりで絞られる。顔中に冷たさが滴り落ちる。その清涼感さえ、すぐ干上がる。焼けたような熱が戻り、また俺の目を刺しにかかる。

簡単には流せなかった。水に浸しなおしたスポンジで、アンジェロは俺の目を洗った。

指の腹で目のくぼみを大きく拭き取る。角で瞼の隙間を削る。それを何度も繰り返す。

「それでも、痛い。ぜんぜん、なおらない」

「黙れ、カシアス」

「痛い、痛い、目がみえない。グローヴを外してくれ」

いいながら、俺は掌を上に返して、手首を結ぶ紐をみせた。

「試合は中止だ。こんなんじゃ戦えない。だって、目がみえないんだ。痛くて痛くて、目を開けることさえできないんだ」

「大丈夫だ。すぐになおる。痛みは取れる。すぐ流れる」

「無理だ。目がみえなくて、どう戦う。どうやってパンチをよける」

なおもスポンジで洗いながら、アンジェロは言葉を続けた。

「いいか、カシアス、これはタイトルマッチだ。止められるわけがない。止めたら、いつ次のチャンスが来るかわからない。多分リストンが引退した後だ。これだけ自分を痛めつけた若造の挑戦なんか、二度と受けるわけがない。アマチュアの試合じゃないんだ。トーナメントを勝ち上がれば、最後は優勝できるって話じゃないんだ。ビジネスさ。興行さ。チャンピオンが契約書にサインしないかぎり、どんなタイトルマッチも組めないのさ。おまえが一番わかってるはずだ。あれだけ大口を叩いて、あれだけ挑発を繰り返して、ようやく漕ぎつけた……」

「アンジェロ、アンジェロ」

　ブラウンが押し殺した声で呼んだ。無理にも注意を喚起する鋭さを帯びていた。

　アンジェロもハッと息を呑んだ。左側にいたトレーナーは、中腰のまま正面に移動した。それは気配でわかったが、全体なんのつもりだろうか。亀さながらに誰に背中を突きつけて、誰から俺を守ろうというのだろうか。

「青コーナー、なにか」

「なんでもないよ、バーニー」

　レフェリーが騒ぎに気づいた。覗きにきたようだった。素気なく追いはらってから、アンジェロはブツブツ続けた。

「ストップなんかさせてたまるか。赤コーナーの思い通りにさせてたまるか。リマッチなんか受ける気がないから、赤コーナーは汚い真似でも何でもして、とにかく中止に持ちこもうとしてるんじゃないか」

　どういう意味だ。俺はパニック状態だった。何も考えられなかった。考える間もなく、ホイッスルが吹かれた。もうセコンドアウトの時間だった。じきコングも鳴るはずだった。

「無理なんだ。それでも、アンジェロ、本当に無理なんだ」

「リングに立て、カシアス。そして走ってこい」

「距離を取れってことだ。距離だぞ、距離」

アンジェロ、そしてブラウンの声に背中を押された。ディンとゴングの音が続いた。

この痛みを振り払いたい。ぶんぶんと頭を振るしかない。目をきつく閉じてみる。大きく見開いてみる。それを何度か繰り返して、とにかくリングに進んでみる。

しかし、痛い。やはり、痛い。痛くて目が開けられない。なにもみえない。

それでも、わかる。リストンが突進してくる。足音がバタバタ響く。近づけば、鼻息が荒い。熊というより馬ほど荒い。

この勢い――リストンはチャンスとみたのか。異状を目ざとくみつけたのか。

いや、ゴングと同時に突進じゃないか。ディンと音の余韻も残るじゃないか。迷いのかけらもないというのは、少しおかしいんじゃないか。はじめから、そのつもりなんじゃないか。

考えが、やっと線につながる。なるほど、「汚い真似」である。

リストンは前のラウンドで仕こんだ。俺の顔に何か塗りたくった。左ストレートをもらったときか。クリンチでもつれたときか。とにかく、あらかじめグローヴにつけたものを、俺の目になすりつけていった。

卑怯な手だ。噴き上げるのは怒りだ。が、その怒りも戦意になりはしなかった。

これで戦えるわけがない。こんな反則を犯されて、まともに応じる義理はない。これだけ不正な試合となると、もう中止にするしかない。

俺はレフェリーを探した。なんとか働きかけたかった。みつかる前に俺は感じた。知らない感覚ではなかった。リストンの目に雷が走った。あのそれが今はみえないだけだ。リストンから殺気が発せられた。中止を訴える暇もなかった。レフェリーを呼べば、そこで打たれる。強烈なパンチで試合が終わる。

凌がなければと俺は思う。左ジャブを打ってみる。突き放せ。距離を取れ。いや、無理だ。なにも、みえない。

こんな状況にもなお使えるボクシングの鉄則はある。距離を取れなければ、距離を潰せ。下がれないなら前に出ろ。

もがくような手探りで、俺はリストンを捕まえた。小山のような背中に必死の思いでしがみついた。

その間にボディに二発入れられた。左なのか、右なのか、パンチの種類もわからなかった。それでも遠くから殴られるよりはいい。あの長い腕、あの大きな拳で繰り出される、電撃の左ジャブを打ちこまれるよりずっといい。

レフェリーが来た。腕を入れ、クリンチを無情に解いた。いや、それなら、それでよかった。殴られずに済むからだ。その間に話ができるからだ。バーニー、今までどこにいたんだ。

目を開けると、とたんに痛みが襲ってきた。視界もぼんやり曇っていた。それでも、みえた。

リストンは牛さながらだった。前脚の蹄で地面を掻《か》いている、ロデオの牛そっくりなのだ。

バーニーは柵ならぬ腕を引いた。もう左ジャブが飛んできた。それなのに目を開けていられない。

固い塊が顎に埋まった。ズンズンと二発も続けてだ。リストンは汚い奴だ。それでも、パンチは強いのだ。

あと二発で意識が飛んでしまうはずだ。俺のKO負けになるはずだ。

暗闇のなか、俺は出鱈目にスウィングした。グローヴの先に何か当たった。そこだ。

俺は小山の身体をクリンチに捕まえた。それこそ望むところと、リストンはボディに左右の連打だった。とっさに腹筋を固めたが、左右、左右、左右、左右、左右と、十発も入れられた。

さすがに堪らない。俺は離れた。とたんに右の顎が左に一フィートもずれた。

大振りの左フックだった。リストンは横殴りが下手くそだが、やはりヘビー級のパンチだ。

まともに入れれば、効かないわけがない。しかし、これはフェアじゃない。どうして、こんな目に遭わされなければならない。

これでは負けても仕方ない――そんな思いがよぎらないではなかった。言い訳は与えられていた。目をみえなくさせられたのに、戦えるわけがない。パンチをよけられるわけがない。殴られても、仕方がない。倒されても、やむをえない。負けるのは、無理もない。いや、不正があったからには、負けですらない。

俺は目を開けた。リストンの丸い頭がみえた。すぐさま痛みに襲われて、みえたのは一瞬だったが、そのときつけた見当で手を伸ばし、とっさに脳天を押さえつけた。

その低い位置から、ぶんと風音が聞こえてきた。また右側だ。また大振りの左フックだ。急いでガードしたが、十分ではなかった。俺はロープまで後退した。そこで、また殺気を浴びた。この恐ろしさは左ジャブだ。多分といわなければならないのは、直接みてはいないからだ。痛くて目を開けられないからだ。

ただ気配は感じる。汗ばんで火照る身体は近いようだ。温度を頼りにすがりつく。クリンチすれば、ここぞと短いパンチに打たれる。が、それは覚悟のうえである。

レフェリーが分けた。一瞬だけ目を開けると、視界がぼやけてみえた。

リストンの左胸筋が、ピクと動いた。左ジャブが来る。目をつぶると同時に、俺は両手を前に翳《かざ》した。なんとか防いだ間に、叫ばずにいられなかった。まだ近くにいるはずだからだ。

「止めろ、バーニー、試合を止めろ」

訴えは無視された。レフェリーには恐らく声が聞こえなかった。

まわりが、うるさかった。会場が騒がしかった。客席も異変に気づいた。いや、生意気なビッグマウスが引導を渡されるかと、喜び沸いているのかもしれない。

会場など気にしている場合でなかった。歓声など聞こえているのは、おかしかった。試合に集中しなければならない。今こそ神経を研ぎ澄まさなければならない。

俺はまた目を開けた。その一瞬に振り回す左フックがみえた。

動きが大きい分だけ、よける時間の余裕があった。俺はダッキングで下に潜った。上体を戻したときには、無意識に左回りを始めていた。

リストンは左フックを続ける。どこからか、そう教える声がある。身体ごと飛びこむような左フックだ。そのままの左回りで、空転させることができる。

戦える――やはり、どこからか声がする。まだ戦える。それでも、おまえは戦える。

誰だろうか。内なる俺だろうか。俺も知らない俺だろうか。それとも神が天から下りてきたのだろうか。

いずれにせよ、声は命じる。戦え。逃げるな。それというのも、おまえのファイトは、はじめから不正を懲らす槌なのではなかったのか。

俺は大きく距離を取った。グローヴで眼窩を拭ってみた。目を瞬かせると、汗染みが臙脂色の革を黒光りさせていた。

まだ痛い。ヒリヒリ焼けた感じも残る。しかし針で刺されるような痛みは引いていた。塗りたくられた薬品も、いくらかは汗で流れた。

リストンが飛びこんできた。左のロングアッパーもろともだった。それを俺は右のガードで阻む。目を瞬かせながらの後退になる。

やはり思うに任せなかった。それでも瞬いていられた。ずっと目をつぶっていなくていい。これなら術《すべ》がないではない。

リストンは左、右と振るう。それを空振りに終わらせてやる。拳より先に前に出ようとする頭を、俺は左手で押さえつける。さわっていれば距離がわかる。目を瞬かせながら対処できる。俺のスピードをもってすれば、なんとかかわせる。

追いかけるリストンは、なお猛牛の鼻息である。それを怖いと思わないから、我ながら落ち着いたものである。

瞬きながらでも、リングの広さは十分つかめる。左回りのサークリングにも余裕が生まれる。

思い切りの右ストレートも届かせない。大きな左スウィングも、パリングで下に払える。ああ、なんとかなる。

リストンはボディに一発、二発、三発と伸ばしてきた。ひとつも当たらなかったのは、飛びこむ頭を左手で押し返したからだった。

俺は少し離れた。左ジャブを突くとみせかけ、その手を引かずに、また頭を上から押さえつけてやった。さすがのチャンプが、身体の大きな上級生にからかわれる子供の図だ。怒ったか、左ジャブを打ってきた。バックステップで外し、それから俺は左回りに入った。

左フック、左フックで追いかけられれば、キュッと爪先を回して止まり、また丸い頭を押さえつけてやる。その拍子に左ストレートを顎にもらった。おっとっと、油断はできない。今は逃げなければならない。

伸ばしたままの左腕で、常に距離を測りながら、俺は左回りを再開した。

リストンは追いかけてきた。小山の背中を上下させ、瘤の肩を揺らしながら、なんて無様なステップだろうか。そう悪態をついて気がついた。

目を開けていられる。まだヒリヒリするが、開け続けていられる。これならディフェンスに専心することはない。オフェンスに出て悪いことはない。

俺は左を出してみた。高速のジャブを二発だった。額で受けたリストンは、顎を前後に二度躍らせた。そのとき、みえた。バチと目に雷が走り抜けた。

力いっぱいの左ストレートが飛んできた。その拳を俺は首横ギリギリで、綺麗に素通りさせてやった。超絶ディフェンスの復活だ。目さえみえれば、大振りをかわすのは簡単なのだ。

　リストンは連打にかかった。左フック、左フック、右ストレート――全てガードで撥《は》ね返した。

　追いかけてくる左フック、左右のワンツー、左でスリー、それから右フック。その全てを左回り、左回り、ダンス、ダンスで外してやる。

　ああ、笑ってやる。熊野郎の攻撃なんか、かたっぱしから虚仮にしてやる。

　丸い頭が飛びこもうとしていた。そのために膝を曲げたところで、俺は額を押さえつけた。

　またバチと目が光る。本気のパンチが繰り出される。その刹那にも逃げず、俺は逆に前に出た。体当たりの動きで距離を潰してやった。

　リストンは左ストレート、左スウィングと振るってきた。ふたつともバックステップで空を切らせ、また俺は前に出た。あえてクリンチに捕まえて、無理にも思い知らせてやった。もう俺は出るも引くも自由自在だ。ずいぶんと好きにやってくれたが、おまえの時間は終わったぜ。

　リストンの目は虚ろだった。今にも泣き出しそうにさえみえた。少なくとも、ここぞと攻めかかる者の目ではなかった。

　レフェリーがクリンチを分けた。リストンは左ストレート、それから右ストレートと続けた。バックステップで外すと、もうコーナーが近かった。くるりと回りこむ動きで、難なく窮地を脱すると、また俺は上から頭を押さえつけた。

リストンは構わず左フックを振るった。スッと引いてやりすごし、俺はストッピングのジャブを出した。それにしても、なあ、チャンプ、大振りがすぎるんじゃないか。シュアな左ジャブが足りないんじゃないか。

リストンは今度も左右の大振りだった。左ストレートと一緒にクリンチに来たが、それは俺の身体を押さえるより、もたれかかる感じだった。

もつれている間に、わかった。息が荒くなっていた。なるほど、疲れる頃だった。なるほど、ラウンド終盤だった。

序盤にはいつ終わるとも知れないくらいに長く感じられた。その同じ長さを、リストンは攻め続けた。このチャンスを逃すものかと、渾身《こんしん》の力を籠めて攻撃して、最後は疲労困憊してしまった。

俺の腕には、たっぷり力が残っていた。クリンチを強引に突き放すと、左で何度かちょんちょんと頭を叩き、そこから上体を伸ばすことで、左ストレートを顔面に叩きこんでやる。

顎を飛ばされてから、リストンは目が覚めた顔になった。また追いかけて、ニュートラルコーナーに詰めてきた。

もつれたが、そのパンチに力はなかった。あの大きな拳が、スポンジのように感じられる。柔らかくて、なんの固さも、威力もない。

俺は右回りでコーナーを出た。リストンは左ジャブ、左ジャブ、右ストレートと続けたが、そのパンチより前に丸い頭が出てくる。

頭突き狙いというより、もう足がついてこない。前のめりに、転びかけたのかもしれない。

さばいて、さばいて、俺は下がった。背中が反対のロープにつくや、丸い頭を上から押さえた。その手を軸にくるりと回り、狭いところを脱出した。

俺は左ジャブ、左ジャブと突き出した。リストンも左、左と返してきた。よれよれで、間延びしたジャブなのか、勢い不足のストレートなのか、ちょっと区別がつかなかった。そのあとが大きな左フックで、ぶんと唸りを上げてみせたが、マットに虚しい旋風を巻いただけだった。

俺はスウェイバックで綺麗に外した。この見事な外し方は、どうだ、チャンプ。どうなんだと睨みをくれると、ディンとゴングが鳴らされた。

リストンは気づかないふりで、今度は目も合わせなかった。

六ラウンド

青コーナーに戻り、俺はマウスピースを吐き出した。一番に質《ただ》さずにはいられなかった。

「ありゃ、なんだったんだい」

「止血用の軟膏だ。サリチル酸メチル、凝固剤の一種だな。セコンドが持っていて、それ自体は反則というわけじゃない」

「俺の目に入ったのも、偶然なのか」

「いや、それは違うな。偶然で目に入るほどの微量なら、こうまで痛くなってない。グローヴにたっぷり塗ってあったんだろう。ああ、あのポリノの得意技さ。リストンにつくようになってからも、何度か使った」

アンジェロは顎をしゃくるような動きで、赤コーナーを指した。

「厄介な同業者だよ」

髪をオールバックにM字の額を出した男が、そのポリノというセコンドのようだった。

「プロのリングだからな。まあ、ない話じゃない」

「とにかく、ひどい目に遭ったぜ」

「しかし、乗り越えたぞ、カシアス。ああ、俄然有利になった。リストンは疲れきった」

「確かにラウンド後半はグダグダだった」

「そりゃ、そうさ。五ラウンドは前半が猛ラッシュだったんだ。仕留められれば甲斐もあるが、仕留めきれなければ打ち疲れが溜まるだけだ。おまえが目を取り戻した後半は、四ラウンドまでと同じで、また空振りに次ぐ空振りになったしな。こいつは一分のインターヴァルじゃあ回復しないぞ」

ゴングが鳴った。上体を動かしながら、俺はリング中央に進んだ。

なんだか足が軽い。身体に力が満ちている。まだ六ラウンドといえば六ラウンド。それにしても疲れがない。

ディフェンス主体の試合だった。オフェンスの時間は多くない。打ち疲れはない。空振りも数えるほどだ。つまりはリストンの逆なのだ。

ことに前のラウンドではディフェンス主体、というより防戦一方だった。必死といえば必死だったが、動けなかった、動かなかった。結果、俺のスタミナは温存された。

リストンは、のっそりという感じだった。身体が重たそうだ。インターヴァル明けとも思われない。これだけ疲れたファイターも珍しい。

左ジャブを出してきたが、踏みこみが足らなかった。鋭さもない。伸びもない。もはや、かわすまでもない。

行かせてもらうぞ、と俺は全身のバネで飛びこんだ。先陣が高速の左ジャブだ。リストンの頬に血が弾ける。俺の顔まで飛んでくる。構わず、さらに踏みこんでいく。破れた左目の下に、左ジャブを二発重ねる。腰のひねりを効かせながら、右ストレートまで叩きこむ。手応え十分──クリーンヒットである。

左ストレートも顎を打ち抜く。いったん下がり、俺は左回りに入る。ロープを掠めて、サークリングにかかる。リングサイドが近いからか、実況の声が聞こえる。

「イージー・ターゲット！」

殴られ放しのリストンのことだ。ああ、簡単だ。ああ、何も怖くない。今の俺なら、どんなパンチももらわない。自分のパンチだけ好きに当てることができる。

「蝶のように舞い、蜂のように刺す。やっちまえ、若いの、やっちまえ」

左回り、左回り、ダンス、ダンス。そこから左ジャブ、右ストレート。

リストンは左クロスを合わせてきた。が、いかんせんスピードがない。カウンターを取られるどころか、俺はミリ単位の見切りで顔を背け、最小限の動きで済ませた。左ジャブも伸ばしてきたが、バックステップで楽に外した。

俺はストッピングの左ジャブ、左ジャブ、ステップインして左右のワンツー。右はチョッピングのパンチで、脳天に打ち下ろしになった。続けたスリーの左はかわされた。脳味噌が震えたリストンが、ふらついたからだった。

打ち下ろしの右をもう一発。リストンの目が虚ろだ。輪をかけて朦朧《もうろう》としたようだ。返しの左まで二発もらってくれて、まさにイージー・ターゲットだ。

やはりリストンは疲れている。レスリングをやる元気もない。クリンチすら試みない。俺は好きに距離を取れる。自分の距離で戦うことができる。

リストンは左ジャブ、左ジャブまで萎《な》えた。二発続けてきたが、よけるまでもない。また左ジャブ、左ジャブとしつこくされて、仕方なくスウェイ、スウェイ。まあ、いいさ。また奴が疲れてくれるなら、いいさ。

俺はストッピングの左ジャブを出した。大振りの左ストレートが飛んできた。俺はヘッドスリップでかわす。リストンは左ジャブ、左ジャブ、左ジャブ、左ジャブ。もはや気持ちだけというパンチだ。ヨレヨレで、ひとつとして届かない。俺のフットワークに翻弄されて、いっそう息を上げるだけになる。

土台のスピードが違う試合が、六ラウンドまで来た。俺は絶好調、さらに速くなった。リストンは疲れ、さらに遅くなった。だから、ほら、スピードの左がヒット。左右ワンツーが、チョッピングで脳天に落ちていく。

左ジャブは軽い牽制にすぎなかった。あとの左ストレートで熊野郎の顎を打ち抜いた。もうひとつ打ち抜く。リストンはダッキングの動作に入る。その動きが終わったところを再び打ち据える。

俺はパンチを当てた。思い通りに当てた。左回りのダンスに戻る。奴の左ジャブはスウェイでかわす。幾百と繰り返されても、全て綺麗に外してやる。

リストンは詰めてきた。左腕を出し、そのまま詰める。まるで槍《やり》を構える古代ギリシャの歩兵だ。狙いは頭突きかとも思わせる。飛びこんでくる額を俺は手で押さえてやる。

俺は少しも慌てなかった。ボディ狙いのパンチはいなした。余裕のステップでコーナーを脱出した。左回り、左回りで、ダンス、ダンス——と思わせながら左ジャブ。すかさず左、左、それから右と繰り出して、また全てをヒットさせた。

リストンは逆上した。いきなりの右ストレートだ。空振りでバランスが崩れる。はん、当たるわけがない。これは酒場の喧嘩じゃない。見かけ倒しは通用しない。ちゃんと勉強するがいい。プロのパンチはこう打てばいい。

高速の左ジャブから、ストレートに近いロングジャブを二発続ける。出ようとする気勢を削いだら、左右のワンツーを放つ。左ジャブひとつを置いてから、脳天に右ストレートを落とす。

リストンはまた目が虚ろだった。俺は上体を揺らした。いったん距離を開けた。

左ジャブが飛んできた。かわすバックステップ。その反動でステップイン。左ジャブ、左ジャブ、左右のワンツーは当たらなかった。

リストンが下がっていた。あるいは逃げた。攻め続けたチャンピオンが、この試合ではじめて逃げた。

左ジャブ、左ジャブと出しても、攻めのパンチじゃない。来るな、来るなと俺を嫌がるストッピングで、前に出てくる素ぶりもない。それならと遠慮するほど、俺は優しい男じゃない。

スッと入って、距離を詰める。左ジャブ、左ジャブ、右ストレートとヒットさせる。まさにオフェンスの見本だ。教科書に載せたいくらいの動きだ。リストンは、まっすぐに下がるだけだ。ディフェンスらしいディフェンスも取れない有様だ。

これは勝負の際《きわ》まで来たか。一気に追い落としてやるか。

俺は左ジャブ、また左ジャブと重ねた。リストンはやっと左ジャブを返した。ガードを下げて誘いこみ、それを俺は狙い澄ました。

あえて空振りは強いなかった。かぶせる左で相打ちに捕らえた。それは二ラウンドのお返しだった。この六ラウンドで効いたのは、さて、どっちのパンチだったか。

左ジャブ、左ストレート。左ジャブ、左ストレート。サンドバッグでも打つように、俺は四連打を決めた。リストンの黒目がスッと動いた。瞼に隠れて、白目になった。

意識が飛んだ。ダウンするか。崩れ始めた大きな身体が、また途中でガクンと止まった。足を踏ん張り、黒目を戻し、なんとか堪えて、まだ心は折れていないようだ。

ボディ狙いの左が来た。俺はバックステップでかわした。次の左はヘッドスリップでいなす。左足に体重を乗せたまま、流れる動きで左ジャブを返してやる。

リストンも左ジャブ――一ラウンドに電撃を思わせた左ジャブは、もはや見る影もない。

俺はヘッドスリップで、わざとギリギリにかわす。至近距離を保ちながら、左ジャブをカウンターで決めてやる。

チャンピオンは何もできない。それでも、まだプライドは砕けていない。他には何も残らない。剣は錆び、盾は割れ、守るべきプライドは、もはや裸同然でしかない。容赦なく手にかけて、それを壊さなければならない。

リストンは左ジャブを出した。俺はヘッドスリップでかわした。ぐっと腰を入れながら、今度は右ストレートを構えた。

利き手のパンチだ。重いパンチだ。ＫＯを生む必殺のパンチ――それを奴に放つ前に、ディンと終了のゴングが鳴った。

七ラウンド

気が急いて仕方がない。こんなインターヴァルもない。

休んでなんかいられない。なにより敵を休ませたくない。早くリングに出せ。俺をリングに出せ。早くリストンと戦わせろ。

そうした心の内を読んだか。タオルで顔の汗を拭いながら、アンジェロは諫《いさ》めるような口ぶりだった。

「KO予告は八ラウンドだ。あと二ラウンドあるんだからな」

「二ラウンドもいらない。次のラウンドで決めてやる」

「だから、カシアス、焦りは禁物だ。勝ったと思った次の瞬間、ぽっかり地獄の穴が開く」

「わかってる、わかってる。油断なんかしていない。気を抜くことなんかもない。それどころか、逆なんだ。こんなにリングに集中できたことなんか、これまでにないくらいなんだ。全部わかるんだ。全部みえるんだ。全部当たるんだ」

「しかし、カシアス」

アンジェロは続けられなかった。俺は椅子から立ち上がった。

時間前だが、待てなかった。ステップ、ステップ、縄なしの縄とびでステップ、ステップ。走り出したいほどの気持ちを、なんとか紛らわせようとする。それでも俺の目は、もう赤コーナーにばかり飛んでいく。

リストンは左右と話していた。セコンドたちに向けるのは暗い顔だ。もう敗色濃厚だ。チャンプのプライドしか残らないのだ。それを俺は次のラウンドで、粉々に打ち砕いてやる。

ホイッスルが吹かれた。セコンドアウトの合図である。俺はステップを踏んでいる。とっくに準備ができている。ゴング遅しと、コーナーを出さえする。リストンは、まだ椅子を離れる素ぶりもない。

やっとポリノが、マウスピースを押しこんだ。分厚い唇の狭間《はざま》に嵌《は》めた。その白さをみつめながら、俺はステップ、ステップを続けた。

リストンがブッと吐き出していた。白いのは、さっきのマウスピースだ。拾いながら、セコンドは何かいった。短い言葉を返したチャンプは、顎を振るばかりだった。

こちらで俺は首を傾《かし》げた。これは、なんだ。熊野郎は、どういうつもりだ。

ゴングが鳴った。俺はとっさに両手を上げた。高々と上げて、軽やかなステップ、ステップ。左右の足を前後に素早くスライドさせる——俺が「シャッフル」と呼ぶ動きまで披露して、ステップ、ステップ。リング中央に進みながら、ステップ、ステップ。

どうして、そんな真似をしたのか。勝利をアピールするつもりだったか。プレッシャーをかけたかったか。優位を印象づけたかったのか。

リストンは赤コーナーから出てこなかった。マウスピースを吐いたきり、まだ口に噛みすらしていない。どっかり椅子に腰を下ろして、立ち上がる気配もない。

まさか試合放棄？　もうチャンプのプライドは砕けた？　いや、それを守るなけなしの抵抗が試合放棄？

　俺が引き下がる理由はなかった。両手を上げて、ステップ、ステップ。背中からブラウンが抱きついてきた。アンジェロも来た。小躍りで叫んでいた。

「勝ったぞ、カシアス。勝った、勝ったぞ」

「………」

　勝った——喜びが爆発した。世界も一気に爆発した。

　大袈裟でなく、その刹那に会場が上下した。皆が立った。皆が手を上げた。興奮して、皆が大声で叫んだのだ。

「勝った、勝ったぞ」

　俺は走り出した。滅茶苦茶に走り回った。走らなければいられない。叫ばないではいられない。リストンは試合放棄だ。七ラウンド、ＫＯ勝ちだ。俺が世界チャンピオンなのだ。

「俺はキングだ。世界のキングだ」

　ロープ際でグローヴを振り回す。いや、まっさきにマスコミに向ける。

「俺は世界のキングだ。俺は世界のキングだ。おまえら、試合前になんていった。おまえら、いったからには責任とれ。言葉を取り消すと発表しろ。それから、俺に謝れ」

　背中には沢山の人がいた。淋しかったリングに、いつの間にやら溢れていた。

　抱きつかれる。肩を組まれる。まだ汗まみれの身体を、ペタペタと触られる。誰もが興奮顔をしている。我を忘れて叫んでいる。ああ、サミー・デーヴィス・ジュニアがいる。

「よお、サミー、俺はやったぜ」

グローヴの手を奪うのは、役者のジャッキー・グリーンだった。高々と上げてくれた。

勝利を祝福してくれた。

「ありがとう、ジャッキー、ありがとう」

眼鏡がいる。顎髭が尖っている。マルコムXだ。伝道のカリスマだ。

「ああ、マルコム。来てくれ、マルコム。君のいう通り、神はいたよ。戦っている間中、
ずっと俺のそばにいて、特別な言葉までかけてくれたよ」

喜びが尽きない。興奮が収まらない。歓喜の声が止まらない。狂喜の踊りが終わらない。

「俺は世界のキングだ。俺は世界の度肝を抜いた。俺は世界のキングだ」

「カシアス、カシアス」

名前を呼んで、マイクを差し出す。テレビの実況スティーヴ・エリスである。ジョー・

ルイスとの間に俺を挟み、親しげに肩に手を回す。勝者インタヴューという奴である。が、
生放送の都合なんか、俺の知ったことじゃない。好きにやる。俺がいいたいことをいう。

「俺は世界のキングだ。俺は世界の度肝を抜いた。俺は罪な男だぜ」

「カシアス、ホールド・オン、カシアス」

「いや、俺のいうことを聞け。俺には全能の神がついてるんだ。みんな、もう証人だ。俺

は誰よりも偉大だ。俺は世界の度肝を抜いた。俺は最も偉大な人間だ。俺の顔には傷ひとつない。俺はソニー・リストンを倒した。しかも俺は二十二歳になったばっかりだ。最も偉大な男が俺でなくて誰だっていうんだ。そのことを俺は世界に証明してやった。俺は毎日というもの、神に語りかけているんだ。俺は世界のキングなんだ」

もう小さくなっていなくていい。誰に遠慮しなくていい。なにも隠さなくていい。俺は手に入れたんだ。もう発言していいんだ。

イスラム教徒であることを発表したのは、この試合の翌日だった。

それは黒人のアイデンティティだ。ブラック・ムスリム運動は、白人社会に対する抗議だ。教団「ネイション・オブ・イスラム」のエライジャ・モハメド師から与えられて、名前を「モハメド・アリ」に変えたのは、さらに一週間後の三月六日のことだった。

第二試合

対ジョー・フレージャー、ヘビー級十五回戦
世界タイトルマッチ、一九七一年三月八日

○ラウンド

その夜、ニューヨーク、マディソン・スクエア・ガーデンで行われた試合は、「世紀の一戦《ファイト・オブ・ザ・センチュリー》」と銘打たれた。

チケットも高い。キラキラに着飾った紳士淑女ばかりなので、ディナーショーかと思うくらいだ。フランク・シナトラ、マイルス・デーヴィス、ウディ・アレンとＶＩＰも駆けつけ、ともすると客席のほうがステージみたいだ。

庶民がみられないわけじゃない。庶民がみられないで、「世紀の一戦」も何もない。この現代にテレビがない家はない。試合はアメリカ全土で放送されるだけじゃない。衛星中継で世界三十五ヵ国に届けられ、この国だけの関心でもない。

なるほど、この一戦が注目されないわけがない。

「紹介いたします。ケンタッキー州ルイヴィル出身、赤いトランクス、ウェイトが二一五ポンド、三十一戦無敗、二十五ノックアウト、モハメド・アリ」

ソニー・リストンに勝利して、世界タイトルを奪取――それから俺は誰にも負けていなかった。

初防衛はリストンとのリマッチだった。それを一ラウンドKOで片づけてから、俺は九度の防衛を果たした。統括団体が分かれて、別にWBA（世界ボクシング協会）のチャンピオンがいたこともあった。そのアーニー・テレルも下して、WBC（世界ボクシング評議会）との王座統一にも成功した。

ノンタイトルでも二戦したが、まして負けるわけがない。俺に勝てる奴なんかいない。それなのに、もう世界チャンピオンじゃない。

「対戦しますは、ペンシルヴェニア州フィラデルフィアから来たる、緑のトランクス、ウエイトが二〇五ポンド二分の一、二十六戦無敗、二十三ノックアウト、世界ヘビー級チャンピオン、スモーキング・ジョー・フレージャー」

フレージャーが弱いという気はなかった。

アマチュアから始めて、そのキャリアは俺に似ている。二歳下だが、ローマから四年後の東京オリンピックで、金メダルを獲得している。プロに転向したのは、俺が世界チャンピオンになった年だ。順調に勝ち星を重ねて、世界チャンピオンになった。

しかし、そこが俺と違う。最強の敵に勝っていない。つまりは俺に勝ったわけじゃない。

本当のチャンピオンは、どっちだ。本当に強いのは、どっちだ。いやが応にも関心が高まるはずで、前代未聞の無敗対決は、自《おの》ずと「世紀の一戦」になったのだ。

「このコンテストは世界ヘビー級選手権の最終決戦だ。両者とも特に注意して……」

レフェリーのアーサー・マーカントまで大仰な口ぶりだった。生真面目そうな白人なのに、煽《あお》り文句をそのまま使い、もしや本気ということなのか。

それはさておき、リング中央に呼ばれていた。戦う相手と向き合っていたが、今回は背伸びするまでもなかった。

小男とはいわない。フレージャーは身長六フィート（約一八二センチ）に僅《わず》か足りないだけだ。ただヘビー級としては小さい。俺よりも、ずっと小さい。

見下ろすからか、子供でもからかうような気分になる。鼻が潰《つぶ》れた髭だらけの荒くれ顔にも、苛《いじ》め心を刺激される。

「やあ、ジョー、元気かい。石炭はたんまり積んできたんだろうな」

フレージャーは上目遣いの三白眼《さんぱくがん》で睨《にら》んできた。

「減らず口が。今日こそ黙らせてやるからな」

「なんだよ、ジョー。もう湯気上げてんのかよ。ピー、ピー、汽笛鳴らしてんのかよ」

コーナーに戻りながら思う。フレージャーは怒っている。こちらには好都合である。カッカしては、何事もうまくいかなくなるからである。

うまく力を出すためには、心の平静を手に入れなければならなかった。リングに背を向け、エプロンに向かい、俺はベルトの高さで両の掌を上にした。静かにムスリムの祈りを捧げるためだった。

耳障りなブザーの音が、ブウゥと大きく鳴り響いた。セコンドアウトの合図だった。アンジェロ・ダンディー、バンディーニ・ブラウンはじめ、ロープの外に出ていく顔ぶれは変わらなかった。変わったのは合図の音だけだが、これはいただけないと思った。昔のホイッスルのほうが好きだなとだけ呟《つぶや》いて、なお俺の心は静かだった。

一ラウンド

ディンと最初のゴングが鳴った。スッと空気が引き締まった。一緒に音が引けていく。あれだけの喧《やかま》しさが、ピリピリした緊迫感に押しやられていく。俺はリングに出ていった。左回り、左回りで、まずはサークリングだった。フレージャーも出てきた。いっそう小さくみえた。ずんぐり背中を丸くして構えるからだ。のみならず忙《せわ》しない。全くもって落ち着かない。頭を細かく上下させる。左右にも振り続ける。絶えざるボビングとウィーヴィングが、奴のスタイルなのである。

小刻みな動きの連続に、シュ、シュ、シュ、シュ、と音まで聞こえてきそうな気がする。ついた綽名《あだな》が「機関車《スモーキング》ジョー」というわけである。

どこか滑稽味を覚える。やはり覚えないではいられない。いや、笑ってなんかいられない。

俺はキュッとシューズを鳴らした。左回りのダンスから、右回りのステップに変えた。トリッキーな動きに釣られて、フレージャーは左フックを出した。また俺は笑いそうになった。

小さな男はリーチが長いわけでもない。身長比でみても、短い。ずんぐり体型で、腕が短い。

もちろん俺には届かない。簡単に外しながら思う。おいおい、油断してんじゃないぞ。このモハメド・アリのファイトを、ディフェンス主体と決めつけるのは大間違いだぞ。

足を止めて、右ストレート。返しの左フック。左右のワンツー、そして左のスリー。いきなりの連打で、俺はこの試合を始めた。

いったん離れて眺めると、フレージャーは目を瞬《しばたた》かせていた。

パンチの痛みもさることながら、やはり驚きに打たれた顔だ。信じられないといわんばかりだ。攻勢はまるで予想しなかったのだ。

この「世紀の一戦」も色分けされた。テクニシャン対スラッガーの戦い。スピード対パワーの相克。ディフェンス対オフェンスの勝負。いうまでもなく、前者は俺で、後者はフレージャーだ。

いざ試合が始まると、攻防の立場が逆になった。意外すぎるか。信じられないか。それでも、これは出端《でばな》の脅かしだけじゃない。左回り、左回りに戻るといえども、ダンスを続けるわけではない。

俺はすぐに足を止めた。踏みこんで左フック、中間距離に引いて左ジャブ二発。フレージャーの頭は変わらず忙しなかった。そのままダッキングの動きになって、全て空振りさせてきた。

それでも俺は攻め続ける。左フック、右アッパー、ステップインして左フック。距離が詰まり、クリンチで小休止する。その離れ際《ぎわ》に、左ジャブを打つ。左に回るが、ほんの数歩で右フック、左ストレート、左フックと繰り出す。

我ながら、自由自在のパンチだった。とはいえ、これだけ好きに打てるのは、軽いパンチにすぎないからだ。

ここからは腰を入れる。踏みこんで、左右のワンツー。かわされたが、狙いは次の左フックだ。左足に乗った体重を、腰の回転で右足に移しながら、相手の顎《あご》に引っかけて、斜めに落とすようにして打つ。

その打ち抜く動作に合わせられた。フレージャーも左フックを出してきた。

もらった——左フックはフレージャーの得意パンチだ。というより、ほとんど左フックだけだ。それでも速い。それでも強い。

角度も多彩で、他の手がいらない。左フックひとつで、世界タイトルが取れたほどだ。それほどまでに危険なパンチだ。二発はもらえないパンチだ。

すぐクリンチに逃れると、俺はレスリングさながらの力任せで、フレージャーの首の後ろを押さえつけた。無理矢理に下を向かせて、次の攻撃を阻んだのだ。

自分のほうは逆に顎を高く上げて、それを左右に振ってみせた。

「効いてない、効いてない」

離れるや、俺は左ジャブを出した。さらにワンツーを続けたが、三発ともしっかりガードされてしまった。左フックも空《くう》を切った。マウスピースの奥で、俺は小さく舌打ちした。

そこにフレージャーの左フックが飛んできた。掠《かす》った。それだけで、頬が切れそうだった。やはり速い。やはり強い。やはり鋭い。だから、危ない。これだけは本当に危ない。

俺は左ジャブ、左ジャブで突き放した。フレージャーは左右のボディ打ちで前に出てきた。攻めようが守ろうが、こちらの出方は関係ない。「機関車ジョー」は前に出るファイトしかできない。

それは俺も望むところだ。打ち合いこそ勝負の決めどころだ。しかし接近戦は好きじゃない。中間距離でなければ、こちらに利はない。

俺は高速のワンツーで追いはらいにかかった。左ジャブ、左ジャブ、ワンツーと出して、さらに遠ざけようとする。それでもフレージャーは離れない。ワンツーから、あの左フックもろとも飛びこんでくる。

また俺は打たれてしまった。ロープまで飛ばされてしまった。追いかけてきた身体は、クリンチに捕らえた。俺は再び何度も顎を振ってみせた。

「効いていない、効いていない。ゴリラ野郎のパンチなんか効かない」

「いい加減に黙れ、モハメド」

「なんだよ、ジョー。なにをそんなに怒ってんだ」

「おまえは、いっちゃならないことをいった」

離れながら、俺は首を傾《かし》げた。いっちゃならないことだと?

それは、いつもの話であるはずだった。リストンは「熊」、元チャンピオンで防衛戦で退けたパターソンは「兎」、カナダチャンピオンで、やはり防衛戦で下したシュヴァロは「洗濯女」と綽名をつけたが、全ては試合を盛り上げるためだった。

実際に盛り上がった。興行も大きくなった。テレビ放映も増えた。なによりファイトマネーが上がった。そのための演出のひとつじゃないか。フレージャーを「ゴリラ」と呼ぶくらいは普通じゃないか。

そんなことより、ファイトだ。俺は左回り、左回りで、左フック、左フックと振りつけた。その二発目にフレージャーは合わせてきた。左フックの風を鳴らした。ギリギリのスウェイバックでかわし、この序盤で俺は認めさせられた。

誤算だった。フレージャーの踏みこみは予想以上だ。ビデオでみるより、ずっと速い。まさに一瞬で距離を詰める。

ワンツーから左ジャブで、俺は突き放しにかかった。フレージャーもワンツーを返したが、それは何の脅威でもなかった。が、もう俺の顎のすぐ下に、奴の縮れ髪が密着していた。左フック、左フックと、ボディに叩きこんできていた。

俺は急ぎ奴をホールドに捕まえた。振りほどこうともがきながら、フレージャーは喋《しゃべ》り出した。サウスカロライナの田舎訛《なま》りは、ただでさえ聞き取りにくい。マウスピースまで咥《くわ》えているのに、構うことなく喋るのだ。

「絶対に許さねえ。いいか、モハメド。おまえのせいで、女房が肩身の狭い思いしてんだ。子供たちまで学校で苛められてんだ」

言葉と一緒に打ちこまれた。ボディに左フックだった。俺は肘《ひじ》を下げてブロックした。まず言葉から叩き返した。

「ゴリラと呼ばれたくらいでかよ」

「違う。おまえは俺を『アンクルトム』と呼んだんだぞ」

クリンチを解くや、俺は左ジャブを鋭く飛ばした。フレージャーの前進は阻んだが、かわりに言葉が飛んできた。

「おいら、白人の手先じゃねえ。おいら、黒人社会を裏切った覚えはねえ。政府の回し者ってわけでもねえ」

フレージャーは言葉と一緒に出ようとする。それを止める左ジャブ、左ジャブ、さらにワンツーと俺は連発で迎えてやる。なお構わず出てくるので、その額を押さえにかかる。その前に縮れ髪がスッと沈んで、もう次の瞬間には目の前に浮上していた。

まずいと呻《うめ》いたのと同時だった。俺の右顎に硬いものが減《め》りこんだ。また左フックをもらった。どうしてもらってしまうのか。

俺はとっさに腕を伸ばし、フレージャーの身体を押さえこんだ。そのうえで効いていない、効いていないと、顎を振るアピールを繰り返した。

「そんなの、みんな、おまえの一人芝居だろ。なあ、モハメド。おまえが政府に売った喧《けん》嘩《か》じゃねえか。全体おいらになんの関係があるってんだ」

わめきながら、またフレージャーは左フックを飛ばしてくる。思い切りのパンチだったが、興奮したせいか振りが大きすぎた。これなら、かわせる。スウェイバックで、ほら、かわせる。俺のほうが頭ひとつも背が高い。斜め後ろに仰《の》け反《ぞ》るだけで、楽に外せる。

俺は左ジャブを打ちつつ離れた。左回りに入りながら、左ジャブ二発で相手の出足を止める。中間距離を取ると、そこから左ストレートを伸ばす。しかし、拳に手応えはない。

フレージャーは、三発とも綺麗なヘッドスリップでかわした。中間距離のパンチを凌《しの》ぐ、これが奴のパターンだった。

常に頭を左右に動かし、そのタイミングで偶然よけたわけではなかった。きちんとパンチをみて、かわしていた。これも誤算だ。こいつは目もいい。ディフェンス力も侮《あなど》れない。

フレージャーが左フックで飛びこんできた。瞬間移動さながらのステップインだ。

俺はスウェイバックで対処した。パンチの当たりは浅く、ダメージもなかったが、悔しさはこみ上げた。闘牛士よろしく、綺麗にいなすことができなかったからだ。

俺は樽のような身体を胸に抱えていた。クリンチしたくなかったが、クリンチせざるをえなかった。接近戦はできないからだ。どう考えても、不利だからだ。腕が短いほうが、回転力には勝るのだ。

もつれる間に、フレージャーはボディを叩いた。力いっぱいの右を二発だった。物凄《ものすご》い音も響いた。傍目《はため》には、きっとダウン必至だった。

その実は効かなかった。鳩尾《みぞおち》だの、肝臓だの、急所は捕らえていなかった。それどころか見当外れだ。横殴りのナックルは、常に俺の脇腹もしくは腰に当たった。当然ながら痛い。ひどく痛いが、ダメージになるほどではなかった。

もちろん、進んで受けたくはない。心がけて、中間距離を保たなければならない。

クリンチが解かれると同時に、俺は左ジャブを出した。離れてたまるかと、フレージャーは左フックで飛びこんでくる。俺が左回りに入っても、きっちり追いかけてくる。しつこい奴だと俺は左を叩きつける。相打ちを狙うタイミングで、また左フックが飛んでくる。

何度か繰り返しているうちに、俺の背中にロープが当たった。またクリンチにもつれながら俺は思う。フレージャーは前に出てくる。休まず出てくる。どんどん出てくる。この突進力も「機関車ジョー」たる所以なのか。

ディンと終了のゴングが鳴った。フレージャーはなお口を動かした。

「覚悟しとけ、モハメド。次のラウンドだ。おいらを『アンクルトム』といったこと、次こそ後悔させてやるからな」

二ラウンド

コーナーに戻りながら、いくらか気が咎《とが》めないではなかった。いつもの舌戦だったというが、「アンクルトム」と呼ぶのは確かにやりすぎだった。

それはストウ女史の小説だ。『アンクルトムの小屋』に出てくる、白人に従うことしか知らない、卑屈な黒人奴隷のことだ。

なるほど、フレージャーは「アンクルトム」なんかじゃない。世界チャンピオンは、白人のいいなりじゃない。「アンクルトム」と呼ばれれば、怒って不思議じゃない。

そうと自分で認めたりした日には、白人の真似ばかりで恥を知れと責められかねない。黒人社会で爪弾《つまはじ》きにもされるかもしれない。奥さんが肩身が狭いというのも、子供が苛められたというのも、本当の話に違いない。

しかし——コーナーの椅子で俺は思い返した。フレージャーの奴は、やっぱりアンクルトムだ。そうでなくとも、アンクルトムになってもらう。俺と戦うかぎりは、体制の手先を演じてもらう。俺は反体制派だからだ。

世界チャンピオンになって、俺はアメリカに嫌われた。ソニー・リストンに勝つと、イスラム教の信仰を告白したからだ。名前も「モハメド・アリ」と変えた。「カシアス・クレイ」という旧《ふる》い名前は、奴隷の名前だからだと説明した。

それは世の黒人差別と、断固戦うことの宣言だった。アメリカの公民として、法の上での平等を獲得したい。そう打ち上げる公民権運動、あるいは黒人革命に参加することの表明だった。それもキング牧師の非暴力不服従運動ではなく、白人の宗教だからとキリスト教さえ拒否する、より過激なブラック・ムスリム運動に加わったと公言した。

これでアメリカは敵になった。

ただ態度が冷たくなっただけではなかった。試合がテレビ放送されなくなった。会場でも客の入りが悪くなった。国内の興行が減り、国外での試合が増えた。露骨なまでの冷遇が、徴兵拒否の一件をきっかけに、さらに弾圧になり、処罰になっていったのだ。

ヴェトナム戦争は拡大の一途を辿《たど》った。一九六四年八月のトンキン湾事件から、アメリカは膨大な兵力を投入したにもかかわらず、あれよという間に兵員が不足した。一九六六年の一月には「カシアス・クレイ」にも徴兵令状が来た。

「俺はヴェトコンに文句なんかないぜ」

アメリカの有色人種がアジアの有色人種を殺す理由はない。ヴェトナム人に「ニガー」と呼ばれたことはない。イスラム教の教えから、「モハメド・アリ」は戦場で人を殺すことはできない。そうやって俺は徴兵拒否を明言した。

臆病者、非国民、偽アメリカ人——非難轟々《ごうごう》となっただけには留《とど》まらなかった。一九六七年四月二十八日、テキサス州ヒューストンの合衆国軍徴集兵検査入隊所で、俺は正式に徴兵拒否を申告した。その一時間後にはニューヨーク州ボクシング競技委員会が、ライセンスの停止を通告してきた。

他州の委員会も追随した。アメリカで試合ができなくなるまで、一ヵ月とかからなかった。

世界ボクシング協会、イギリスボクシング監督局、ヨーロッパボクシング連盟も資格停止を発表し、このとき世界タイトルも剝奪《はくだつ》された。

六月には裁判で懲役五年の有罪判決を下された。もちろん控訴したが、国外逃亡を予防するという口実で、パスポートを取り上げられた。

国外でも試合はできなくなった。カナダでも、メキシコでも、ジャマイカでも、日本でも、どこでも戦えなくなった。

公民権法は成立したが、マルコムXは暗殺された。ノーベル平和賞をもらったからか、ヴェトナム反戦を唱えたからか、キング牧師まで殺された。今も生きているだけ、まだしも俺は幸運なのか。

俺は椅子から立ち上がった。セコンドアウトのブザーより前だった。左右の手でコーナーロープをつかみながら、リングの対角線上に目を飛ばした。

赤コーナーでは、フレージャーもゴングを待たずに腰を上げた。助かるぜ、ジョー。待たされるのは嫌いなんだ。もう待ちくたびれたくらいなんだ。

「ディン」

風を巻いて、フレージャーが突進してきた。左フックで飛びこんできた。それを俺は正面で迎える。がっちりとクリンチに押さえる。その耳元に怒鳴りつけてやるためだ。

「怒っているのは、俺のほうだ」

俺は両手で肩を押した。少し離れたところで、フレージャーが揺れ始めた。

例の忙しないボビングだ。しかもガードは右腕と左腕を交差させる、まさに専守の構えなのだ。中間距離でパンチを出す気は皆無だ。攻めるのは、俺のほうだ。

スッと踏みこみ、左フック。いきなり手応えがあった。左ジャブ、右ストレート、左回りから高速の左ジャブを四連打してみたが、フレージャーは今度はヘッドスリップで全てかわした。

やはり目がいい。その目を早めに潰しておきたい。しかし、フレージャーは背が低い。構えも低い。頭も低い。俺のパンチは目に当たらない。額に当たり、眉が腫《は》れても、目は塞《ふさ》がらない。

厄介だなと苦《にが》る間に距離を詰められた。パンチを打たせたくないと思えば、また密着してクリンチに取るしかなかった。フレージャーのほうは口撃が先だった。

「だから、おまえの怒りなんか、おいらには関係ねえ」

「関係ないだと。俺は世界タイトルを剥奪されたんだぞ。そのチャンピオンベルトを、おまえときたら、俺に勝ったわけでもないのに、まんまと手に入れやがったんだぞ」

「おまえが試合できなかったんだ。おいらのせいじゃねえ。おいら、どうしたらよかったってんだ」

揉《も》みあいでコーナーに詰まった。レフェリーが分けにきた。

狭いところを脱出すると、俺は中間距離を取りなおした。左ジャブ、右ストレート、左フック。二発目と三発目は手応えありだった。

ヘッドスリップが働かなかった。パンチをみる体勢が、フレージャーはまだ整っていなかった。

腹を立てたか、フレージャーは左フックで突進してきた。ボディにも左右を続けた。

俺はバックステップでかわす。変則の右回りで翻弄する。左アッパー、左フックとパンチも繰り出す。どちらも顔面に届いて、手応えがあった。

わかってきた、わかってきた。ジョー、おまえ、まっすぐのパンチでないと、うまくかわせないんだな。

フレージャーは、ひたすら前進だ。距離を詰め、左右をボディに伸ばしてくる。俺はバックステップで空振りさせる。背中にロープを感じると、右回りで離れながら、同時に右フックを叩きこむ。

フレージャーは、やはりディフェンスが取れない。ただ頭を下げるだけだ。下向きになるほどだ。俺は軽くワンツー。奴がマットしかみていないなら、ほら、今度は腰を入れたワンツー。

俺のペースになってきた。フレージャーの前進も、その都度クリンチに捕らえれば怖くない。ああ、首の後ろを上から押さえつければいい。無理にも頭を下げさせればいい。

必殺の左フックは、もう顔面に届かなくなる。ボディ攻撃は痛いだけで、それほど効くわけではない。

離れ際の左ジャブが当たった。フレージャーは構うことなく、ひとつ覚えの前進だった。押されて、またクリンチになった。みかねたレフェリーが分けてくれた。

ようやく距離が開いて、俺は左ジャブ。左に回って、さらに左ジャブ、もうひとつ左ジャブと重ねることができた。

まっすぐのパンチには強い奴だ。フレージャーは全てヘッドスリップでかわした。そうして一歩、また一歩と詰めて、最後の数歩は一気の踏みこみで潰してしまう。

ロープ際で、またクリンチ。離れてパンチ。捕まえてクリンチ。離れてパンチ。捕まえてクリンチ。攻めに徹する局面と、守りに徹する局面がある。それが頻繁に入れ替わる。この試合は、その繰り返しになりそうだった。

俺は低く構えた肩で、フレージャーの身体を押した。距離が開くや、ふたつ右ストレートを続けた。しかし、もう奴は密着してくる。クリンチに捕まえると、胸を縮れ髪で押されて、じき逃げ場のないコーナーだった。

俺は左回りで脱出した。構えが整わないうちがチャンスだと、素早く左ジャブを放った。ヒットされて奴が目をつぶったところに、右ストレートを叩きこむ。バッと汗の粒が飛び散り、まさにクリーンヒットである。

返しの左も、うまく当たった。そのまた返しの右も当たった。ワンツーは外れたものの、続けた左は手応え十分だった。試合は、やはり俺のペースだ。

フレージャーの目がストレートに馴《な》れてくる頃だと、俺はパンチを変えた。右フック、左アッパーを、やはり奴はかわせなかった。

ただ依然フレージャーの頭は低い。クリーンヒットを取りにくい。目を潰しにくい。

それのみか、この頭が不意に飛びこんでくる。ほとんど頭突きの勢いで来る。クリンチで凌ぎながら、バッティングも要注意だと思う。

ただパンチは当たらなかった。フレージャーは自分の番を無駄にした。「機関車ジョー」の突進力は、左回りの動きで逸《そ》らし、リング中央に戻れば、今度は俺の番である。

左ジャブが当たる。右ストレートが当たる。返しの左ストレートまで当たる。そうして俺は少し調子づいたらしい。

右顎に重いものが刺さった。フレージャーの左フックだった。

またもらった。またクリンチに逃れると、俺は顎を左右に振る仕種で、今度も会場にアピールした。

「効いてない、効いてない」

俺は涼しい顔でファイトを続けた。高速の左ジャブを重ねる。さらに右ストレートを伸ばす。飛びこまれて、またクリンチになる。後頭部を押さえながら、黒光りする背中にも吠《ほ》えないではいられなかった。

「おまえのパンチなんか効くかよ。簡単に昇天するくらいなら、カムバックするもんか」

「おいらのおかげで、カムバックできたんじゃねえか」

フレージャーも応じた。ライセンスの再発行に奴の力を借りた。それは事実だった。

無敗のチャンピオン対決だ。そうやって世論を煽る。協会、委員会、評議会に圧力をかける。なあ、ジョー、協力してくれないかと、俺が直に電話で頼んだ。

憎み合う。罵《ののし》り合う。いがみ合う。そんな芝居をテレビや新聞の目の前で、フレージャーには何度か演じさせたこともある。

そのときは「機関車ジョー」も乗り乗りだった。自分からも動いてくれて、何かのレセプションの機会では、ニクソン大統領にまで働きかけたと聞いている。

「いや、おまえの情けなんか、受けるまでもなかった。流れは俺のほうにある」

声を叩きかえしたとき、ディンと二度目のゴングが鳴った。

三ラウンド

「ああ、流れは、こっちだ。一ラウンドは僅差だったが、二ラウンドは間違いなくおまえが取った。これで、いい。この調子で十五ラウンドまで、ポイントを重ねていけばいい」

アンジェロは、そうやってインターヴァルのコーナーに迎え入れた。

それが俺の作戦だった。フレージャーは侮れない。しなやかでもない。華麗でもない。多彩でもない。不器用、単調で、直線的な動きしかできない。しかし図抜けて速く、また強いから侮れない。

心身ともにタフな男で、簡単に音を上げるとも思われない。無理に倒しにかかるより、最終ラウンドまで続けて、判定に持ちこんだほうがよい。

恒例のKO予告は六ラウンドにしていた。今回は腹中の作戦を隠す目くらましだ。

「モハメド、なにも焦《あせ》ることはないんだ」

アンジェロは続けた。俺がまたブザーの前に立ち上がったからだった。

焦っているわけじゃない。前のラウンド程度の優勢で、勝ちに逸《はや》るわけでもない。ただ流れを変えたくない。流れを変えさせるわけにもいかない。ああ、自惚《うぬぼ》れるな、ジョー。おまえの存在なんか、俺のカムバックに大した意味はなかったんだ。

時間前に立つ男は、赤コーナーにも見受けられた。遅れを取るわけにはいかなかった。俺が座っていられなかったのも、それだ。フレージャーはもう喋り出していた。

「助けてやろうとしたのは、おまえを哀れと思ったからだ」

フレージャーは、いきなり喋り出した。ズバリ貧乏のことだ。

俺は試合ができなくなった。当然収入は途絶えた。十代からプロボクサーだった俺は、他に仕事の経験もなかった。

あと何がある？　抜群の知名度？　アスリート離れしたタレント性？　みこまれてブロードウェイでミュージカルに出たこともあった。プロのファイターともあろう者が、日々の暮らしのために舞台の上で歌を歌った。

「おいらにだって女房子供もいるってんだ。稼げない情けなさはわかるってんだ」

フレージャーのいう通りだった。私生活も重くのしかかっていた。

俺は世界チャンピオンになった後に結婚した。そのソンジ・ロイとは二年と続かなかった。離婚で年に一万五千ドル、十年間支払わなければならなくなった。

それなのに二年とたたず、俺はベリンダ・ボイドと再婚した。子供が四人もできた。嬉しいことだが、金がかかった。稼げないにもかかわらず、だ。

「うるさい。大きなお世話だ、低能ゴリラがっ」

「おまえこそ、黙れ、モハメド。いや、今度こそ黙らせてやる」

フレージャーは左右の拳を、グローヴごとボンと合わせた。その気合いと同時に、耳障りなブザーが響いた。さかんに頭を上下させるボビングが始まった。

「ディン」

奴はいきなり突進してきた。俺のほうとて遅れなかった。あれよという間に正対すると、揺れながら、そのままで二秒もすぎたか。

今だと閃《ひらめ》き、同時に動いた。パンチになるのは、俺のほうが速かった。左フックが髭の右顎を打ち抜いた。右フック、左フックと連打を重ねることもできた。

お構いなしに、フレージャーは強引な前進だった。左、右、左とフックをボディに振るってきた。しっかりガードしたものの、弾ける音は凄まじかった。顔面にも飛んできた。強烈な左フック——またやられた。どうして、よけられないんだ。俺はクリンチに逃れながら、さっきのパンチを思い出していた。

モーションがないどころではなかった。気づいたとき、すでにナックルは残り数インチの位置だった。

なるほど、パンチは小さな男の低い構えから出された。こちらの長身からすると、動き出しは完全な死角だ。途中からしかみえないので、反応が遅れるというより、反応する余裕がないのだ。

これは、よけられない。それでも弱みはみせられない。

「これが目一杯か、ジョー。えっ、どうなんだ、俺を黙らせるんじゃなかったのか」

怒鳴りながら、俺は肩でフレージャーの身体を押し返した。左ジャブ二発で、さらに突き離す。続けて左フックを決める。が、やはり奴は気にもせず、突進を繰り返すのみだ。

クリンチでもつれれば、また怒鳴り合いだ。

「黙らせてやる。黙らせてやる。おまえ、なに喋ってもいいってわけじゃないぞ」

「俺に口を慎めというのか。俺はモハメド・アリだぞ。俺の話を聞きたくて、何千何万の人間が大学に来るんだぞ。イスラム教徒の希望の星ってだけじゃない。有色人種のスポークスマンってだけじゃない。今や俺は反戦運動のシンボルなんだ」

ヴェトナム戦争は拡大の一途を辿るというより、もう泥沼化の様相だった。

戦局は劣勢。それでも戦費のために増税。アメリカ兵の残虐行為が行われた「ソンミ村事件」まで報道されて、厭戦《えんせん》気分も強くなった。いや、インテリを中心に積極的な反戦運動さえ盛り上がった。

そこに、かねて徴兵拒否を貫くモハメド・アリだった。

非国民の不道徳から、勇敢な異議申し立てに変わる。宗教的な信条に基づく「良心的拒否」となれば、もはや反戦の英雄である。タイトルを剝奪された無敗のチャンピオンとなれば、もはや反戦の殉教者なのである。

全米の大学から依頼が殺到して、今日まで二百を超える講演をこなしているというのは、そうした流れからである。

不当な抑圧も改められる。一九七〇年六月二十日、ボクシング・ライセンスの停止は憲法違反と、裁判所判断が示された。ジョージア州を皮切りに、再交付が相次いだ。

ほぼ同時に試合の興行が組まれた。かくてカムバックはなり、復帰三戦目にして、世界タイトルマッチを組めた。それもこれも、すでにして単なるファイターに留まらない、このモハメド・アリの絶大な影響力のゆえなのだ。

「それなら、モハメド、大学に行け。そこで好きなだけ話せ。ここはリングだ。おいらはアーミーでも、ペンタゴンでも、ホワイトハウスでもねえ」

「だから、ファイトしてるんじゃないか」

「そのファイトにリングの外の話を持ちこむなって……」

「二人とも、話をしないように」

クリンチを分けるレフェリーが注意した。

わかっている。俺も話したいわけじゃない。口は試合の前に動かすものだ。むっつりを決めこんだフレージャーが、今頃になって喋り出すから……。

俺は中間距離から、左ジャブ、左スウィングと出した。フレージャーが左フックで飛びこんで、距離がなくなる。またクリンチになる。

離れるや、俺は左ジャブで突き放す。さらに左フックを振るう。フレージャーの頭が低すぎて、うまく急所に当たらない。

俺は左ジャブを続けた。ダッキングでかわされ、左フックを振るうと、今度はガードで凌がれた。

直後の鋭い踏みこみで、一気に距離を潰されたが、打たれる前に俺はクリンチにかかった。

肩での押し合いになったが、それは身体の大きさで競《せ》り勝った。離れ際に俺は鋭いワンツーを飛ばす。フレージャーの頭が低すぎて、やはり額を打つだけになる。

この低さが厄介だと、俺は舌打ちしたくなる。脳天でも打てるなら好都合だが、フレージャーは額で受ける。急所を守るため、ぐいと自分から突き出す。額の骨は頑丈なのだ。半インチほども厚みがあるのだ。頭ごと太く短い首に支えられれば、脳にはさほどの衝撃も伝わらないのだ。

打ち下ろしが駄目なら——左アッパー、左アッパーと二発続けて、俺は打ち上げのパンチに替えた。急所の顎に命中する。フレージャーも効いたはずである。

それでも奴は前に出てくる。接近戦を避けるために、また俺はクリンチしなければならない。

レフェリーが来る。両腕の長さのかぎりに、大きく分けてくれる。この距離はチャンスだ。俺は右ストレートを叩きこむ。が、また額だ。左ストレート、左右ワンツーと続けたが、構えができたフレージャーは、全てヘッドスリップでかわしてしまう。

左ストレートは顔面を捕らえた。フレージャーが捨て身で前に出たからだ。となれば、奴のあの左フックが死角から飛んでくる。

打たれた。これは、まずい。クリンチに逃げなければならない。コーナーに追いこまれるのは仕方ない。力任せの左右フックでボディを打たれるのも仕方ない。これは効かない。痛いが、効かない。打たせるしかない。

「これが目一杯なのか、ジョー。おまえは、こんなものなのか」

俺は怒鳴りながら離れた。右ストレートを打ち下ろし、この距離を保ちたかった。

速い左ジャブを二発続けたが、ストッピングにはならなかった。左右のヘッドスリップで潜りながら、フレージャーは前に進んでくる。左フックで飛びこまれれば、俺はクリンチに捕まえるしかなくなる。

離れ際に右ストレート――何度も決めたパンチだが、手応えが違った。ナックルに骨の感触がはっきり残った。今度は効いた。フレージャーの左フックが遅れた。届きもせずに、ただ鼻先で空を切った。

俺は出る。ここぞと攻める。左ジャブ、左ジャブ、右フック、左ジャブ、ワンテンポ抜いてからのワンツーと、見事な連打を決めてやる。どうだ。

駄目か。フレージャーが出てくる。また俺にはクリンチに捕まえるしかなくなる。

俺はレフェリーを待った。分けてくれるのを待った。その間に思う。「機関車ジョー」は出てくる。どれだけ突き放しても、くっついて離れない。いい加減うんざりする。

レフェリーが分けて、再開した。フレージャーはやはり前進だった。

俺はワンツーで迎え撃つ。それが額で受けられる。その頭を手で押さえつける。腕を支《つっか》え棒に距離を取り、左フックを振りつける。奴も左フックを合わせるが、この距離なら初動がみえる。スウェイで楽に空を切らせることができる。

簡単だ――うそぶく間に、もうひとつ飛んできた。まともに右顎を打たれてしまった。

「だから、おまえのパンチなんか効かないんだって」

クリンチに捕まえながら、俺は叫んだ。フレージャーは左フックで返事に代えた。が、それは読んでいた。ガードを高く上げておいた。凌いだら、次は俺の番だ。

右ストレートを突いたが、奴は下がらない。左ジャブ、左ジャブでも、前進が止まらない。フレージャーは押しこんでくる。コーナーに詰めてこようとする。

左ジャブ、左ジャブ、ワンツーでも追い払えない。またクリンチに捕まえて、また離れてから左フック。続く右ストレートは腕を伸ばしきり、顎を打ち抜いたはずなのに、怯《ひる》まないフレージャーはすぐ左フックで飛びこんでくる。

俺は左回りにかかった。サークリングでリング中央に誘導した。ワンツースリーの三連打で、距離が取れるはずなのに、また左フックと一緒に距離を詰められた。

クリンチで密着されれば、ボディは打たせておくしかない。あきらめにも似た呟きに、ゴングの響きが重なった。

「ディン」

歓声が届いた。耳が痛いほどの音だ。会場は興奮している。実力伯仲のファイトになっている。俺はとっさに両手を上げた。高く突き上げ、優勢をアピールしていた。

四ラウンド

「ジョーの奴、まるでパンチングボールだ。打てば打つほど、勢いよく戻ってくる」

マウスピースを外すと同時に、言葉が零《こぼ》れた。冗談のつもりだったが、思いのほか愚痴めいていた。アンジェロは平らな声で答えた。

「パンチングボールの割には厳しい反撃だな」

「おいおい、アンジェロ。あいつのパンチなんか一発も効いてないぜ」

「ブラウン、鼻血を拭いてやれ」

もうひとりのセコンドが命じられた。俺は慌てて鼻を拭った。が、血の色は臙脂《えんじ》色のグローヴではわからない。

ブラウンに拭われると、白いタオルは赤に汚れた。なるほど、息が苦しかった。なるほど、血で鼻が詰まっていた。が、それだけだ。

ダメージが残っているわけじゃない。そう声に出す前に、アンジェロが先を続けた。

「左フックには気をつけろ。よけにくいのはわかるが、もらいすぎるとよくない」

「よけにくいわけじゃない。それに単発だ。ただの一発狙いだ。俺のコンビネーションのほうが、何倍も効果的だ。現に三ラウンドも取ったろう。優勢は保っているだろう。この戦い方で勝てるだろう。作戦は間違っていないだろう」

アンジェロは宥《なだ》めるような笑みで頷《うなず》いた。

「ああ、おまえなら勝てるさ。気がかりは、ひとつだけだ」

「なんだよ、気がかりって」

「フレージャーの奴、みたこともないほど絶好調だ」

俺は四ラウンドもブザーより前に立ち上がった。のみならず、ゴングと同時に飛び出した。

左ジャブ、右ストレート、左アッパー。いきなりの連打で始めて、二発までがヒットした。

低く構えるフレージャーは、それでも涼しい顔だった。一ラウンドと同じく、細かく頭を揺すり続けるだけだ。やはり気に入らないな。絶好調だと？　やはり気に入らないな。

俺は攻撃を続けた。右ストレート、左ストレートと当てたはいいが、踏みこみが不用意に深くなった。距離が近くなって、奴の左フックをもらった。これは危ない。もらいすぎなんかじゃないが、注意しなければならない。この切れ味は少なくとも気に入らない。

左ジャブ三発で突き放し、左に回って右ストレート、さらに左ジャブ二発。俺は休まない連打だった。

フレージャーは、左フックの踏みこみ一歩で距離を詰めた。まったく割に合わない。気に入らない。

距離を取りなおしながら思う。これが絶好調ということか。フレージャーはこんなに速いわけじゃない。こんなに鋭いわけじゃない。意外に目がいいわけでもない。かつてないくらいまで、上々に仕上げてきたということなのだ。

なるほど、フレージャーには自分のほうが格下という自覚があったろう。俺は世界タイトルを九度防衛している。向こうは、ようやく二度目の防衛戦だ。アメリカ社会さえ騒がせる俺の知名度を別にして、なお格の違いは明らかだ。

その差を埋めるために、フレージャーはトレーニングに励んだ。俺の口撃に激怒、絶対に倒してやると発奮しながら、黙々と練習に取り組んで、ここまでの絶好調に仕上げてきた。

俺だって――やることはやってきた。それでもオスカー・ボナベナを下した前哨戦から僅かに三カ月、大事なタイトルマッチにもかかわらず、やや試合を急いだ感は否めなかった。

アメリカ合衆国連邦最高裁判所の判決が、夏前にも出るとされた。控訴が認められればよし。徴兵拒否の有罪が覆らなければ、今度こそ五年の懲役を果たさなければならない。

そうならないため、そうさせないためにも、この試合は早く行わなければならなかった。

勝つことで己《おの》が正義を高揚し、最高裁判事の心証を動かさなければならなかった。いうまでもなく、五年の懲役を務めた後のカムバックはない。ましてや世界チャンピオン返り咲きは考えられない。世界タイトル挑戦さえ望めない。

俺は飛ばし続けた。左ジャブ、左ジャブ、右ストレート、さらに二発が一発にしかみえない高速ワンツー。その全てをフレージャーは、ヘッドスリップのクイックな動きで外した。

まっすぐが駄目なら横殴り――右フックを飛ばしたが、これは先読みされて、頭を下げるダッキングでかわされた。屈伸に膝が沈んで、となれば来るぞと思ったときには、もう左フックが当たっていた。

さほどの衝撃はなかった。フレージャーめ、少し力んだか。それとも心に余裕がないのか。絶好調でも、それを活かしきれないか。

サイドステップで離れてワンツー、左ジャブ、左ジャブ、左スウィング、右ストレート。俺のアタックが続いた。さすがに堪《たま》りかねたか、フレージャーからクリンチしてきた。だから、おまえは、くっついてくるな。

もがく動きで無理にも離れ、俺は左ジャブ、ワンツーと繰り出す。またクリンチになったが、左フックで気を散らし、離れてからも右ストレート、右ストレート、左ストレートと続けて、少しも休まない。

まっすぐのパンチはヘッドスリップでかわされる。それは同じだが、出足を止めることには成功した。フレージャーは左フックを出せなかった。

馴れてきた。わかってきた。もう、つかんだ。左ジャブ、左ジャブ、左ジャブ、それから右スウィングと続ける。全て綺麗にかわされるが、この手数は無駄ではない。絶えず突き離された距離からは、奴の左フックが届かない。

左ジャブ、左ストレート、右ストレート。俺の連打に負けず、強引に前進しても、パンチを出す機会を逸する。打たれたあげく、クリンチに落ち着くだけである。

フレージャーは苛々《いらいら》顔だった。掌で俺の胸板を押して離れた。中間距離が取りなおされて、それこそ俺の望むところだ。

高速の左ジャブ二発で、奴の左フックは空振りになった。のみか勢いで身体が泳いだ。その顎に俺は左アッパーを入れてやる。

さっき離れたフレージャーが、また頭をつけてきた。ヘッド、ボディ、ヘッドと打ち分けて、左フック、右フック、左アッパーと出してきたが、俺の長い腕が絡まり、まともな攻撃にならない。

だから離れようじゃないかと、俺は左ジャブ、右アッパーで伝えたが、なおフレージャーはクリンチだった。うるさい奴だと、手で押し返す。すかさずワンツーを飛ばす。腰を入れたパンチで、ヒットの手応えもある。

打たれた直後で、フレージャーのワンツーは力がなかった。スウェイバックで簡単に外したところに、奴はもたれかかってくる。おいおい、少しだらしないんじゃないか、ジョー。それとも、そろそろ格の違いが明らかになる頃か。

レフェリーがクリンチを分けた。距離が開けられたところで思う。このラウンドも残り一分、ポイントを稼ぐ時間帯だ。

俺はスピードを乗せたワンツーで、フレージャーのボディアッパーを空振りさせた。左ジャブ二発で奴の出足を止めて、反撃のボディブローも空転に終わらせてやる。

さすがの突進力で、フレージャーはコーナーに詰めてきた。が、それも俺は回りこむ動きで難なく脱出した。続けざまにワンツー、ワンツー、これがヘッドスリップでかわされるのは仕方がない。しかし、こうして距離を詰めさせなければ、奴の自慢の左フックだって……。

右顎が沈んだ——そう感じた刹那《せつな》に、意識が飛んだ。身体がロープに飛ばされた。その弾力にハッとしながら、撥《は》ね返されて戻る目の前にみえたのが、フレージャーの潰れ鼻だった。

俺は慌ててクリンチに捕まえた。危なかった。今度こそ危なかった。普通は届かないパンチが届く。これが絶好調ということか。

俺は首の後ろを押さえたが、フレージャーも拳の感触に今こそ攻めろと教えられたのだろう。

大人しく捕まっていてはくれず、もがく動きでクリンチを逃れた。攻勢に転じられる前にと、俺はジャブを飛ばした。左ジャブ、左ジャブ。向こうへ行け、向こうへ行け。

当然、フレージャーは下がらない。今こそと下がらない。左フックで前に出る。右ボディフック、左アッパー、左フックと猛攻にかかる。

いや、いったん離れた。小刻みなボビングでチャンスを探した。が、そこに俺はワンツー、ワンツーと飛ばして、つけいる隙を与えなかった。与えるものかと、右ストレート、左ストレートと続けているうち、ディンとゴングの音が響いた。

五ラウンド

セコンドは大声で捲《まく》し立てたが、俺は聞いていなかった。

聞くまでもない。やることは、わかっている。これくらいなら経験している。しっかり休憩することが大事である。

ブザーが鳴っても、椅子を立たない。ゴングが打たれても、前には出ない。無様でも無駄な見栄を張らず、ダメージを回復しなければならない。

俺が出ていくまでもなく、フレージャーが駆けてくる。ここで仕留めてやるとばかり、猛然と詰めよってくる。

ラウンドが始まった。左回りに遠ざかりながら、俺は左ジャブ、左右のワンツー、また左ジャブ、左ジャブ、左ジャブ、左ジャブ。

フレージャーの左フックが飛んできた。一発、二発と飛んできた。が、この距離なら軌道が読める。スウェイバックで楽にかわせる。左回り、左回り、左ジャブ、左ジャブから、急な右回りを試みる。小技で相手を惑わせてやるつもりが、失敗だった。

それをきっかけに距離が詰まった。奴の射程内だ。左フック、左フック、右フック、左フック、左アッパー、フレージャーの猛攻が開始された。

慌てるな、と俺は自分に言い聞かせる。試合に危ない局面はある。凌いだ経験だってある。

俺は全身で奴にもたれかかった。ホールドの腕をこじ入れた。無様にもつれ合いを演じる。誤魔化《ごまか》して、勢いをいなす。

いったん離れると、俺は左ジャブから立てなおすことにした。左回りで左ジャブ、左ジャブ、つなげてワンツーを飛ばすと、右が当たった。一瞬見合い、左フック、左ジャブ、左ジャブと続けたところに、フレージャーの左フックが飛んできた。

もらったが、効きはしない。ひたすら守ると決めてかかれば、そんなに効くものじゃない。

とはいえ、ロープに追い詰められているわけにはいかない。クリンチに捕まえながら、右回りに位置を入れ替え、リング中央に向かわなければならない。

左ジャブ、左ジャブ、左ジャブ、さらに左ジャブで突き放し、俺はフレージャーにパンチを出させなかった。またクリンチで引き回し、離れ際にワンツーを飛ばす。当たった。左ジャブからのワンツーが、再び顔面を捕らえて、拳に重い感触を残した。

フレージャーは決まりが悪いような笑みだった。こちらを指差すようなポーズだ。やるじゃないか、といったのか。これから行くぞ、と警告したのか。

左フックが風を巻いた。それはスウェイで空を切らせた。ワンツーだけでは止められない。がむしゃらな突進で左フックを振られ、またスウェイで後ろにかわした。

三発目で距離が詰まる。両手で奴の肩を押し、腕の力で突き放してやる。

中間距離から繰り出すパンチは右フック、それから左ストレートだ。フレージャーの左フックは、やはりスウェイでかわしてやった。左ストレートを長く伸ばせば、押しこまれてから出す奴の左フックは、俺の鼻先を掠めて終わる。「機関車ジョー」が勢いあまり、その拳でなく身体で懐に飛びこんでくる。

レフェリーがクリンチを分けた。俺は後頭部を押さえるなと、身ぶりで注意を与えられた。

再開するや、左ジャブ、右ストレート、左ジャブとパンチを出したが、全てヘッドスリップで外された。左回りで左ジャブ、左ジャブ、左ジャブで俺は左回りに入ったが、あきらめないフレージャーは執拗に追いかけてくる。

警戒していたが、左フックは飛んでこない。また距離が詰まり、クリンチになった。

俺は間近で目を合わせた。無理にも合わせて、言葉を伝えた。

「ジョー、おまえ、さては疲れたな」

チャンスとみて、決めにかかるパンチは、当然ながら力が入る。ひとつ振るえば、そうと感じられるほど、はっきり体力が消耗する。今のフレージャーが、それだ。力が入らず、足が震える。今は腕さえ上がらないくらいなのだ。

反対に俺は回復してきた。ほぼ完全にダメージは消えた。これで前のラウンドは御破算だ。ファイトは振り出しまで戻った。いや、ここからは俺が攻める番だ。

クリンチが解かれた。右ストレートからワンツースリーで、俺は出足を止めてやった。力ない左フックは手前で終わり、またフレージャーは倒れこむクリンチだった。

いや、簡単には休ませない。その背中に俺は大きな身体でのしかかってやった。ヘビー級の体重を預けて、いっそう疲れさせてやるのだ。

密着すれば、わかる。フレージャーは呼吸が荒い。離れて正対してみても、口元にマウスピースの白が覗《のぞ》く。口を閉じてはいられないのだ。鼻呼吸では足りないのだ。ハアハア苦しい口呼吸になっているのだ。

俺は左ジャブ、左ジャブ、右フックからワンツーと続けた。フレージャーが返す左フックは、力がないままだった。ロープ際の押し合いも、張り合いがなかった。離れ際だけ、身体ごと飛びこむようなパンチが来た。ロングの左フックは起死回生の狙いだったが、やはり俺の顔面には届かなかった。

さて——俺は中間距離を保ち、右ストレート、左右ワンツーと、的確なヒットを稼いだ。フレージャーは前に出るが、踏みこみの鋭さはなかった。もはやカウンターの餌食になるだけだ。

右ストレート、左右ワンツーと、俺はうまく出端を捕らえた。さらに左ストレートを重ねると、フレージャーの足がピタと止まった。スッと距離を詰め、左ジャブ、右フックと叩きこんだところで、ディンとゴングの音が届いた。

六ラウンド

それぞれのコーナーに別れ際だった。踵《きびす》を返した俺の頭を、フレージャーはからかう手つきで軽く叩いた。

俺は相手にしなかった。三ラウンド終わりの俺と同じだったからだ。高々と両手を上げて、まさしく劣勢を感じての虚勢だった。フレージャーも見苦しいアピールだ。傍目にすれば、実に恥ずかしいものだ。

椅子に腰を落ち着けると、リングの向こう端ではフレージャーが、右目の下に氷嚢《ひょうのう》を当てられていた。アイシングだ。かなり腫れてきたということだ。

なにも不思議な話ではない。実際、かなりのパンチを当てた。俺も当てられたが、より多くの数で当てた。一発の力は向こうが上だが、軽いパンチも何発となくもらっていれば痛手になるのだ。

フレージャーが変わらず前に出てくるからといって、効いていないわけではなかった。攻勢に出ている間は忘れられる痛みでも、いったん守勢に回らされれば、とたんに疼《うず》きが大きくなるということもある。

もっとも──俺のほうにもダメージは蓄積している。一発の痛手は克服したが、一ラウンドと変わらず元気なわけではない。

つまりは互いに手負いだ。なかなか整わない呼吸を無理にも呑《の》み下しながら、俺は思った。これからは消耗戦だ。まだ十ラウンドも残っているが、その苦しさは覚悟しなければならない。

「ディン」

左ジャブを二発、そこから右ストレート、右アッパーと、俺は多彩なパンチで始めた。フレージャーは横殴り専門だ。力任せの右ボディを二発だ。クリンチに捕まえると、上から頭を押さえていたので、パンチに力が入っていない。低い位置から顔面に左フックを振られても、長身を利したスウェイバックで難なくかわすことができる。

これで、いい。しかし、これは俺の戦い方ではない。

高速の左ジャブを三連発、打ち下ろしのワンツー、さらに左ジャブで突き放せば、フレージャーの右ストレートは届かなくなる。なお前進で左フックを振るってくるが、俺は再びスウェイでかわし、ボディへの左フックはガードで阻む。右フックが顔面に伸びてくれば、スッとバックステップで空を切らせる。うまい。それでも、これは俺の戦い方ではない。

本当なら左回り、左回り、ダンス、ダンスで、リング狭しとサークリングしているはずだ。それが数歩で立ち止まる。敵と正対しながら、パンチを繰り出す。

かつては横の線にしかみえなかった風景も、ずっと形を保っている。観客席の顔、顔、顔が、ひとりずつ見分けられるほどである。

動けない——わけではなかった。

実際、カムバックから二戦は足を使った。第一戦のクァリー戦は三ラウンドＴＫＯで終わったが、第二戦のボナベナ戦は十五ラウンドまでかかった。その最終ラウンドにＫＯするまで、俺の足は止まらなかった。左回り、左回り、ダンス、ダンスで動き続けることができた。

が、それが用をなしたわけではなかった。

スピードが落ちた――バックステップも、サイドステップも、常に遅れた。何に遅れたといって、相手のパンチに遅れた。

フットワークがディフェンスにつながらない。対戦相手が当たったと思うときには、その場所にいないという、あの超絶ディフェンスが、もう成立しなくなっていた。

試合ができずに三年半、やはりブランクは大きかった。練習不足と自分を責められるなら幸いだった。練習すればよいだけだからだ。だが、そういう問題ではなかった。

スピードは永遠に約束されたものではなかった。それは人間が最も動ける年代にのみ与えられる、一種の奇蹟《きせき》といってよかった。ああ、永遠の約束なんてない。よけられないパンチもなかった無敵の俺は、もういなくなってしまった。

二十九歳――失われたものは、どう努力しても戻らない。ならば、しがみつかない。フットワークに頼らない。戦い方を変えるしかない。

俺はロープを背負っていた。そこから左を出したが、ジャブでも、フックでもなかった。スッと伸ばして、グローヴをグルグル回し、さっきのお返しではないが、からかうようにフレージャーの頭を小突いたのだ。

嫌がられ、手で払われても、また伸ばす。額に支え棒をしてやる。苛々を募らせれば、フレージャーはひとつ覚えの左フックを飛ばしてくる。そう思っていれば、スウェイバックで簡単に空を切らせることができる。が、それ以上は、しんどい。

やはり疲れた。少し疲れた。俺は両手を高くした。腕と肘でガードを固め、防御に専心する構えだ。

フレージャーは力任せのボディフックを振るってきた。痛いが、ダメージが残るわけではない。だから、ジョー、好きに打て。好きなだけ、打っていいぜ。

フレージャーも疲れていた。レフェリーに分けられるまで、いや、分けられてもボディブローを繰り返したが、それも形ばかりだった。

クリンチでもたれかかられ、俺のほうはしんどい。奴の体重まで支えなければならないからだ。余計に体力を削られるからだ。付き合っていられない。おい、こら、甘えるなよ、ジョー。

俺は肩を押して離れた。右ストレート、左ジャブ三連発、再び右ストレートと、そこからはパンチも重ねた。フレージャーは構わず前に出てきたが、攻めかかるというより、やはり俺にもたれかかって、休もうという腹だ。

それなら互いに支え合おうぜと、額と額を突き合わせる。これなら互いに休むことができる。それでも、そろそろ残り一分だ。ポイントを稼ぐ時間帯だ。さて、行くか。

右フック、左ジャブ、右フック、左アッパー、左フックと、俺のパンチは多彩なだけではなかった。スピードも落ちていない。したたか打たれたフレージャーは、左フックで逆襲を試みる。が、俺はお見通しとガードで阻み、クリンチに捕まえた。

すぐ押し返して、高速の右ストレート、これは手応えがあった。さらに左ジャブ三発、打ち下ろしの右ストレート、左フックとつなげて、俺は五連打を決めた。

フレージャーが身体を寄せると、顔が腫れているのがわかった。デコボコして、額も眉尻も目の下も盛り上がってきた。よし、このまま目を潰せ。

ロープ際で密着しながら、フレージャーは俺のボディに連打を入れた。四発、五発、六発と叩きこまれて、そこは我慢するしかなかった。ひとつ左フックがレバーを捕らえて、刃物で刺されたような痛みが背中に抜けた。

それでも意識は失わない。ああ、我慢できる——それが俺の新しい戦い方だった。動けなくなったかわりに、パンチに堪える。そのために取り組んだのが増量だった。

身体つきが丸くなってみえるかもしれないが、それは練習不足で肥えたのではない。フレージャーの殺人パンチに堪えるために、あえて多く食べてきた。体重を増やし、肉の鎧を厚くして、がっちり打たれ強い身体に変えたのだ。

左回りのダンスをあきらめるならば、いくらでも重くなれる。ヘビー級に体重制限があるでなし、痩身を保つことに意味はなくなる。

ロープ際の攻防は続いた。膠着《こうちゃく》をレフェリーが分けた。ファイト再開が告げられるや、俺は左ジャブ、右ストレート、打ち下ろしのワンツーと次々決めた。

他に術《すべ》もないフレージャーは、ほとんど屈《かが》むくらいに体勢を低くした。そこから左フックを振るってくるが、やはり届かなかった。

俺が左ジャブ、左ジャブ、左フックと続けると、また身体を寄せてきた。その揉み合いのなかに、ゴングの音が届けられた。

七ラウンド

両手をコーナーロープに預けて、俺はブザーが鳴る前に立った。

ことさら虚勢を張るではなかった。ダメージは回復していた。前のラウンドに少し休めたからだが、それも肉体改造に取り組んでいなければ、まだまだ膝に力が入らなかったところだ。

フレージャーは座っていた。時間ギリギリまで顔面のアイシングをするためだった。でなくても、まだ苦しいはずだ。土台の身体が小さいからだ。器が小さいために、ダメージが薄まらない。あれだけ速く動くために、奴の場合は太れない。

会場は静かだった。その空気は、なんだか強張ってさえいた。

ワンサイドの試合になりつつあった。「世紀の一戦」も蓋を開ければ、格の違いが明らかになっただけ――期待を裏切られた失望があり、無残な展開への戦慄《せんりつ》がある。どちらを応援するにせよ、気分は寒々しく沈む。

リングの外側からみれば、確かにそうだ。それのみだ。しかし、リングの内側は違う。

フレージャーの目は逸らされなかった。アイシングを受ける間も、ずっと俺に向けられていた。

まだ微塵《みじん》も戦意を失ってはいない。疲れただけで、気持ちが萎《な》えたわけではない。まだまだ戦う気でいるから、前のラウンドは休んだのだ。

そう忖度《そんたく》するならば、このラウンドは怠けられないと、俺も肝に銘じなければならない。

「ディン」

フレージャーは小走りで来た。俺は伸ばしたままの左で迎えた。からかうように額をチョコチョコ小突いてやると、いきなり左フックを振るわれた。

俺はスウェイでかわし、すぐあとクリンチに捕まえた。奴はボディに左フックだ。フック、フックと続けて、力のあるパンチだ。身体を預けて、もたれかかることもしない。やはり、やる気だ。

俺は離れて、左に回った。左ジャブから腰を入れて、左右のワンツーを出した。

俺の右腕が伸びれば、ガードが空いた顎を見据えて、フレージャーは左フックを振るってくる。倒すつもりで、全体重を乗せたパンチだ。だから、よけない。あえて、よけない。俺は膝の跳ね上げで、左アッパーを突き上げた。

相打ちになった。とはいえ、狙ったのは俺だ。フレージャーは誘いこまれたほうだ。踏みこみのタイミングで、カウンターに取れたのも俺だけだ。ダメージは奴のほうが大きい。

クリンチになった。レフェリーが分けて、また大きく距離が開いた。その向こうでフレージャーは、ニヤリと笑った。

不敵な笑いだ。効いているはずなのに、なんて男だ。それでも奴が笑いたくなった気分がわかる。俺の心も不思議と弾む。痛いだの、苦しいだのは、どうでもよくなってくる。

左の拳で俺は奴の額を押さえた。的《まと》を固定してから、左ジャブ、左ジャブ、右ストレートと打ちこんだ。フレージャーの反撃は左フックと相場が決まる。変わらず初動はみえないが、予測で動作を始めれば遅れない。

俺はスウェイバックでかわした。パンチが掠った喉元の汗が冷えて、一瞬スッとしたほどだった。もらってはいけない。やはり殺人パンチだ。

俺は自分の攻撃にかかった。左ジャブ、左ジャブは目を潰す軽いパンチ。右ストレートはダメージを与える重いパンチ。当てたからには、距離が詰まる。俺はクリンチを急いだ。一瞬の油断で顎を飛ばされるからだ。

左フックを回しながら離れると、フレージャーは左フック、さらにボディに左右フックで、また密着を試みてきた。

コーナーまで詰められかけたが、俺は手で押して距離を開けた。左手で奴の額を押さえつけて、その距離を詰めさせなかった。が、その腕を潜るような動きで、フレージャーはボディに左アッパーを突き上げてきた。

まともに入った。効いた。俺はクリンチに逃れた。

レフェリーに分けられるや、おれは左ジャブ、左ジャブと突き出した。引っかけるような左アッパーまで、奴の顎先に決めてやった。それでも「機関車ジョー」の突進は止まらないのだ。

左フックが顎を掠める。左右のボディが腰骨の端を叩く。暴れる腕をホールドすると、今度は頭を突き出して、グリグリ押しつけてくる。

揉み合い、リングを移動するうちに、またおかしくなってきた。

互いに腕を絡ませながら、足運びを合わせてマットに円を描く。なんだか、これじゃあ二人で組になって、ダンスを踊るようじゃないか。はは、男と踊る趣味はないぜ。スピードが落ちてしまって、もうリングで踊るのはあきらめたところだぜ。

俺は左ジャブ、左ジャブ、左ジャブで突き放した。フレージャーは左フックで飛びこんでくる。俺は高速の左ジャブ三発に、右ストレートだ。奴は怯まず左アッパーを振るってくる。

空振りながらも、フレージャーは前進する。密着すれば、俺の顎下に縮れ髪を押しつけて、ボディを左右に猛回転である。それを俺は突き放し、また——と考えて思いつく。もしやファイトが嚙《か》み合うのか、俺たちは。

体格が違う。スタイルが違う。リズムも違う。それなのにリングのなかで向き合うや、不思議と嚙み合い、調和してしまう。

自らの美点を光らせ、それと同時に相手の美点を引き出して、他の相手には望めない極上のファイトを演じてしまう。

これまでのフレージャーは、こんなに強いファイターじゃなかった。俺だって、ここまで強いわけじゃなかった。俺がフレージャーを強くした。フレージャーも俺を高めた。つまり、嚙み合う。いわゆるミックス・アップが起きる。そういう相手なのか、俺にとってのフレージャーは。あんなに嫌われている俺が、フレージャーにとっても。

右フック、さらに左ジャブ二発で突き放す。右フック、そして左アッパー、右アッパーと、俺は華麗にして変幻自在なパンチを繰り出す。それを阻むのにフレージャーときたら、不器用にもクロスアームのガードを固める。

攻防は、めまぐるしく入れ替わる。フレージャーは左右のボディでコーナーに詰めてくる。来るのは左フックだと読めれば、どんな凄まじいパンチもかわせる。スウェイに逸らした身体を戻す流れで、俺は逃げ場のない窮地から脱出する。

離れ際に右ストレート、それから右フックと、軌道の違うパンチを続ける。左フックが来る前に、いったんクリンチに捕まえる。左アッパーがボディに刺されば、スッと離れて手数のパンチだ。左ジャブ、ワンツー、左ジャブと繰り出したが、フレージャーは全てヘッドスリップでかわした。

まっすぐに目が馴れたということだ。今こそと俺は底から左アッパーを突き上げた。どうだ——効いたはずだ。フレージャーは堪らず身体を寄せてきた。クリンチに逃れながら、嗄《しゃが》れ声を張り上げた。

「それで終わりかよ、モハメド」

「ほざけ、ジョー。おまえ、膝が怪しくなってるぞ」

俺はワンツーを打ち下ろした。フレージャーは左フックを返してきた。くそ、もらった。やはり重い。今度は俺が弱る番かよ。

俺は左回りに、リング中央まで移動した。そこから、ゆっくりの右を二発、さらに高速のワンツー、ゆっくりの左ジャブ、また高速のワンツー。緩急つけたあとで叩きこむのが、左アッパーなのだ。

フレージャーは今度も喰らった。前後の動きに馴れた目は、やはり上下の動きに反応することができなかった。

それでも左フックは出てくる。必殺パンチ一本で、フレージャーは飛びこんでくる。二度続けては、もらえない。俺はクリンチに逃れた。首の後ろを押さえながら、大声を叩きつけた。

「おまえの本気をみせてみせろ、ジョー。本気があるなら、みせてみろ」

怒れるアッパーは半身で外してやった。それでもフレージャーは休まなかった。密着したまま、左右ボディの四連打だった。

その身体を両手で押しやり、俺は左ジャブを二発。それでも奴は前に出てくる。またボディに四連打を決めにくる。しかし、軽かった。俺は察した。下に注意を集めて、次は上に飛んでくる。

左フックはスウェイでかわした。直後に俺は右ストレートを飛ばした。

打ち終わりだけに、かわせない。顎を飛ばされ、それでもフレージャーは前に出る。頭をつけて、またボディに四連打である。それを押し返してワンツー、また俺は左アッパーを決めてやった。

ひとつコーナーに留まったまま、攻防は際限なく続行される。それを終わらせられるのは、奴の左フックを俺が肩でブロックしたときに届けられた、ゴングの響きだけだった。

八ラウンド

「アリ、アリ、アリ」

会場にアリ・コールが起きていた。アリ、アリ、アリの大合唱。

ペースを奪われかけるも、ピンチを凌ぎ、それのみか逆襲に転じたタフネスが、観客の共感を招いたのだ。ああ、俺は逆境に負けずカムバックした不屈の男だ。これが大衆の好みなのだ。

煽られたわけではないが、また俺はブザーの前に立ち上がった。

「ディン」

左ジャブ、左ジャブで俺は始めた。フレージャーの左フックはボディ狙いで、距離が詰まると、すぐクリンチになった。

離れるや左ジャブ、左ジャブ、ワンツーと続けたが、決めの左アッパーは外された。さすがに読まれた。とはいえ俺も先を読んで、奴の左フックを空振りさせた。

左ジャブを三連打、少し間を置いて二連打、そしてワンツー、もうひとつと伸ばしたのが、今度は右ストレートだった。

クリーンヒットになった。よし、ひとまずクリンチに捕まえて、次の攻撃を組み立てよう。そう考えて手を伸ばしたが、汗でグローヴの革が滑った。

フレージャーの身体を引き寄せられなかった。その隙間に左フックが飛んできた。もらった。なにくそと俺は左ジャブ、右ストレート、左アッパーと飛ばしたが、その程度では奴の前進は止まらなかった。

ようやくクリンチに捕まえると、フレージャーは頭をつけてもたれてきた。その重たい身体を押し返し、俺は左回りの左ジャブから組み立てなおした。

左ジャブ、左ジャブ、左ジャブと続けながら、腹のうちでは吐き出さずにいられなかった。腕が重い。また疲れた。いくらか回復しても、すぐ使い果たしてしまう。どこかで休まなければならない。

思いはフレージャーも同じらしい。ロープ際に詰めてきても、なんだか奇妙な動きだった。

左右、左右のボディ攻撃は同じだが、パンチが軽い。左右、左右、左右、左右とリズミカルに繰り返して、まるで連打のトレーニングだ。

遊んでいるのかと油断していると、いきなり強いパンチが来る。ガードは下ろせない。ただ叩かれてばかりもいられない。左を伸ばし、右を伸ばし、俺も軽いパンチで頭を小突いてやる。ああ、こうしていれば、しばらく休むことができる。

フレージャーが大振りで飛びこんできた。それを俺がクリンチに捕まえた。太い首を脇に抱える段になると、さすがにレフェリーに分けられた。

機会を捕らえた罵り合いも、織り込み済みという奴だ。

「ジョー、おまえ、やる気あるのか」

「こっちの台詞《せりふ》だ。モハメド、真面目にやれ」

ファイト再開を命じられたが、俺はロープ際に留まった。カモン、カモンと手招きすると、フレージャーは真正面から突っこんできた。そこに俺は右ストレートを打ち下ろす。奴は斜め前に動くダッキングでかわす。

まっすぐはみられてしまう。俺は右フックを三連打したが、それも高いガードで阻まれた。が、そうして空いた顔面には、左フックを叩きこめる。

さらにボディを狙いと続けた俺は、いきなり怒声を浴びせられた。えっ、と思うくらい唐突だった。

「いい加減にしろよ、モハメド」

フレージャーは両手で俺の手首を握ると、リング中央まで引き出した。

「さあ、広いところで正々堂々と戦おうぜ」

いうや、いきなり左フックで飛びこんでくる。俺はいいかえす間もなかった。

心のなかで零さないではいられなかった。そりゃないぜ、ジョー。休んだのは、お互い様じゃないか。そんなアピールをされてしまったら、俺ばかりサボっていたようじゃないか。

　気に入らない——この良い子ぶりが気に入らない。ひとりだけ褒められたいって了見が気に入らない。観客に責められたくない。白人に嫌われたくない。なんだよ、おまえ、やっぱりアンクルトムなんじゃないか。

　クリンチにもつれていた。俺は奴の身体を両手で押した。強引に距離を取ると、左ジャブの三連打だ。突き放された距離からは、左フックで飛びこんでも当たらない。

　フレージャーは身体だけで前に出た。俺はロープを背負わされた。が、奴ときたら頭をつけて、またもたれかかってくる。

　ボディに左フックを四連打、それから顔面を打ってきたが、いずれも力が籠《こ》もっていなかった。ふりだけの攻撃だ。やっぱり疲れているんじゃないか。もっと休みたいんじゃないか。それでも、ジョー、おまえがそういうつもりなら、休ませてなんかやるものか。

　うまく回りこんでコーナーを出ると、俺は左スウィングを二発、そのまま奴の首の後ろに手をかけて、ぐいと手元に引き寄せる。

　無理に頭を下げさせられて、フレージャーは左フックを出せなかった。ここぞと中間距離を取りなおし、俺は高速の左ジャブ、右スウィング、左アッパーを二発と続けた。

　全て空振りに終わった。フレージャーの頭が、さかんに動いていた。

狙い澄まして、俺はワンツーを出した。ボディに左フックを返されたが、その腕ごと抱えて押し返してやる。

離れ際に左ジャブ。フレージャーは左フックを振るう。俺は下がりながら左ジャブ、左ジャブ、それを追いかけてくる奴の左フックは届かない。

おいおい、ジョー、足がついてきてないぜ。ロープ際でクリンチになると、またフレージャーは頭をつけてきた。打ちつけるボディも弱い。やはり疲れている。やはり休みたい。

「ディン」

レフェリーが分けると、フレージャーは別れ際に、また俺の頭を叩いていった。あとはスタスタ早足で、自分のコーナーに向かってしまう。

またぞろ俺がファイトしたがらなかった風を仕立てる。なんだよ、ジョー、無口な無骨者は、好感を買うための演技かよ。その実は、けっこう自分を演出したいタイプかよ。まったく、ジョー。おまえのファイトは別にして、その小ずるい性格は気に入らないな。

九ラウンド

頭に来る。猿芝居に騙《だま》されて、会場までがコールを変えた。

「ジョー、ジョー、ジョー」

　いったん座ったが、憤然とロープに手をかけ、俺は椅子から立ち上がった。ゴングどころか、ブザーの音も待たなかった。

「座れ、モハメド。なるたけ休め。向こうは乗り乗りだ。次のラウンド、出てくるぞ」

「そのようだな。ああ、前のラウンドでサボったからな」

　俺は椅子に戻った。本当に元気を取り戻したらしく、フレージャーがブザーの音で立ち上がったところだった。助走めいた足踏みまでして、ゴングが待ちきれないという風、いや、そういう演技だ。

「あるいはアンジェロ、このラウンドこそ俺のチャンスかもしれないぞ」

　そういって、俺は椅子から立ち上がった。

　フレージャーはゴングと同時にコーナーを飛び出した。本当に小走りだった。はん、ご苦労なことだ。俺は身体が重たげにみえるほど、ゆっくりと出ていった。のっそりという感じで左回りに入りながら、向こうが突進してきて、初めて左ジャブを打つ。

　消極的にみえるかもしれない。しかし、手加減はしていない。左ジャブ、左ジャブ、左ジャブと続いた俺のパンチをかいくぐり、フレージャーは左フックで飛びこんできた。密着するや、まっさきに俺の腕を奪う。おいおい、ジョー、どうして、おまえがホールドなんだよ。

強引に離れると、さらに左ジャブで突き放す。くっついてくるフレージャーは、またホールドを急いだ。が、それは、させない。おまえの思い通りにはならない。

左ジャブ、左ジャブ、左ジャブの連打に、フレージャーはようやくヘッドスリップの体勢を取った。左ジャブ、右フック、左ジャブと、全て頭を低くしてかわし、それから左右のボディで前に出てくる。

しかし、当たらない。当てる気がないからだ。フレージャーが狙うのは、再びのホールドだった。が、それは、させない。おまえに付き合うつもりはない。

左ジャブ、左ジャブ、ワンツー、左ジャブ、少し動いて左フック、左ジャブ、左ジャブ。俺はパンチを休まなかった。左ジャブ、ワンツー、左ジャブ、右アッパー。クリンチになっても、すぐに離れる。左スウィング、右ストレート、左ジャブ、左ジャブ、左ジャブ、ワンツーから打ち下ろしの左ストレート、ステップインして右ストレートと、とにかく手数で圧倒した。

ちょっとパンチを控えると、フレージャーの奴、すぐくっついてくるからだ。頭をつけ、身体を預け、ここぞともたれかかるからだ。

フレージャーとて休みたい、フレージャーのほうが休みたい。それを悪いとはいわない。しかし、ジョー、おまえ、ズルしちゃいけないな。元気いっぱい、頑張り屋さんを演じるなら、そんなに休んじゃいけないいな。

嘘をつく。ひとを悪者に仕立てる。自分は善玉を気取る。まったく気に入らない。まさに体制そのものじゃないか。

俺は奴の肩を押し、その隙間に一閃《いっせん》の左ジャブを打ち抜いた。顎を捕らえて、硬い手応えがあった。

左ジャブ、右ストレート、左ジャブ、右ストレート。俺の連打をガードで受けて、フレージャーは後ろがかりになる。その体重を反発させて前に出てきたところを、俺はクリンチに捕まえた。

すぐレフェリーが分けにきた。分けろと俺が目で訴えたからだった。休ませるつもりはないぞと、俺は左ジャブで突き放す。フレージャーは強引に前に出てくる。なにをするかと思えば、ただもたれかかろうとする。

それを両手で押し返し、俺は容赦なく打ち据えてやる。左ジャブ、ワンツー、左フック。打たれてもあきらめない「機関車ジョー」の前進も、いきなり俺の胸に額をつけるんじゃあ、滑稽なばかりじゃないか。

フレージャーの息が荒かった。やはり疲れている。休まずにはいられない。しかし良い子はサボるものじゃないぜ。

また俺は乱暴に肩を押した。すかさず伸ばした左ジャブが、クリーンヒットになった。フレージャーは目が覚めたような顔だった。忙しなく頭を動かし始めて、休めないと観念したか。休ませてくれないと腹を立てたか。

ゆるい左ジャブで様子をみたが、奴は飛びこんでこない。左フック三連発のひとつを厳しく叩きこまれて、フレージャーは低い構えになった。ヘッドスリップで俺のジャブをかわすと、ようやく自分でパンチを出した。左ジャブ三つで距離を詰め、左右フックで俺のボディを叩きにきた。ガードで阻んでいると、その隙間に左アッパー、さらに左フックが飛んできた。

もらった。ジャブで突き放していないと、もらってしまう。初動がみえないので、もらってしまう。パンチを先読みできないかぎり、よけられない。

迂闊だった。まだ奴は生きているのだ。

俺はクリンチを急いだ。がっちりと捕まえたが、今度のフレージャーは休まなかった。左右、左右、左右とボディを連打し、全て本気のパンチだった。

いったん離れて、俺は左ジャブを突いた。あっと思ったそのときには、奴の左フックが目の前で横流れの線になっていた。

またもらった。今度も効いた。よろけながら、俺は反対コーナーに逃れた。ロープ際で向きなおると、盾《たて》を構えるように両腕を左右に並べた。

フレージャーが突進してきた。右フック、左フックと、俺のボディを連打してきた。しっかり肘でガードしても、なお衝撃に肋骨《ろっこつ》が軋《きし》んだ。

手で押して、左ジャブ、右ストレートのパンチで突き放し、やっと俺は後退を許された。が、また背中がロープにつく。ガードを固めて待つしかない。フレージャーも来たが、中途半端な場所でボビングするだけだった。

パンチは来ない。「機関車ジョー」は石炭切れか。休みたいところを休めなかった腹立ちまぎれに攻撃したが、なお回復はままならないのか。最後の体力まで使い果たしてしまったのか。

そういうことなら俺の番だと、動き出す。右ストレート、右ストレート、少し離れて左ジャブ、あとのワンツーに手応えがある。

もうひとつワンツー、はっきり拳に骨の感触が残った。フレージャーはクリンチに来て、やはりパンチは出なかった。

俺は容赦なく押し返した。またワンツーを顔面に決めてやった。頭を低くしたフレージャーは、大きな左フックを振るってきたが、それも勢いなく、ヨレヨレのパンチである。

俺の左フックはどうだ、と振るう。バッと汗が弾け飛ぶ。フレージャーの顔は完全に横を向いた。どうだ。俺のパンチは、どうだ。増量で威力を増した俺のパンチは、どうなんだ。

無精髭の顎が、ゆらゆら揺れていた。頼りなく正面を向いたとき、フレージャーは完全に白目だった。

俺のパンチは威力が増した。それでもスピードだけは衰えない。同じ拳を引き戻し、俺はダブルでも打てる。二発目の左フックを、同じ顎に叩きこめる。

決定的なパンチになった。フレージャーの足が揃《そろ》った。並んだ左右の膝ともに落ち始めた。

いや、次の瞬間に左足が出た。踏み止まり、なんとかノックダウンは逃れた。なおふらついていて、前進しか知らない「機関車ジョー」が、よろよろと後退した。

俺は追いかけた。左ジャブは外れた。スウィングはヒットしたが、ワンツー、ワンツーと繰り出して、二度とも外した。焦るな。落ち着け。力みすぎだ。

フレージャーは虚《うつ》ろな目のまま、それでも拳を構えなおした。左右の大振りで応戦だ。寄るもの全てを追いはらうような動きだ。びゅんびゅん風を鳴らして、もう必死の抵抗だ。

俺は自分にいいきかせる。落ち着け。だから、落ち着け。この切迫感に呑まれるな。

俺の左フックが、またクリーンヒットになった。なおフレージャーは左右のフックを闇雲に振り回す。

早めのクリンチに捕まえると、レフェリーが分けにきた。その離れ際にも、俺はワンツースリーと命中させた。このまま落ちるかと思うほど、いっそう低くなった頭に左ストレートを伸ばしたとき、ディンとゴングの音が届いた。

十ラウンド

倒しきれなかった。思い通りに疲れさせ、動きが止まった瞬間を狙いすまし、予定通りの猛攻を決めたというのに、最後の一線を詰めきれなかった。

これも三年半のブランクゆえか。一気に仕留める感覚は、容易なことでは戻らないのか。

「まあ、いい。次のラウンドで決めてやる」

「待て。モハメド、待て。作戦通り、十五ラウンドまで行こうじゃないか」

「おいおい、アンジェロ。今のラウンド、俺の大攻勢をみてなかったのか」

「みてたさ。しかし、フレージャーは回復する。インターヴァルで回復するし、次のラウンドは逃げに徹する。モハメド、おまえのほうは疲れる。渾身《こんしん》のパンチは三倍疲れる。フレージャーがフラフラになったように、次のラウンドはおまえが攻め疲れる番なんだ」

「しかし、いうほど疲れてやしないよ」

「今は興奮してるからだ。ちょっと落ち着けば、ドッと疲れに襲われる」

ゴングと同時に、フレージャーは出てきた。またしても、ほとんど小走りだった。その元気は本物なのか。この一分で本当に回復したというのか。

俺は左回りの動きからワンツー——いきなりの左フックが飛んできた。打たれた。しかし、浅い。

クリンチになると、レフェリーが分けにきた。離れたところから左ジャブ、左ジャブと出していると、今度はロングで左フックが飛んでくる。また打たれた。ガツンと重さが感じられて、今度は顎に痺《しび》れが残った。

クリンチで揉み合いながら思う。おかしい。どうしてフレージャーのパンチが届く。俺の動きが精彩を欠いているのか。それで奴のパンチが届くのか。ああ、アンジェロがいう通りかもしれない。いざリングに出てみると、身体が少し重く感じられないでもない。

フレージャーは左フックを二発、今度はボディに入れてきた。強い。さっきはダウン寸前だったのに、本当に回復したのか。

押しやって離れても、ボビングからウィーヴィングと忙しなく頭を動かし、呆れるほど元気である。ジャブを飛ばしても、打たれ放しにはならない。逆に左フック、さらに左右のボディで押しこんでくる。左ジャブで突き放しても、ワンツーで前に出てくる。

俺はクリンチに捕まえた。押し返してから、右ストレートを飛ばした。

ダッキングで、あっさりかわされてしまった。戻る動きで、左ボディまで二発もらった。それを堪えて、俺がフレージャーの髭面に叩きこんだのが、拳の捻りを入れた左ストレートだった。

直後に左フックを振られたが、俺は堅実にガードした。右フックは肩で受けた。すかさず右ストレートを返すと、それは前に出る動きでかわされた。

ダッキングの勢いで、奴の身体がぶつかってきた。それで、わかった。フレージャーの息が荒い。呼吸が笛のように鳴る。

「ジョー、やっぱり参ってるんじゃないか」

「おまえこそ、ヨレヨレになってるぜ」

お互いに肩で押して離れた。俺は左ジャブ、左ジャブを突き出した。フレージャーは左フックで前に出た。お互い倒れこむような格好で、またクリンチになってしまった。

「足に来てんじゃないのか、ジョー」

「ほざく前に、しっかり立てや、じじい《オールドマン》」

えいやと重いものを投げるような動きで、互いに相手を押して離れる。俺は左ジャブから左フックと続けた。フレージャーも左フックを合わせてきた。やはり強いパンチだ。どうして打てる。もうフラフラなはずじゃないか。

クリンチになると、フレージャーは左右のボディを叩きこんでくる。レフェリーに分けられた離れ際、やはり俺は口を開かないではいられなかった。

「もっと本気で来いよ、ジョー」

「おまえこそ、あっさり倒れるんじゃねえぞ」

俺は左ジャブ三連発で再開した。フレージャーはクイックなヘッドスリップだった。まっすぐのパンチは、よくみる。横殴りに変えなければならない。

左フック、左フック、右フックと顔面に叩きこむと、フレージャーは左フックを振るってきた。打たれた。ああ、打たれるさ。打ちあっているんだ。俺の左フックだってヒットした。もうひとつヒットだ。クリンチになるまで、互いにパンチが止まらないのだ。

死闘、激闘、総力戦、消耗戦――頭に浮かんでくる言葉は、いずれも容易なものではなかった。

なんて奴だ、ジョー・フレージャー。ファイトが嚙み合い、互いの良さを引き出すだけに留まらない。互いの限界まで引き出してしまう。

とうに疲れて、ただ立っているのも辛いのに、一ラウンドにも増した激しさで戦ってしまう。

もう嫌だとも、早く逃げたいとも、今すぐ休みたいとも思うのに、気がつけば全力で戦っている。

左ジャブ、左ジャブ、ワンツーと飛ばす先では、フレージャーの人相が変わっていた。振り回される左フック、左フックを、ガード、ガードで弾いていると、奴が続けた右は大振りすぎて、俺の背中を叩く始末だ。

顔が間近になれば、なおのことはっきりする。ワセリンと汗のテカリに隠れながら、眉といわず頬といわず顎といわず、顔中いたるところが腫れ上がっている。痛いはずだ。苦しいはずだ。

レフェリーがクリンチを分けにきた。離れるや、俺は左ジャブ、左ジャブ。フレージャーは右ストレートで出てきたが、その出端を俺は左フックで捕らえてやった。

効いたはずだ。しかし本気のパンチは、自分の力をも奪う。

二人して倒れ合い、互いの身体を支え合うようなクリンチになった。また壊れた笛のような音が聞こえた。おいおい、ジョー、このまま死ぬんじゃないだろうな。そう軽口を叩きかけて、それが自分の呼吸の音だと気がついた。

「ほら、ファイトだ」

レフェリーがけしかけた。わかったよ。俺は両手で奴を押しやり、そこに左右を叩きこんだ。俺の左フックは、どうだ。右フックは、どうだ。

思いきり叩きつけたが、力がないことは自分でもわかっていた。右ストレートも頭を低くされて、うまく当てることができない。続けた右フックも頼りなく、もう腕に力が入らない。

俺は左ジャブを出しながら後退した。追いかけてくるフレージャーを、左フック、左フックで迎撃したが、もう背中がコーナーだった。

俺はエプロンによりかかった。フレージャーも、どうと倒れこんできた。それをクリンチとみたレフェリーが介入するまで、二人とも動き出すことができなかった。

「まさかジョー、これで終わりってんじゃないだろうな」

「馬鹿いえ、モハメド。本気の勝負は、これからだ」

望むところと答えるかわり、俺はワンツーのスピードを元に戻した。

フレージャーも頭が低い体勢で、クイックなヘッドスリップをみせた。俺の左フックをガードすると、今度は自分の左フックで飛びこんできた。

もらった。強烈な一撃だ。それでも気絶するものか。追撃の左ボディを肘で阻み、俺は右アッパーを返した。相手が低すぎて、うまく打ち上げられなかった。そこで右スウィングをもらい、コーナーまで下がってクリンチになった。

レフェリーが分けにくるまで、また互いに休憩だ。が、これで回復した分で、俺は行かせてもらうからな。残りは三十秒だから、息継ぎなしで乗りきるからな。

左ジャブ、左ジャブ、右ストレートと、俺は三連打を決めた。ストッピングの左ジャブで反撃の出足を止めると、フレージャーの左右のフックは二発とも距離が足りなくなった。

ロープに詰まっていた。そこから俺は長い右スウィング、左スウィングと振り出した。

怯まないフレージャーが左フック、右フックと続けたところで、ゴングが鳴った。

十一ラウンド

「モハメド、少し太ったか」

コーナーの右側からブラウンが聞いた。

増量したことは事実だ。が、ずっと間近でみてきたセコンドが、今さら何だ。俺は怪訝《けげん》な顔になった。左側のアンジェロも同じだった。

「どういう意味だ、ブラウン」

「なんだか顔が丸くなったような気がして」

「そんなこと、試合の最中に……」

言葉の途中で身を乗り出し、アンジェロが絶句した。あまりな瞠目《どうもく》の表情に、俺も少し慌てさせられた。

「なんだ。一体どうしたんだ」

「モハメド、おまえ、痛くないのか」

「痛い？　顔が？　序盤に鼻血が出たきりだ。傷ひとつないだろう」

「まさに傷ひとつない。本当に綺麗なままだが、右顎の付け根が大きく腫れてるんだ」

「本当だ。太ったんじゃない。右と左で顔の大きさが違う。これは殴られて腫れたんだ」

と、ブラウンも認めた。

右顎は、相手の左パンチで腫れる。そこはフレージャーに必殺の左フックを、何度となく叩きこまれた場所である。

ダメージは残る。顎関節の動きにも、違和感がある。それが大きく腫れていたなんて……。切り傷ひとつないのに、顔の形が変わるほどだなんて……。

「アイシングだ。大急ぎでアイシングだ」

ブラウンに用意させると、アンジェロは俺に続けた。

「痛くなくても、モハメド。これだけ腫れてるんだ。右顎は脆《もろ》くなっている。限界の線を越えちまったら、ダメージはいきなり足に来るぞ」

だから、もうパンチはもらうな。注意というより警告と一緒に、俺はリングに送り出された。

ゆっくりゆっくり出ていくと、フレージャーはポンと左右の拳を合わせていた。さあ、行くぞ、という顔つきだ。ああ、そうか。やっぱり、来るか。身体は重い。もちろん重いが、そんなことといってはいられないか。

左回りから入ると、俺は左ジャブの三連打で始めた。ビシ、ビシ、ビシと鋭い音が響くほど、威力もスピードもあるジャブだ。

フレージャーも力を出し惜しみしない。頭を低くして、小刻みなボビングだ。最初のパンチが、左のボディフックだ。

次は来るなと、俺は思った。それだけで、なぜだか考えが進まなかった。ジャブのひとつも出せなかった。

突き放さなければ、そのパンチは届いてしまう。目の前に現れたと思うや、右の横面を打ち据える。

もらった。強烈な左フックに身体ごとロープまで飛ばされた。跳ね返されて前に戻り、あれと思う。マットが近い。いや、もう手をついている。俺は膝から落ちたのか。倒されてしまったのか。

「スリップ、スリップ」

レフェリーが腕を左右に交差させた。スリップ。ただ滑って転んだだけ。ダウンではない。

少なくともダウンとは取られなかった。ああ、そうだ。ダウンじゃない。堪えられないパンチじゃない。強烈な一撃には変わりないが、同じパンチを受けて、これまでも何度となく堪えてきた。しかし、それも限界の線を越えてしまったら……。

レフェリーにファイティングポーズを取らされながら思う。気にしすぎだ。いや、仮に一線を越えたなら、それとして戦わなければならない。危ないと意識しながら、ファイトを続けていくしかない。いうまでもなく、それでも俺は勝たなければならないからだ。

色々なものが脳裏に蘇ってきた。

黒人を蔑《さげす》む目つき、イスラム教を受け入れない冷ややかさ、徴兵拒否を許さない怒号——フレージャーしかいなかったリングに、雪崩《なだれ》を打って一気に戻る。

それでも英雄だといってくれる子供たち、我らが誇りだと見上げてくれるムスリムの同胞たち、あなたこそ理想の体現者だと賛辞を惜しまない反戦運動家、ありとあらゆる顔が浮かんで、俺に強いる。

勝て——途中でファイトを投げ出すわけにはいかない。最後に負けるわけにはいかない。

足には来ていなかった。動き出しても、膝に怪しい感じはない。俺は左ジャブを五つ続けた。全てヘッドスリップでかわされたが、きちんとパンチが出せることが確かめられた。

よし、問題ない。左ジャブ、左ジャブ、さらに右ストレートと出すと、今度は拳に手応えがあった。ダメージを与えた。それでも前に出てくるのが、フレージャーなのだ。

それをクリンチに捕まえて、俺はリング中央まで押していった。離れてから、左ジャブ、左ジャブ、左アッパー、左アッパーと連打にかかる。

クリーンヒットはしなかったが、フレージャーの出足は止めた。飛びこんでくる左フックが浅くなった。またクリンチになって、レフェリーが分けにきた。

あと二分もある。最後の一分に懸けるために、少し休んでおくか。ロープ際の防戦で、時間を稼ぐか。

　分けられるや、俺はワンツー、さらに左フックを叩きこんだ。フレージャーも飛びこんでくる。クリンチに捕まえると、縮れ髪を押しつけてくる。後頭部を押さえつけると、ボディに左フックが叩きこまれる。

　ロープ際の攻防が始まった。フレージャーは左アッパー、左フックと顔面に伸ばしてくる。防御に専心するつもりで、俺はガードを高く固めた。奴もボディ攻撃に切り替えたが、パンチは軽い。左右、左右と繰り返すだけで、力は入っていない。

　フレージャーも休むつもりか。ならばお約束の面罵《めんば》を喰らわすのみだ。俺は声を張り上げた。

「そんなものかよ、おまえのパンチは」

　フレージャーの左ジャブは、なお軽い。が、次の左フックはいくらか強かった。俺の口撃も少し歯を喰いしばりながらだ。

「ふざけるなよ、ジョー。そのパンチなら倒せるのか。さっきは倒せなかったじゃねえか。もう他にパンチはないのか。俺が驚くようなパンチはないのか」

　俺の胸に頭をつけて、またフレージャーはボディに左右を打ち始めた。やはり軽い。やはり奴も疲れたのだ。

　俺は左ジャブを出した。とはいえ、からかうように額を叩いて、繰り返すだけだった。

その間も口は動かす。

「ほら、やってみろ。悔しかったら、やってみろ。まともなパンチを出してみろ」

フレージャーは俺のボディを左右フック、また左フックと叩いた。なんだ、重いぞ。三発も下に続けて、フレージャーは上ががら空きになっていた。その顔面に左右のフックを入れると、奴もぶんと振るってきた。あれ、休むんじゃないのか。

フレージャーはボディ打ちのロングフックで密着すると、そのままもたれた。やっぱり休みたいのか。サボリと思われたくなくて、また攻勢のポーズを取っただけか。

レフェリーが分けにきた。フレージャーはリング中央まで下がった。俺はコーナーを動かなかった。かわりに手招きだ。

「カモン、カモン」

相手の動き出しを捉えて、俺は高速の右ストレートを飛ばした。さらに左アッパーで出端を打ち据えて、俺だって悪く採られたいわけじゃない。休むといっても攻めるポーズくらいは取らなければならない。

フレージャーも疲れていながら、右フック、そして左フック——猛スピードで視界が左斜め上に流れた。カクテルライトの眩《まばゆ》さが目に痛い。そう思うや、あとはゆっくりと落ちていく。落ちて、落ちて、どこまでも深く落ちて……。

「…………！」

俺は両足に力を入れた。踵《かかと》が前に滑った感じになって、尻餅をつくかと思った。そこで背中がロープに当たった。俺は自覚した。喰らわされた。強烈な一撃だ。ロープがなければ、ダウンしていた。いや、ロープに弾き返されて、今度は身体が前に出て、ぐっと左足を踏み出さなければ、手を突いて倒れてしまう。なんとか堪えた。が、それで危機が去ったわけではなかった。

目の前にあったのが、臙脂色のグローヴだった。フレージャーの拳だ。俺はとっさにグローヴを上げた。右フックか、左フックか、わからないまま、がっちりとガードを固めた。その左右に並べた腕を、フレージャーは押してきた。俺の身体が横に流れる。こんなに大きな身体なのに、紙のように軽くて、頼りなく感じられる。

まずい。足に来ている。クリンチしようと思いついて、必死に手を伸ばしたが、やはり力が入らない。急回転する奴の腕など、搦《から》め捕れるはずもない。

俺は左に回った。クリンチができなければ、コーナーを脱出しなければならなかった。やはり足が覚束《おぼつか》ない。なんだかフワフワして、本当に立っているのか心もとない。

それでもフレージャーは追いかけてくる。身体を低くしたところから、大振りの左フック。もうひとつ大振りの左フックと飛ばしてくる。

パンチは俺の額とか、首の後ろとか、おかしなところに当たる。ここで決めるとばかりに、フレージャーは逸っている。チャンスを逃すまいと焦っている。おいおい、ジョー、背の低いおまえさんが長身の俺に近づきすぎたら、身体が伸びて、どんなパンチも打てないぜ。妙に冷静な意識で思うも、身体が動くわけではない。

ロープ際で俺は右フックを振るった。その腕を肩で担ぐと、フレージャーはジュードーの投げ技のような動きで、俺の身体を振り回した。

飛ばされたコーナー奥で、俺は大口を開けた表情でおどけてみせた。おお、怖い、怖い。顔は動いたが、身体の感覚が戻らない。

フレージャーは左フックを振り出した。このパンチをもらいすぎた。しっかりとガードを固めて、俺は臆病な亀のように頭を下げた。

大きな左アッパーが続いたが、やはり奴は力みすぎで、大きく外れた。助かった。

今が好機と俺は右回りでコーナーを逃れた、いや、気がつくと逃れていた。俺の足は本当に動いたのか。そう考える意識さえ、直後には飛ばされる。あの左フックである。

相当に強烈なパンチだったに違いない。しかし、どうであれ関係ない。自分の身体であって自分の身体でないような今は、痛いも、固いも、重いもない。

それより足が心配だった。リング中央へ逃れていたが、やはり雲のうえを歩く感じだ。いつ左右がもつれ、いつマットに倒れこんでも、なんの不思議もないというのに、襲いかかるフレージャーの左フックは、まさに矢の一閃だ。

俺はとっさにスウェイでかわした。上体は動くようだった。いや、上体だけではかわしきれない。

右回りに動いてみたが、依然として足は駄目だった。バックステップでよろけてしまう。尻餅をつきかけたまま、おっとっと、ロープまで下がっていくしかない。

フレージャーは右フックで来た。奴の得意パンチではない。動きに鋭さがない。俺はクリンチに捕まえることができた。

少しだけ腕に力が戻っていた。強引に押し離されたが、俺は左ジャブ、左ジャブでストッピングを心がけた。突進してきた身体を再びクリンチに捕らえると、レフェリーが分けにきた。

あと何秒だ。距離が開いたのは幸いだった。顔を正面に向けたままの後ろ歩きで、俺は反対側のコーナーに下がっていった。

左右の肩をクネクネさせて、もうグロッキーなんだという下手な演技こそ虚勢の見本だ。ゴングに救われたというのは、まさにこのラウンドのことだった。

十二ラウンド

青コーナーに戻ると、まっさきに飛沫《しぶき》が迎えた。たっぷり水を含ませたスポンジを握りながら、頭から振りかけたのはブラウンだった。

冷たくて気持ちよかったが、まだ身体がフラフラする。自分では冷静なつもりだが、その意識も実は朦朧《もうろう》としているのか。

椅子に座ると、ツンと強い刺激が鼻の奥に走った。気付け薬を嗅《か》がせたのは、正面に回りこんだアンジェロだった。

「どうだ、モハメド、これで頭ははっきりしたか」

「頭はな」

アンジェロは大きな声で喋り続けた。ブラウンも声を張り上げた。必死の表れだったが、会場が大変な騒ぎになっていたこともある。

いずれにせよ、セコンドの指示など聞こえなかった。俺は聞こうともしなかった。聞くまでもなく、やることは決まっている。というより、他にやることはない。凌げ。なんとか逃げろ。決してあきらめるんじゃない。

ブザーが鳴ったが、まだ立たない。ディンとゴングの音が響いても、立たない。「十二ラウンド」と場内アナウンスが聞こえて、俺はようやく立ち上がった。

フレージャーは小走りだった。俺は左ジャブ、それから左アッパーで迎えたが、構うことなく突進してくる。止める術がない。腕に力が入らない。身体が思うように動かない。

クリンチに捕まえることならできた。両手で頭を押さえてやると、奴はボディに左フックを入れてきた。これで、いい。苦しいが、これなら我慢できる。ロープを背に押し合ったが、ややあって向こうが離れた。離れられたくなかったが、そ
れを捕まえられなかった。仕方ない。左ジャブ、左ジャブと飛ばしても、こんな情けない
パンチで止められる相手じゃない。
　フレージャーは飛びこんできた。ひとつ左フックをもらったが、そこで奴の身体を捕ま
えた。押さえこむ両腕の隙間から、顎に左アッパーを入れられた。それでも離さない。離
せない。
　いや、左フックを肝臓に叩きこまれるとなれば、話が別だ。ビンと痛みが脳天に駆けた。
ぼんやりした頭が逆にすっきりするほどの鋭い痛みだ。
　レバーブローはKOパンチになる。それだけは勘弁してくれと、俺は両手で奴を押しや
った。離れるや、上がるとも思われない腕を上げて、左ジャブ、左ジャブと出してみた。
　フレージャーの右ボディは届かなかった。続いた左フックは俺の顔面に命中した。強烈
だったかもしれないが、やはりわからない。まだ全身の感覚が覚束ない。
　足がふらついて、身体が左に流れた。このまま横に倒れそうだ。いや、ダウンだけは避
けなければならない。
　追いかけてくるフレージャーは、左フック、もうひとつ左フックと容赦がなかった。背
中でロープを伝いながら、俺は横へ横へと動き続け、パンチのほうはスウェイバック、ス

ウェイバックで空を切らせる。やはり上体は動く。

ワンツーを打つ流れから、また相手の身体を捕まえた。クリンチにかかると、顎の下に縮れ髪をつけられた。両手をだらりと下げて、フレージャーも疲れたのか。

いったん離れて、左ジャブ、左ジャブと突いたところで、ロングの左フックを振るわれた。スウェイバックでかわしたが、かわしきれずに掠められる。よろけたところに、左、左、左と出しながら、フレージャーが突進してくる。

コーナーに詰まると、俺はガードを固めた。左右の腕を交差させて、守りに徹する構えだ。左右のボディを肘で弾いていると、レフェリーが分けにきた。

フレージャーは渋々ながらという顔で下がる。向こうに行けと、俺は右アッパー、左ジャブ、左ジャブ、右アッパーと、なけなしの力を振り絞る。それでも奴は身体ごと前に出てくる。

が、パンチは出なかった。またクリンチになって、なあ、ジョー、お前も疲れたんじゃないか。

いや、疲れてなんかいない。そういわんばかりに、左フック、左フックが、俺のボディに叩きこまれる。俺は右アッパーを振るったが、外れた。フレージャーはボディを打ったが、もうパンチに力がなかった。

やはり攻め疲れだ。ここで決めようと、渾身の力を籠めた。攻めて、攻めて、それなのに攻めきれなかった。今度は奴の息が上がる番なのだ。

俺のほうは、そろそろダメージが回復してくる。守りに徹して、攻めないからだ。じっとして、なるたけ動かなかったからだ。そこまで粘れば、戦いは五分に戻るのだ。

身体が軽く感じられた。嘘みたいだが、快調に動く。クリンチから離れると、俺は左ジャブを飛ばした。今度はフレージャーのほうが、クロスアームのガードだった。構わず、叩きこんでやれ。

左ジャブ、ワンツー、左ジャブ、左ジャブ、左ジャブ、右スウィングと、俺はここぞと攻めかかった。やはり動ける。前に出られる。

フレージャーは後退すら強いられた。左ジャブ、右ストレート、左ジャブと俺がパンチを続けると、あの左フックが返されたが、もはや勢いがない。

左ジャブ、左ジャブ、右ストレート、左ジャブと続けると、フレージャーはガードで堪えているしかなくなる。左ジャブ、左ジャブと続けていると、左フックで飛びこまれたが、難なくスウェイでかわしてやれる。

攻守は完全に入れ替わった。左ジャブ、左ジャブ、ほら、当たった。左ジャブで奴の身体を仰け反らせれば、右ストレート、右フックが、顔面を見事に捕らえる。

フレージャーはクリンチに来た。左フックもボディに入れてきたが、やはり力は入っていなかった。俺は両手で肩を押しやり、左ジャブ。低く頭を下げたところにワンツー。またクリンチされれば、また容赦なく押し返し、今度は左回りのサークリングから、左ジャブ、左ジャブ。

次から次とパンチを出して、我ながら驚いた。増量に取り組んで、打たれ強い身体にしてきた。おかげでボディは堪えられる。顔面を打たれても、簡単にダウンはしない。

それはそうだが、こうまでのダメージを受けながら、一ラウンドかからずに回復できるタフネスは、この試合での発見だった。ああ、こんなに打たれ強いなんて知らなかった。俺には未知の力がある。スピードという力はなくしても、知られざる力がかわりに現れる。

フレージャーは低い姿勢のままだった。ワンツー、左フック、左フックと出してきたが、ガードさえ上げていれば、それを弾くほどの力はない。

さらに俺は左ジャブで突き放した。前に出られないでいるだけ、奴の左右は浅くなる。ボディフックを両肘で防いでいたとき、ディンとゴングの音が聞こえた。

十三ラウンド

「よくやった、モハメド。よく堪えた。よくノックアウトを逃れた」

アンジェロはそういって迎えたが、俺のほうは椅子に座るや「しかし」で受けた。

「しかし、このままじゃ負ける」

十一ラウンドは取られた。ダウン寸前まで追いこまれて、決定的なラウンドだった。全体としても押されている。十一ラウンドのせいで、押されている印象が強くなった。持ち直したとはいえ、十二ラウンドだってフレージャーのものになったろう。だから、負ける。このままでは負ける。KOを逃れても、判定で負けてしまう。

「だから、このラウンドからは勝ちに行く」

「待て、モハメド。無理はするな。気持ちはわかるが、もう一ラウンド、大事を取ろう」

「いや、もう一ラウンドも落とせない。十三、十四、十五と残り三ラウンドを全て取らないと、判定で勝てなくなる。いや、もしかすると、もう判定では勝てないかもしれない。それなら、なおのことノックアウトを狙わなければならない」

「しかしだ、モハメド。下手に攻勢をかけて、かえって……」

「勝てるなら、逃げるさ。攻めるのは、このままじゃ勝てないからだ。しかし、この俺が負けるわけにはいかないんだ」

ゴングが鳴ると、俺は小走りで出た。フレージャーも小走りだったが、それを上回る勢いだ。

出た先のリングでも、左回り、左回りで翻弄してやる。高速の左ジャブ二発で出足を止めることで、奴の左フックを手前で終わらせる。頭を下げられたら、その低い額を左ジャブ、左ジャブで打ち据える。
フレージャーは左右のボディで飛びこんできた。頭をつけて、そのままクリンチだった。インターヴァル明けなのに、呼吸が荒い。攻め疲れを残している。よし、行ける。

レフェリーに分けられるや、俺はスピードを乗せたワンツーを飛ばした。ヘッドスリップでかわされても、左ジャブ、左ジャブを突き続ければ、フレージャーもパンチは出せない。「機関車ジョー」の突進も、せいぜいクリンチになるだけだ。

押し返して、俺は左回りに入った。左ジャブ、左ジャブ、そこから踏みこみ、ワンツーが奴の顔面を捕らえた。

腕をしならせるジャブを二発、フレージャーの頭が煽られるように泳いだところに左フック、そして右フックまで叩きこんだ。フレージャーが飛びこんでくるのはわかったが、かわすためのバックステップがマットを滑った。

クリンチに捕まえられた。頭をつけてもたれる身体を、なかなか突き放すことができない。くそっ、早く離れろ、ジョー。俺には無駄にできる時間はないんだ。

強引に離れて左ジャブ三連発、それでもフレージャーはクリンチを取りに来る。今度はレフェリーが分けた。距離が開くや鋭くステップイン、俺は右ストレートを命中させた。続けたワンツーも当たった。左フックも当たった。手応えもあった。これはいける。

そこからフレージャーは左フックの三連打を返した。しっかりガードしたが、力のあるパンチだった。コーナーに押しこまれ、すぐ飛んできたレフェリーにクリンチを分けられながら、俺は呻いた。疲れてたんじゃないのか、ジョー。厳しいパンチまでもらったはずじゃないか、ジョー。それなのに、どうして反撃できるんだ。そのパンチ力だって、もう十三ラウンドになるというのに、どうして一ラウンドから衰えないんだ。

これでもかと、俺は左フックを奴の顔面に叩きこんだ。フレージャーも左フックを鋭く返した。くそ、もらった。クリンチになったが、二人とも手はすぐ解いた。密着が続いたのは、互いに額を付け合いながらの攻防になったからだ。

フレージャーは左フックを、ボディ、ヘッドの二連発だった。俺は左のショートアッパーを突き上げた。また左フックを入れられたが、俺も左フック、さらに右フックと返してやる。

奴が重い左フックなら、俺はスピードの左右フック。奴が左フック二連発なら、俺は左右フック、左右フックの四連発。奴がボディに左を刺すなら、俺は左右で突き上げてから、顔面に左フックを入れてやる。

フレージャーは引かなかった。なぜ引かない。もう手が出なくなってもいい。防戦一方になって、決定打まで入れられて、そろそろダウンしてもおかしくない。それなのに止まらない。左右、左右とボディを叩き、大きな左フックまで顔面に飛ばしてくる。

打ち合いが続いた。均衡は崩れなかった。いや、崩してやる。スウェイで下がりながら、俺は左フックを振り出した。手応えはあった。それでも奴は左右フックで前進する。左フックを上下にダブル、そして左右ボディと続けて、手数も落ちない。

文字通りの「機関車ジョー」で、絶対に止まらない。これではKOどころか、ラウンドさえ取れるかどうかわからない。しかし、俺は負けられない。絶対に負けるわけにはいかない。

止まれ、こいつ――クリンチを押し返すや、俺は渾身の右ストレートを叩き入れた。どうだ、と思うが、フレージャーは左右フックでまた出てくる。

残り十秒――フレージャーの左ボディ、その動きに合わせるカウンターで、俺は左フックを奴の顎に振り抜いた。さらに左ストレートを重ねたが、直後に左ストレートが返される。打ち合いのなかで、ゴングを聞くことになる。

十四ラウンド

リードを奪わなければならない。その一心からインターヴァル中も、次のゴングが待ち遠しかった。

身体はきつい。ただ立ち上がるだけなのに、途方もない難儀に思える。四肢に通じる芯から熱が抜けたように感じられ、これだけ汗をかいているのに、ときに寒いとさえ思う。もう疲労は限界に達している。それでも勝たなければならない。俺が負かされるということは、世の不正義が罷《まか》り通るということだからだ。

俺を嘲笑《あざわら》う連中は、黒人差別をやめないだろう。俺の敗北にこそ励まされて、泥沼の戦争をやめようとしない輩《やから》もいる。イスラム教の信仰さえ疑われる。アラーの神は誰も助けてくれないと思われる。

認められない──俺が負けることなど、あってはならない。俺は正しいからだ。善であり、理であり、法であり、俺のやることは、全て神の御心にかなうのだ。

誰より偉大であることの証明として、俺は勝たなければならない。貫いてきた無敗を崩されるわけにはいかない。

「ディン」

俺はゆっくり出ていった。どのみちフレージャーは小走りなのだから、無駄な力を使うことはない。節約した分は、搾《しぼ》りかすのような筋肉で繰り出すパンチに充てなければならない。

左ジャブ、右スウィング、左ジャブ、左ジャブ──それでもフレージャーの突進は止められなかった。クリンチに捕まえても、そのままロープまで押しやられる。いや、させてたまるか。

俺は足を踏ん張り、奴の身体をリング中央に押し戻した。そこで両手で突き飛ばし、離れたところに左ジャブ、そして右ストレートを飛ばしてやる。

どうだ。そう質《ただ》したいくらいの手応えがあった。それでも大振りの左フックが飛んでくる。かわすほどに、風圧で頬が切れそうな凄まじさである。なんてことだ。全体どれだけタフなんだ。ジョー、おまえは化け物なのか。

いや――クリンチになると、フレージャーは力なくもたれてきた。やはり弱っている。やはり前のラウンドのダメージから立ち直れていない。やはり俺は攻めている。奴は限界に近い。

押しこまれたコーナーから、俺は左回りで脱出した。リング中央に出ると、左ジャブを三発飛ばした。フレージャーは低い頭で出ようとしたが、それは高速のワンツー、さらに左アッパーで迎撃した。ああ、ガツンと喰らわせてやった。

フレージャーはボディに左フック――というより、その勢いでもたれかかると、またクリンチだった。すぐレフェリーが分けにきた。少しでも傍観すると、ブーイングが起こるのだろう。せっかくの熱戦を停滞させるな、と会場の客に責められるのだろう。

高速のワンツー、左ジャブ、左ジャブ、左ジャブ、左ジャブ。攻め続けると、奴の目に焔《ほのお》が宿るのがわかった。ヘッドスリップでよけながら、頭の一振りごとに一歩を出して、スッ、スッと距離を詰めてくる。

来るのは左フックだ。肘が起きる打ち始めより先に踏みこんで、俺は距離を潰してやった。あからさまなホールドで捕まえれば、すぐレフェリーが分けるだろう。

離れるや左ジャブ、下げた頭に左ジャブ、いっそう低くした頭に左ジャブ、左回りで左ジャブ、左ジャブ、左ジャブ。それだけ続けて突き放せば、フレージャーの大きな左フックも届かない。

かわしたバックステップで右足に乗った体重を、足首のバネで一気に左足に移しながら、同時に俺は腰を入れた。右フックの拳が軋んだ。クリーンヒットだ。

もうひとつ、腰の返しで左フック、これも手応えがあった。今度こそ効いたろう。

クリンチに来たフレージャーは、前に出るというより倒れこむ体《てい》だった。縋《すが》りつくような腕を振りほどこうと暴れても、俺の腕を捕まえて放さない。奴は嫌がっている。ファイトを嫌がっている。二度と奮い立つことのないよう、ここで心を折ってやる。

レフェリーに分けられるや、俺は高速の左ジャブ三発、さらに右ストレートと打ち据える。

フレージャーはヘッドスリップもできなかった。試みるのは前進だけだ。形ばかり左右をボディに振るってくるが、それも密着するための口実のような弱いパンチだ。狙いはクリンチだけなのだ。はん、誰がさせるか。誰が逃がすか。誰が休ませてやるか。

俺は大きな身体をフレージャーに預けた。そのままリング中央まで押していき、離れるや左ジャブ、また密着しようとしてきたところに左フック、さらに右ストレートを叩きこんだ。パンチを嫌がり、奴が頭を低めるなら、左アッパーで下から突き上げてやる。

どうだ、ジョー、わかったか。俺はあきらめてなんかいない。勝ちにいく。負けることなどありえない。どうしてって、俺は多くを背負っている。多くのために戦っている。俺が負ければ絶望する人間が、このアメリカに、いや、この世界に、全体どれだけいることか。

フレージャーが振るった左フックは、起死回生を狙う一撃だった。それを俺は空転させず、あえて肩のガードで受けた。踏みこみの勢いが残るところにカウンターでワンツー、さらにワンツーと重ねて、奴の顔面を破壊するためだった。

膝ほどまで低い位置で、奴はウィーヴィングを始めた。はん、的が丸見えだぞと、その脳天に俺は右ストレートを打ち下ろす。意識が朦朧としたところに、さらに左ジャブ、左ジャブと重ねてやる。

フレージャーは左右フックをボディに返した。その勢いでロープまで押されたが、俺は身体の大きさを使って、またリング中央に戻した。

広いところで左フック、右フック、左フック、いったん左ジャブに引いてからワンツーと攻め続けて、ああ、俺は勝ちにいく。さらにワンツー、そしてスリーと決めて、奴がガードを高くしたところで、ゴングが響いた。ああ、もう少し。

いいか、次だぞ。別れ際にも俺は睨みつける勢いだった。

十五ラウンド

最終ラウンドは握手から始めた。手を握る握手でなく、互いにグローヴを合わせて、パンと当てたということだ。

フレージャーとは最後に握手することができた。ああ、とうとう最後まで来た。ある種の清々《すがすが》しさがあったが、だからといって満足して、勝ちを譲るつもりはない。

左ジャブ、左ジャブ、左ジャブからワンツーと、俺は急いだ。グズグズしている時間はない。決定的なラウンドにしなければならない。できれば、KOしなければならない。

フレージャーは変わらずヘッドスリップだった。変わらないといえば、まっすぐのパンチしかよけられないのも同じだった。攻める俺に迷いはない。右フック、左フック、右フック、左フックと叩きつけるのみだ。

よけられないフレージャーには、飛びこむしか術がなかった。クリンチに捕まえると、頭をつけてコーナーまで押しにかかった。大きな身体を使って、俺も押し返せばよいだけだ。

戦い方は十五ラウンドで身に沁みた。なにか考える必要もなくなった。十分に広い場所まで押し戻したら、両手で大きく突き放し、そこに左アッパー、また密着しようと来たなら、いったんクリンチで……。

捕まえようとした手が滑った。どうして——滑ったのでなく、俺の手が空振りしていた。打たれた位置に留まって、フレージャーは飛びこんでこなかった。どうして……。

不意に生まれた空白に、みえない角度から飛んでくる影があった。

次にみえたのは、オレンジ色の光だった。

「………」

俺は最下段のロープを枕にしていた。

どうして——倒れたのか。ダウンしたのか。まさか。信じられない思いで身を起こすと、レフェリーがスリー、フォーとカウントを進めていた。

俺は慌てて立ち上がった。なんでもない。なんでもない。もうカウントはやめろ。すぐ元気に立ち上がったじゃないか。意識だって、はっきりしている。足にきているわけでもない。

コーナーを背負うように立ちながら、両手で左右のロープをつかみ、現に俺にははっきりとわかっている。また左フックだ。フレージャーが最後の力を籠めた、あの左フックだ。

カウントセブンで、レフェリーは俺にファイティングポーズを取らせた。リング中央に出ていきながら、右グローヴの先で鼻の頭を掻いたのは、起きた事実を誤魔化したい気持ちの表れか。しかし、誤魔化せない。取り消せない。時間を戻すことはできない。

今度こそダウンだ——まずいことになった。十一ラウンドの危機どころじゃない。最終ラウンドで決定的なポイントを取られてしまった。いや、ポイントだけでは済まないかもしれない。

フレージャーは元気だった。優勢に力を取り戻していた。何も温存することなく、ここぞと全てをぶつけてくることも必定である。最終ラウンドまで来て、誰があとに力を残すというのか。

飛んできた左ストレートを、俺はスウェイバックでかわした。突進してきた身体を、今度はしっかりクリンチに捕まえた。すぐレフェリーが分けにきて、離れて動き出してみて、俺は自覚を強いられた。フラついている。足に来ている。ダメージがある。

足は使えない。コーナーに留まるしかない。俺は右フック、左フックとパンチだけ出した。当然、フレージャーは入ってくる。左フック、それからボディに左右フックと振るってくる。

ただ殴られているしかない。しかし、俺は負けられない。俺が勝たなければ、正義が廃《すた》る。神がないがしろにされたことになる。そんなことは絶対に認められない。この世には許される話と許されない話がある。なんとかクリンチに捕まえると、俺はフレージャーに突きつけた。

「知らないのか《ドンチュー・ノー》、俺は神だぞ《アイム・ゴッド》」

レフェリーに分けられるや、俺は両腕でガードを固めた。

ボディに左フック、顔面に左フックと入れられたが、よけるだけの力もない。右フック、ボディに左フックと叩きこまれる分には、固め放しのガードが奏功する。

大きな左フックが続いたが、フレージャーも焦っているらしく、大きすぎて頭の後ろを叩いたのみだった。が、そういう問題じゃないぞ、ジョー。俺を殴るなんて、許されない。俺を負かそうだなんて、認められない。

「どうしてって、俺は神だからだ」

いったん離れて、俺は左ジャブ、左ジャブ、左ジャブ、右フックと繰り出してみた。なお突進するフレージャーは、クリンチになると、いきなり頭をつけてきた。攻め疲れか。休む気か。いや、ようやく悔い改めたのか。

レフェリーに分けられるや、俺は左ジャブを飛ばした。そこに左ストレートを合わせられ、まともに鼻を叩かれた。きな臭さが奥に走り、脳天に抜けていく。こんなことって、あるのか。許されるとでも思うのか。どうなんだ、ジョー・フレージャー、おまえは。

「知らないのか、俺は神だぞ」

「その神様が、今夜は来るところを間違えたようだな」

フレージャーは低い姿勢だった。俺は左ジャブを伸ばし、当てるのでなく首の横を素通りさせて、そのまま後頭部を引き寄せた。

　クリンチに取ると、奴は頭でもたれかかった。このまま逃げる気か。無理に攻めず、ポイント勝ちするつもりなのか。しかし、俺を負かすなんてことが、許されると思うのか。

「知らないのか、俺は神だぞ」

「わかったよ。じゃあ今夜は神様が鞭《むち》打ちの刑にされるってわけだな」

リングのほぼ中央で分かれると、俺は左ジャブ、左ジャブ、左ジャブ、左ジャブ、右フックと、出せるだけ出してみた。自分でも力がないとわかる。フレージャーも左フックで飛びこんだが、あとが続かずクリンチでもたれるだけだ。

レフェリーに分けられたとき、ようやく俺は現実に目を向けることができた。なんて道化だ。俺は神じゃない。それなのに残り一分しかない。

休んでいる場合じゃない。ただKO負けを免《まぬか》れればよいわけではない。俺は勝たなければならない。勝つためには攻めに転じなければならない。

自分を神だと思うことで、なんとか危機を凌いでいる間に、深刻なダメージも現実に目を向けられる程度には回復したようだった。

ワンツー、そしてスリーの左ストレートで、俺は攻撃を再開した。

フレージャーは低い姿勢で前に出てくる。それを捕まえ、そのままクリンチに受け入れるのでなく突き放す。

左フック、左ストレート、また頭が低められたところに右ストレート、左ストレート、右ストレートと三連打を叩きこむ。どうだ。高速の左ジャブ二発から打ち下ろしの右ストレート、そしてワンツーを叩き入れたら、どうなんだ、ジョー・フレージャー。ワンツーから左フックと、俺は休まなかった。ロープ際でクリンチに取られたが、すぐに離れて左ジャブを飛ばした。

フレージャーは堅固なクロスアームガードだった。わけても左は肘が肩の高さまで上げられた。右のパンチが嫌なのだろうが、それなら左ジャブ、左から右のワンツーだ。

またクリンチになって、あと二十秒しかない。密着したまま、左右ボディを連打されているうちに、あと十秒しかなくなってしまう。

それでも、負けない。絶対に、あきらめない。レフェリーに分けられるや、左ジャブ、左ジャブ、左ジャブ、そこで鳴らされたゴングの音は、まさに無情の響きだった。

「ディン、ディンディンディン」

フレージャーは両手を上げた。俺は俯《うつむ》くことしかできなかった。あれよという間に人が溢《あふ》れたリングのなかで、あとは誰にも聞かれたくない呻きを、小さく零すだけだった。

負けた。反撃も届くことなく、負けてしまった。

「レディース・アンド・ジェントルメン」

判定がアナウンスされた。レフェリーが八対六、一イーヴンでフレージャー、ジャッジのひとりが九対六でフレージャー、ジャッジのもうひとりが十一対四でフレージャー、三対〇の全員一致《ユナニマス・ディシィジョン》で、やはりフレージャーの勝ちだった。

最高裁判所が判事全員一致で徴兵拒否の有罪を無効にしてくれたのは、それから間もない六月二十八日のことだった。勝訴だったが、敗北感は色濃く残った。

「君に勝ったとはいえ、試合後すぐに病院に送られたフレージャーは、まだ退院できないでいるそうだね」

スポーツ記者にそう教えられたことのほうが、遥かに大きな慰めだった。

第三試合

対ジョージ・フォアマン、ヘビー級十五回戦
世界タイトルマッチ、一九七四年十月三十日

○ラウンド

ずいぶんと待たされる——不手際《ふてぎわ》といえば、こんな不手際もなかった。

リングに上がれば、ステップ、ステップで身体をほぐし、それからシャドーボクシングを始める。いつもの手順にすぎなかったが、それも汗をかくほど続けようとは思わなかった。

遅い——対戦相手は、なかなか出てこなかった。もしかすると、わざとか。俺を焦《じ》らして、これは心理戦ということなのか。

それにしても、限度がある。主催者側は、とっくに控え室に走っていてよい頃だ。全くもって、不手際だ。段取りが悪いのだとしても、故意の遅延を注意しないのだとしても、不手際には違いない。

それでも俺は腹を立てなかった。アラーの神に静かに祈りを捧げたからでも、怒るなと自分に言い聞かせたわけでさえないのに、不思議とムカムカしてこない。ただ苦笑するだけだ。

これは馴《な》れか。なにひとつ当たり前には運ばないので、もう不手際など珍しくないと思うのか。

土台が尋常な話ではなかった。これくらいで腹を立てては、このリングには端《はな》から立てない。異例といえば、こんな異例ずくめの試合もない。

会場は「五月二十日スタジアム」と呼ばれていた。

六万人収容は確かに大きいが、考えられないほどではない。スタジアムというからには野外だが、天井がぽっかり空いている会場も、他に例がないわけではない。特設リングからリングサイド席にかけて、雨よけに硝子《ガラス》の屋根がかけられただけ、かえって立派なくらいである。

そもそも、あまり気にならない。暗いので空という感じもしない。とはいえ、これが夜の暗さでなく、夜明け前の暗さなのだと思い返せば、ちょっと他には覚えがないと、言葉を改めざるをえない。

リング入場の時刻は午前四時だった。俺は遅い昼寝といおうか、いったん夕方に寝て、夜中に起きて、夜食あるいは朝食を軽く食べ、それからスタジアムにやってきた。

生活のリズムを大切にすることも、コンディションを整えることもできない。無茶苦茶なスケジュールだが、それも仕事の一部であるなら仕方がない。

午前四時の試合開始は、そのライヴ映像をアメリカのゴールデンタイムに流すため、つまりは衛星中継の都合だった。

これまた無茶苦茶な理屈だったが、試合が行われるのがザイール共和国の首都キンシャサ、アフリカ大陸にあるザイールのキンシャサなのだと思い出せば、やはり仕方ないように感じられてくる。

それはザイール政府が後援する試合だった。

まだ生まれて間もない国だ。ベルギー領コンゴだったものが、コンゴ民主共和国として独立したのが一九六四年、今から十年ほど前の話なのだ。

三年前の一九七一年、さらにザイール共和国に改めた。この新しい国名を世界に知らしめたい。機会を捉えて新しい国の認知度を高めたい。それでボクシングの試合を誘致することにしたという。

ジョゼフ・モブツ大統領という軍人上がりの独裁者がいて、突飛な思いつきをしたものだった。普通は実現しない。ありえない話こそ大チャンスと思うような、一種の山師《やまし》がいないでは始まらない。

それが、いた。売り出し中のプロモーター、逆立つ髪型からしておかしなドン・キングという男が、モブツ大統領の誘致話に飛びついた。

アフリカといえばこれというステレオタイプで、「密林の決闘《ランブル・イン・ザ・ジャングル》」と銘打つと、あれよという間に興行に仕立ててしまった。

会場を押さえ、各国各局と衛星放送を契約し、チケットを販売し、と進められれば、努めて無視する理由もなくなる。

一緒に「ザイール74」と題した音楽イベントが企画され、ジェームス・ブラウン、B・B・キング、ザ・クルセイダースらのライヴをやるなど、どんどん話が大きくなるほどに、ゆめゆめ無視などできなくなる。アフリカまで行くのが嫌だと、我儘《わがまま》などいえなくなる。ザイール政府の援助もあるので、ファイトマネーが破格の五百四十五万ドルだった。二人で五百四十五万ドルでなく、一人で五百四十五万ドルである。

まさにビッグマッチだ。ほんの一昔前なら、生涯を通じても稼げない金額だ。ジョー・ルイス、ロッキー・マルシアノというような伝説のファイターでも、こうまでは積み上げられなかったはずなのだ。

金額の問題を措《お》いても、ビッグマッチだった。仮にファイトマネーが安くても、俺は飛びついたに違いない。

なんといっても世界ヘビー級タイトルマッチ、つまりは待望の選手権試合なのだ。

俺はシャドーボクシングを続けた。左ジャブ、右ストレート、左フック。シュッ、シュッ、シュッ、シュッと連打の動きをみせるたび、会場はドッと沸いて応えてくれる。

まだグローヴをつけていないので、バンデージの白色で余計に動きが際立つこともあるだろう。待たされすぎて、リングの外も退屈しているのだろう。そんなことを思いながら、チラとロープの向こうに目をくれると、ジョー・フレージャーが来ていた。

ずんぐりの風貌に潰《つぶ》れ鼻の容貌は、前と少しも変わりがない。それでも今日はトランクス姿ではない。趣味の悪いサテン生地も、今日は背広姿なのである。

その光沢が目を惹《ひ》いたのは、リングサイドを移動していたからだった。客席からアナウンス席へ——なかなか試合が始まらないので、間が持たないテレビ局から急遽《きゅうきょ》コメントがほしいと頼まれたようだった。

一介の観客として来ていたが、なるほどフレージャーなら視聴者の関心を引くこと請け合いである。なんといっても、これから選手権試合に挑むというファイターと、対戦経験がある。

フレージャーに負けて——長かったというのが、俺の正直な思いだった。

負けて、思い知らされた。負ければ、もう普通の男だった。あるいは、それまで特別扱いされていたことに、ようやく気がついたというべきか。

どれだけ気持ちが逸《はや》ろうと、すぐリマッチなどできなかった。ましてやタイトルマッチとなると、なかなか組んでもらえない。ソニー・リストンに挑戦するまでと同じだ。また零《ゼロ》から、ひとつずつ積み上げていくしかなかったのだ。

調子は徐々に取り戻した。勝ち星も順調に並んだ。いや、並ぶかと思われた再出発から十一戦目で、ケン・ノートンに負けてしまった。

一ラウンドで受けた一撃、ほんのラッキーパンチにすぎなかったが、それでも強烈な一撃で顎《あご》の骨を割られたからだ。なお堪えて戦い続け、最終ラウンドまで粘ったが、判定負けの結果が出た。

強打者ノートンは、半年後に組まれたリマッチで下したが、回り道を強いられた感は否めなかった。

フレージャーとのリマッチが一九七四年一月二十八日、漕ぎつけるまで前回の敗戦から二年十ヵ月がすぎていた。

このときは勝った。判定だったが、三対〇の全員一致で勝利した。あの厄介な左フックを完封しての、胸の空《す》くようなリベンジだった。

しかし——フレージャーは、もう世界チャンピオンではなかった。それは二人ながら元チャンピオンとして、新しい世界チャンピオンへの挑戦権を懸けた試合だった。それを手に入れたとはいえ、つまるところ、もうひとつやらなければ王座には返り咲けない。

俺はシャドーボクシングを続けた。こんなに待たされても、そんなに苛々《いらいら》しないのは、やはり我慢を覚えた人生経験ゆえかもしれない。

それは結構至極として、無頓着ではいられない話もある。身体が温まるのはよいが、普段ないほど汗をかいてしまっては、やはりうまくないのである。

蒸し蒸しする熱帯雨林気候の国では、大袈裟《おおげさ》でなく脱水症状を起こしかねない。今日の天気予報によれば、いつ土砂降りになるか知れない。それくらいに湿度が高い。

俺は厚ぼったいガウンを脱ぐことにした。ブラウンに助けられながら脱いで、白のサテンに赤のラインという晴れのトランクスまで披露したが、それで沸いたにしては大きすぎる歓声だった。

すっかり喉が渇いたので、続けて瓶の水を飲んでいると、目尻にかかる影があった。

それも動いている。赤青白の旗と緑の旗に先導されて、スタジアムの花道を駆けてくる。

ようやく選手入場だ。

急いでいるからには故意に遅れたわけではなく、やはり主催者側に不手際があったらしい。少なくとも元気に走れるからには、独裁者の逆鱗に触れて、拷問を加えられていたわけではない。スタジアムの地下には、政治犯の収容所があるとの噂で、ちょっと冗談にもならないが……。

リングにアメリカ国旗とザイール国旗が二本ずつ並んだ。両コーナーに選手とセコンドが揃《そろ》うと、そこからは早かった。楽団の生演奏でアメリカ国歌、ザイール国歌と流され、それが終わると、さっさとリングアナウンサーが登場してきた。

「赤コーナー、六フィート三インチ、二一六ポンド、四十四戦四十二勝三十一ＫＯ、元世界ヘビー級チャンピオン、モハメド・アリ」

名前がコールされると、俺は客席に向けて腕を振った。拍子を取るように振りを重ねて、一緒に口を動かしてみせれば、その声が届かなくても、巻き起こるのがアリ・コールだ。

「アリ、アリ、アリ」

声の渦のただなかに、その名前は投じられた。

「青コーナー、六フィート三インチ、二二〇ポンド、四十戦無敗三十七KO、世界ヘビー級チャンピオン、ザ・ビッグ・ジョージ・フォアマン」

それが新しいチャンピオンの名前だった。

四十戦無敗、うち三十七KOという圧巻の戦績もさることながら、戦慄《せんりつ》するべきはジョー・フレージャーを破って、タイトルを奪取した試合だった。

二ラウンドKOという字面のレコードにも瞠目《どうもく》を禁じえないが、その二ラウンドの間に全部で六度もダウンを奪ったというのだから、もう絶句を強いられる。

コロリ、コロリと面白いようにマットに転がし、まさに子供扱いだった。その相手というのが不屈のスピリットと無類のタフネスを誇る、あのジョー・フレージャーで間違いないというのだから、もう開いた口が塞《ふさ》がらない。

初防衛戦の挑戦者に迎えて、あの強打者ケン・ノートンも問題にしなかった。ノックダウンを二回強いて、やはり二ラウンドKOで退けている。

凄まじき剛腕――フォアマンはソニー・リストンの再来とも呼ばれていた。

だから、なんだ――と俺は思う。そのリストンに俺は勝った。フレージャーとノートンの二人だって下している。どちらも一度負けたうえでの再戦で、どちらも判定勝ちだったが、フォアマンと同じ相手に俺も勝つことができた。

戦績は引け目を感じるものではない。フォアマンだって、この俺が闇雲に恐れるべき男ではない。無敗のチャンピオンにも弱点がないわけではない。

「ミイラ男」

俺は好きなホラー映画から綽名《あだな》をつけた。動きが遅く、ぎこちないという意味だ。俺のようにスムーズで、リズミカルには動けないという意味なのだ。

「ミイラ男め、この俺様には勝てないってことくらい、おまえだって承知しているはずだ」

グローヴは、さすがにアメリカ製の「エヴァーラスト」だった。両手にはめるや、すぐリング中央に呼ばれた。さんざん待たせたくせに、本当に大急ぎだ。

レフェリーの注意も早口だったが、もちろん端から聞く気はない。今は俺が喋《しゃべ》る時間なのだと、それもカムバックしてからの約束事だ。

フォアマンは無表情だった。いや、むっつりの不機嫌顔というべきか。

「無理するな、ジョージ。怖い顔してみせたって、ガチガチに緊張してるのはわかってるんだ。当然の話さ。なにも恥ずかしいことなんて、ないぞ」

フォアマンは白のサイドラインが入った赤のトランクスだった。ベルトラインが青だったが、その位置がやけに高く感じられる。デカい。やはり、デカい。

ザ・ビッグ――二二〇ポンド(約一〇〇キロ)とアナウンスされたフォアマンの目方は、あのリストンより大きかった。

それでいて、ずんぐり熊めいた風はない。手足も伸びやかに長い造りで、その体軀《たいく》は薄ら滲《にじ》んだ汗に黒光りするほど、まさに筋骨隆々の一語だった。

ヘビー級のファイターは見馴れていたが、ほとんど惚れ惚れするような思いで眺められる輩《やから》となると、そうはいるものではない。

身長は六フィート三インチ(約一九〇センチ)。俺と同じはずなのだが、こうして向き合ってみれば、俺より微妙に高いように感じられる。

リストンのように身体が分厚くならないのは、やはり上背があるからなのか。いや、そうではなくて、もしや俺が高く感じているだけなのか。実際は同じなのに大きくみえて、要するに俺は……。

胸にわだかまる感情は、劣等感というものか。そう自問して、これまで身体で引け目を覚えたことなどなかったことに気づく。

背が高い奴も、重い奴もいたが、負けているとの思いを抱いたことはなかった。俺のほうが均整がとれている、ほどよく上背があり、ほどよく手足が長く、ほどよく肉もついて、つまりは最高に美しい。絶対の自信があったが、今度ばかりは……。

俺の声は大きくなるばかりだった。

「泣いたっていいんだ。愛想笑いで、お辞儀したっていいんだぞ。ああ、おかしくないぞ。だって、おまえはずっと俺のことを聞いて育ったんだろう。おまえは子供の頃から俺を目標にしてきたんだろう。俺に憧れてたんだろ。俺を尊敬してんだろ。今その俺がおまえの目の前にいるんだ。つまりは、おまえの先生がだ」

聞きようによっては、それまた悲しい理屈である。フォアマンは二十五歳、この若者に先生と呼べと強いる俺は七歳も上で、もう三十二歳になる。俺と戦った頃のリストンの年齢、あのときジジイ呼ばわりした年齢になっている。まったく、もう嫌になるぜ。

一ラウンド

どれだけ派手に騒いでも、試合に臨む直前は静かに祈る。目をつぶり、両手を上にアラーの神に祈りを捧げて、心の平安を取り戻す。よし、さあ、行くぞ。

目を開けると、フォアマンは対角線上の青コーナーで、こちらに背を向けていた。コーナー左右のロープを両手でつかみながら、グッグッと背筋のストレッチ運動に励んでいた。

逆三角の広い背中だ。それが「ディン」とゴングが鳴ると同時に、くるっと回る。

フォアマンが出てきた。ぐいと両手を前に出す、独特の構え方だ。ほとんど腹の高さで、ガードというより、相手の腕を捕まえようとする手つきだ。

怖がりだな、と俺は思う。臆病ではないが、怖がりだ。フォアマンは打たれるのが嫌なのだ。痛くなくても、十分に堪えられても、パンチはもらいたくないというのだ。

それは人間の本能である。その本能を克服できていないからには、ボクシングの技術は下手糞《へたくそ》なのだろう。

笑おうという気はない。下手糞でも強い奴はいる。こんなに下手でもチャンピオンになっているのだから、フォアマンには何かあると、むしろ警戒するべきである。

俺も逃げるではなかった。右フックを出すぞと脅し、今度は左フックだと腕を振るが、どちらもポーズにすぎなかった。それでも、怖がりにはポーズがよく効く。

フットワークで下がるようにもみせかけて、俺はひとつ右ストレートを飛ばした。いきなり当たった。もうひとつ右ストレートを続けると、これも当たった。

反応できないとみたか、フォアマンはクリンチに来た。もがいて、すぐ離れたが、そこは奴も執着しなかった。

左回りの動きから左フック、右ストレート、さらに踏みこんで左フック、そこで俺は奴の首の後ろを押さえ、プロレス技でいうヘッドロックさながらのクリンチに取った。

またフットワークで距離を取り、と思うや踏みこんで右ストレートを繰り出すと、これも当たった。

フォアマンの表情は変わらない。感情がないかのようなむっつり顔で、ただズンズンと前進してくる。俺はフットワークで下がったが、すぐコーナーに詰められた。逃げ場がないところで、互いのパンチが交錯した。

フォアマンが振るったのは、左フック、それからボディに右フックだった。

俺はどちらもガードした。それからクリンチに取った。揉《も》みあいながらリング中央まで戻ると、離れ際《ぎわ》には右ストレートを出した。

また当たった。クリンチになり、そこでレフェリーが分けにきた。左回りから左ジャブを出すと、半端なヒットになった。またクリンチという展開で、またレフェリーに分けられながら、俺は呻《うめ》かずにはいられなかった。まずいな、これは。

フォアマンは強い——俺にはわかった。いや、わからないという意味で、わかった。ジョージ・フォアマン、こいつは、とてつもなく強い。

まるで底がみえなかった。パンチを当てても、少しも勝てる気がしない。逆にどんどん追い詰められていく気がする。それ以前に息苦しくて仕方がない。いわば殺気の密度が濃い。押し寄せる空気の圧力が、もう凄まじいばかりなのだ。

俺は左ジャブ、少し置いてタイミングを外してから、スピードを乗せた右ストレートを続けた。またヒットした。ワンツー、それから左アッパー、左フックと続けたところに、フォアマンの左フックが飛んできた。

固い。もうひとつ左フックが続いた。痛い。なんとかガードしたが、とんでもないパンチだった。

俺はロープに飛ばされた。偶然にも深くもたれる格好になって、次のパンチは届かなかった。助かった。前に出て、クリンチに捕まえ、奴の首を押さえたところで、レフェリーが分けにきた。

俺は左回りの動きに入った。ダンス、ダンスと今も自分に言い聞かせる。ことさらマスコミを前にしては、ダンス、ダンスと大声で打ち上げもする。しかし、もう口でいうほど華麗に動けるわけではなかった。

二十代前半のスピードは失われた。反射神経も衰えるばかりだ。我ながら往年の切れはない。それでもフットワークを使う意味がないではない。それのみで超絶ディフェンスは成立しないが、だからといって捨ててよいものでもない。

フレージャーに負けてから、俺はまた足を使うようになった。フットワークに組み合わせて、ときにガードを固め、ときに足を止めてパンチを受ける。そして再び足を使い、安全な距離に逃れるというのが、数年で会得した新しい戦い方なのだ。

身体も絞れている。増量を試みたフレージャー戦のときとは比べものにならないどころか、今日の二一六ポンド（約九八キロ）という体重は、十年前にリストンと戦ったときと、さほど変わらない目方である。これくらいを保てていれば、今でも並のファイター以上の身のこなしができる。

左回り、左回りからの右ストレートが、また当たった。スッとバックステップで引くと、フォアマンの左ボディは届かなかった。

続いた右アッパーも空《くう》を切る。右ストレートも、左フックも、出された位置に俺はいない。

ボクシングの技術では寄せつけない。高次元でバランスの取れた俺のディフェンスを、これほどの下手糞が打ち破れるはずがない。

それでもフォアマンの前進をいなすことはできなかった。クリンチにもつれながら、ロープによりかかったところで、レフェリーが分けにきた。いったん離れたが、また「ミイラ男」は前に出てくる。のろのろした動きなのに、足ではかわすことができない。

俺は左ジャブを飛ばす——というより、左腕を伸ばして、相手の後頭部に手をかけた。それを引き寄せ、クリンチに逃げる。レフェリーに分けられると、トリッキーに右に回る。左回りに戻し、また左ジャブを打ちながら、奴の頭を後ろから押さえにかかる。

嫌がるフォアマンは、強引な左ストレートで突き放そうとした。しかし、俺は離れない。いや、離れたくない。離れることなどできない。

怖くて、正対していられなかった。

体格は互角、フォアマンのほうが少し大きいくらいであれば、中間距離も安全圏にはならない。殴られたくないと思えば、大きく距離を開けるか、さもなくば密着しているしかない。

レフェリーがクリンチを分けた。このクレイトンとかいう禿《は》げ男は、すぐ介入するタイプのようだ。もちろん逆らうわけにはいかない。

俺はバックステップで下がりながら、高速のワンツーを飛ばした。下手糞なフォアマンはよけられず、また見事に命中したが、俺は怖くてたまらず、またクリンチで密着した。レフェリーが分けにくるのも、前と同じだ。これじゃあ、いけない。埒が明かない。

フォアマンの尋常ならざる圧力は、戦前から予想された。これと伍《ご》して戦うために、最大限に足を使うというのが、俺がセコンドたちと立てた作戦だった。

やはり、それしかない。不用意に中間距離にもいられない以上、十分に離れて、そこから素早く入り、また素早く出ていくボクシングしか術《すべ》はない。

俺は改めてフットワークを意識した。軽やかにステップ、ステップ、そこからスッと踏みこんで、鋭くワンツーを飛ばす。

フォアマンは大きな右アッパーを振るってきた。なんとかスウェイでかわしたが、そうして下がった勢いで、俺はロープに深くもたれることになった。

「なんだ、これは」

俺は違和感を覚えた。さっきも変だと思ったが、やはり思い違いではない。まったく、もう、こんなことで煩《わずら》わされたくはない。さすがに腹が立ってくる。

ロープの張りが緩い――身体が沈みこんで、ほとんど二段目に座る格好になる。動きにくい。そこにフォアマンは右ストレート、右ボディ、もうひとつ右ボディと、一発ずつが巨石の塊をぶつけられるように感じるパンチを叩きこんでくるのだ。

ガードしてなお、全身の骨が軋《きし》んだ。なんて破壊力だ。前に出てクリンチするとき、俺は縋《すが》りつくくらいの気分だった。

急場を凌《しの》ぐと、離れながら左ジャブ。フォアマンのほうは大きな右フックだった。それを空振りさせてなお、恐ろしくて恐ろしくて、俺はクリンチに戻らないではいられない。

クリンチからの離れ際に、俺の右フックが当たった。それが、なんだ。我ながら、嫌になる。

顔色ひとつ変えないフォアマンは、左右のボディを振り回してきた。俺はホールドに奪おうとしたが、その力漲《みなぎ》る腕は容易に押さえられなかった。

腕力の勝負になればなるほど、奴に術なく暴れられてしまう。ちくしょうと舌打ちする間に、左右を顔面に入れられてしまう。右アッパーまで続けられては、もう密着することもできない。

相手の左ジャブを空転させながら、俺は大きく距離を開けた。こうするしかない。十分に離れて、フットワークを使うしかない。

しかし、フォアマンは追いかけてくる。「ミイラ男」なんかに捕まるものかと、からかう舌でも出したい気分だが、すぐに追いつかれてしまう。また俺の動きも遅いからだ。自慢のスピードは、ここまで落ちてしまったのだ。

いや、違う、このリングだ。なんだかマットがフワフワして、フットワークが使いにくい。ロープといい、マットといい、興行馴れしていないキンシャサは、やはり不手際だらけなのだ。

フォアマンは右ストレート、左フックと叩きつけてきた。出鱈目《でたらめ》なパンチだ。酒場の用心棒のような素人パンチだ。が、それが重いのだ。

俺は得心するしかなかった。こいつは生まれついてのスラッガーだ。根から腕っぷしが強いのだ。単純明快それだけの男なのに、誰も勝つことができない。現にアマではオリンピックの金メダリストで、プロでも無敗のまま世界チャンピオンになっている。

俺は右ストレートを返した。伸ばした手で相手の首の後ろを押さえて、またクリンチに持ちこんだ。フォアマンは右腕を振り回したが、俺の旋毛《つむじ》のあたりをバチンと叩いたのみだった。

よし、反撃だ。右ストレート、左ストレート、右フック、左フックと前に出たはずなのに、ロープを背負っているのは俺のほうだった。

フォアマンは大きな左フックを振るってきた。俺は得意のスウェイでかわしたが、そうすると緩いロープに身体を取られる。大きく沈んで、深くもたれることになる。これじゃあ、足を使うどころじゃない。ロープ際で身体を搦《から》め捕られては、ろくろく動くこともできない。

俺はとっさにガードを固めた。そこに詰め寄り、やはりフォアマンは強烈な左右フックを叩きつけてきた。

「………？」

奴の首の後ろを捕らえて、また俺はクリンチに逃れた。すぐレフェリーが分けにきて、離れるや俺は左回りに入った。

やはり足元が沈みこむ。フワフワしたマットには、足が引っかけられる感じさえある。やはり駄目だ。フットワークでは勝てない。

フォアマンは、もう追いついてきた。出された左は下がってかわしたが、その足がもつれてしまった。次の左ストレートを、ガツンと額に打ちこまれた。

やはり強い。強烈な一撃にクラッとなりかけたとき、ディンと救いのゴングが聞こえた。

二ラウンド

インターヴァルの間も、俺はコーナーに立ち続けた。意味などない。身体が休まらないだけ、愚かでさえある。

一ラウンドは疲れた。まだ一ラウンドなのに疲れた。

離れていても、くっついていても、フォアマンは疲れる。ひとつリングにいるだけで、凄まじい消耗を強いられる。大袈裟でなく、野獣の檻《おり》に放りこまれていた気分である。

それでも俺はコーナーに立ち続けた。

虚勢というわけではない。ただ、どうにも椅子に座る気にはなれなかった。

座ってしまえば、そこで我に返ってしまう、もう試そうとも考えられなくなる。そんな気がして、立ち続けた。一ラウンドを戦って、思いついたことがあった。

フォアマンは強い。それなのに、足を使う作戦は通用しない。土台がフットワークのスピードは落ちていたし、それに「五月二十日スタジアム」の特設リングは動きづらい。用意してきた作戦は通用しない。しかし方法がないわけではない。

「もしかすると……」

青コーナーのフォアマンは座っていた。

相変わらずの無表情を捕まえて、なにごとか指示を与えているのはチーフセコンドのサドラーだ。向かい側にいるのがアーチー・ムーアで、なかなかの名伯楽《はくらく》で知られる男だ。まだデビューしたての若い頃、それもほんの短い間にすぎないが、俺もアーチー・ムーアに師事して、そのジムで練習していたことがあった。だから、知っている。ああ、アーチー・ムーアがいたじゃないか。

何かの動きが目尻にかかった。顔を回すと、セコンドのブラウンがコーナーポストに組みついて、ロープを締める金具を回転させていた。

ロープ際の攻防をみたのだろう。張りが緩くて、深く沈みこむくらいになっては、まともな試合になるはずがないと、眉を顰《ひそ》めていたのだろう。

なるほど、不首尾だ。しかし、なのだ。

「やめろ、ブラウン。そのままでいい」

「けど、モハメド」

「いいんだ。このほうが戦いやすい」

かもしれないと心に続けて、俺だって確信があるわけではなかった。それでも、もしかすると、もしかする。

「ディン」

ゴングが鳴ったが、まだ思いきれない。はじめ俺はフットワークを使った。

やはり駄目だ。通用しない。左回り、左回りを始める間もなく、フォアマンは押しこんでくる。正対するのも嫌になるプレッシャーで、どんどん距離を詰めてくる。

俺は左ジャブを飛ばした。もうひとつ左ジャブ、高速のワンツーと攻めていたのに、もうロープを背負わされた。

ワンツー、ワンツーと続けても、フォアマンの剛腕は左フック一発で全て取り戻してしまう。いや、させてたまるかと、俺はスウェイバックでかわし、そのままロープに深くもたれた。

フォアマンの攻撃は続く。左右をボディに叩きこんでくる。もちろん肘《ひじ》でガードしたが、骨ごと砕かれるのではないかと恐ろしくなる。

実際、この怪物のような男は、対戦相手の腕を折ったことがあった。グレゴリオ・ペラルタという新進のファイターだったが、フォアマンは相手のガードも構わずパンチを打ち続け、その腕の骨をとうとう砕いてしまったのだ。

俺の骨も粉々か――いや、左右の腕は堪えてくれた。というより、フォアマンのパンチは見た目ほど威力がなかった。当たりが浅いからだ。しっかり踏みこめないからだ。

ロープに深くもたれる俺は、顔面も、ボディも、遠く離れる。身体のほとんどはマットの四角の外に出ているほどだ。

しかし、足はリングの際に残る。フォアマンが踏みこめるのも、そこまでだ。遠い的《まと》に無理にも手を伸ばすなら、当たりが浅くなるのは当然だ。

俺はロープ際を離れた。軽やかなフットワークでリングを横断、ついたのが反対側のロープ際だった。

フォアマンは突進してくる。大きな左フックを振るってくる。今度は踏みこみが深すぎて、俺の首の後ろを叩いてしまう。さらに力いっぱいの左ボディを振るい、身体のバランスを崩す。そこをクリンチに捕まえると、精力的なレフェリーが分けにくる。

いったん分けられたからといって、そのまま逃げ続けることは容易でない。それどころか、あっという間に隣のコーナーに詰められる。

フォアマンは浅い左、それから力いっぱいの右フックを叩きこんできた。一発もらった。なんて衝撃なんだ。

ロープまで飛ばされたところで、俺はクリンチを試みた。もつれて、離れて、そこで放たれたフォアマンの右ストレートは外れた。あるいは運よく外れてくれたというべきか。ここでもう一撃もらっていたら、本当にどうなっていたかわからない。

冷や汗ながらに一息ついて、俺は思う。それでもフォアマンは、パンチが正確とはいいがたいな。力みすぎて、常に拳半分ほど狙いを逸《そ》れるな。

下がりながら、こちらは精密な左ジャブを二発、それでもフォアマンの突進は止められない。浅く右、それから深く左と、ストレート二発だけなのに、また俺はロープを背負う羽目になる。あの張りの緩さに、深くもたれる他なくなる。

左ジャブ、左ジャブと軽く返しながら、それでも俺はロープ際を離れなかった。

もちろん、フォアマンは詰めてくる。左のボディアッパー、それから同じ左をフックにして、俺の顔面を横殴りにしようとする。鋸《のこぎり》でも引くように、同じ動きで三回も肘を引いて、今度はボディに左フックの三連打である。

全てガードで防いだが、まさに息詰まる思いだった。

ロープ際――スラッガーとの戦いでは、まず行きたくない場所だった。一、二、三と数えられるほど留まれば、もう絶体絶命というくらいの危険地帯だ。

セコンドは全員が泣き顔に近かった。もちろん声は聞こえなかったが、悲鳴のような声で叫んでいるはずだ。

「動け、動け、モハメド、何やってるんだ」

「逃げろ、逃げろ、足を止めるな。今すぐロープから離れるんだ」

と、これくらいだ。

それでも俺はロープ際に居続けた。高速の左フックをフォアマンの鼻の頭に命中させ、さらにワンツーを飛ばす。それをガードで弾《はじ》かれている間も、余所《よそ》に逃げようとはしなかった。

眼前の大男は、当たり前に肉薄してくる。ボディに左フック、さらに顔面に左フックと続けられて、また右顎を打たれたが、今度は意外なほど効かなかった。

ああ、効かない。やはり、効かない。深くロープにもたれているかぎり、それほど効くものではない。やはり、そうだ。この方法は使えるのだ。

アーチー・ムーア――フォアマンのセコンドについている男は、現役を長く続けたファイターだった。五十近くまで続けて、実際のところ俺も試合で戦ったことがある。

自分より二十も若いファイターと向き合えば、さすがに体力面では劣勢に立たされる。スピードも、パワーも、スタミナまで後れを取る。そこでアーチー・ムーアが使ったのが、ロープに深くもたれて動かないという戦術だった。

「名づけて、ロープ際の愚か者《ロープ・ア・ドープ》」

ロープに深くもたれていれば、相手のパンチは浅くなる。さらに防御を主体に戦うなら、滅多なことではＫＯされない。

リング狭しと動き回るわけではないので、疲れもしない。これで衰えが隠せない肉体でも、元気溌剌《はつらつ》たる輩と渡り合えるという理屈である。

クリンチに持ちこむと、フォアマンも動かなかった。俺に首の後ろを押さえつけられたからというより、連打に少し疲れたのだろう。

渾身《こんしん》のパンチは、打つほうがしんどい。それで仕留められれば、よし。だが、仕留められなければ、疲労ばかりが身体に残る。まだ倒せないと焦るほど、いっそう躍起になるからだが、ロープにもたれられて、的が遠くなり、そもそもが決定打を決めにくい状況なのだ。

気づかずに攻め続けて、どんどん疲労の色を濃くする。まさに愚か者の絵面《えづら》である。押してみると、フォアマンの大きな身体が嘘のように軽く動いた。リング中央で離れたが、いきなりの左ストレートが飛んできた。追いかけるようなパンチを、俺はバックステップで空転させた。そうして下がったところが、コーナーだった。

フォアマンの左ジャブは緩い。が、その後に力任せの強烈な一撃がくる。その左フックを俺は固いガードで防いだ。続く左アッパーは外れた。右ストレートも外れた。やはりパンチの正確さに欠ける奴だ。それは当人も承知の上だろう。

フォアマンは下を打つに違いなかった。ボディとなると、顔面のようには綺麗に外せないからだ。

左右のワンツーが来るとみるや、その踏みこみを挫《くじ》く狙いで、俺はハイスピードの左ジャブを出した。

これが顎に命中した。その隙にコーナーから少し移動して、また俺はロープに深々ともたれることができた。

そこでフォアマンは、ようやく左右のワンツーを出した。俺は届かないと思った。が、そうして気を抜いた報いか、右を深く差しこまれてしまった。

顎の骨が軋むのがわかった。ケン・ノートンに割られたところが、またいったか。

さらに右のパンチを、二つボディに叩きこまれた。たまらず俺はクリンチに持ちこんだ。

レフェリーが分けにくる間に確かめると、顎は動いた。口のなかに血の塊が湧くでもない。よかった。なんとか無事だ。

うまくいくと楽観するあまり、油断しては駄目だ。ロープ・ア・ドープは疲れず、相手ばかり疲れさせることができるかわり、ただの一瞬も気を抜けない戦術なのだ。

不覚にも一発いいパンチをもらったら、それで粉々に崩れさる。

それでも、続ける。やるしかない。

分けられるや、フォアマンは左ストレートを振るってきた。よけながら、俺は左ジャブを飛ばした。軽いが、速いパンチで、狙い通りに目をつむらせてやり、その間に自分はロープの深いところに戻るという寸法だ。

むっつり顔が怒っていた。左、右と丸太のような腕が振られてくる。ガードしたが、腕がもたない。クリンチに持ちこむと、レフェリーが分けにきた。胸板を押されて、フォアマンは下げられたが、俺はロープにもたれたままで動かなかった。

フォアマンは左ジャブ、左ジャブと出してきたが、そんなに浅くては届かない。ぶんと振り回すボディ攻撃で、左右、左右とやられると、さすがに重い。しっかりとガードしたが、肩から肘にかけた外側はビリビリ痺《しび》れて、しばらく感覚が戻らない。その腕でクリンチしながら、今度はリング中央まで押していく。

やはり楽じゃない。一瞬も油断できないだけじゃない。強烈なパンチだからと、堅実にガードしたとして、相手はやはり怪物ジョージ・フォアマンなのだ。この腕が、この背中が、この脇腹が、容赦なく重ねられる衝撃に、いつまで堪えていられるものやら。

レフェリーに分けられるや、フォアマンは左フックを振り回した。が、これがフェイントで、直後に右ストレートが飛んできた。ギリギリでかわしたが、ビュンと鼻先を風が走った。狙い澄ましたパンチだ。当たらないことに焦れて、ここぞと当てにきたのだ。危ない、危ない。

俺は慌てて下がったので、ロープにもたれるのも深すぎて、その反動で二歩ほど前に出た。聳《そび》えていたのが壁のような奴の巨体で、すぐさまクリンチに捕まえた。

離れると、フォアマンは左ジャブで立て直しにきた。俺も左ジャブで応じながら、スッ、スッと後ろに下がっていく。ロープに達したところで左ストレートで牽制し、相手の足が止まった隙に、ロープを横に伝うように移動していく。

フォアマンは左ジャブ、左ジャブで追いかけてきた。ハイスピードのワンツーで迎撃すると、そのクリーンヒットにカッとなったか、それからが猛攻だった。

左右のフックが振り回される。ボディを衝撃が襲う。堪《たま》らないと、俺は奴の左腕を両手でつかんだ。引き抜きにかかられても、続けては打たせるものかと、絶対に離さなかった。レフェリーが分けにきた。フォアマンは下がり、俺はそのままのロープ際から左ジャブを出した。

奴も左ジャブを返したが、それはパリングで叩き、左右のワンツー、そして右フックと、虚を衝く連打を繰り出してやる。お返しだ。俺だけ痛い目に遭わされるのは、割に合わないからだ。

カッとなったか、フォアマンは風を渦巻かせるほどの左フックを振るった。ロープに深くもたれているので、当たらない。射程の短い横殴りが奥に届くわけがない。

「今のが最高のパンチかよ」

いいながら、俺は睨《にら》みをくれた。答えるかわりにフォアマンは左フックを続けたが、それも空転に終わらせて、また声を張り上げる。

「もっと強く打て、ジョージ。少しはいいところをみせてみろ」

挑発の言葉と一緒に右ストレートを飛ばすと、これがヒットした。もうひとつ右ストレート、またヒットだ。

フォアマンは左右を振るってきたが、ロープにもたれる深さには届かない。クリーンヒットで突き放されて、土台の足の位置が遠くなっていたから、目一杯に伸ばしても顔面には届かない。

フォアマンは、また左右フックをボディに叩きこんできた。それは勘弁してくれと、俺はクリンチに捕まえた。中央まで押していけば、レフェリーが分けにくる。

離れ際に今度は俺からワンツーを飛ばした。応じたフォアマンの左フックは、またしても風を渦巻かせる物凄《ものすご》い一撃だった。しかし、それはスウェイでかわす。直後にくっつき、クリンチに取る。首を振り振り、俺は耳のそばで喚《わめ》いてやる。

「なんだ、ジョージ、こんなものかよ。おまえは、もっと凄い奴じゃなかったのかよ」

中央まで押したところで、レフェリーに分けられた。俺がワンツー、フォアマンもワンツーと出したところで、ディンとラウンド終了のゴングが鳴った。

三ラウンド

「何やってる、モハメド。あれは全体なんのつもりなんだ」

コーナーに帰ると、アンジェロがすごい剣幕だった。

「正気なのか、え、モハメド。あまりに蒸し暑くて、頭がボーッとなってるんじゃないか」

「確かに暑いな。水をくれ」

「ブラウン、水の瓶を。いいか、モハメド、うがいしたら、よく聞けよ。気をつけて下がれ。まっすぐじゃなく、横に、ロープに詰まらないよう、横に、横に、ダンス、ダンスで回りながら下がるんだ。わかってるはずじゃないか、モハメド。とにかく動き続けろ。あんな風にフォアマンに攻めこませちゃ駄目だからな」

そういうだろうとは思っていた。当たり前だ。アンジェロの物言いのほうが正しいのだ。ファイトの鉄則といっていい。その鉄則を曲げざるをえなくなったアーチー・ムーアほどには、まだ老体じゃないだろうと返されるかもしれないが、それは普通に強い奴と戦うときの理屈だ。

フォアマンには通用しない。あの破格に強い奴には通用しないから、俺は自分をアーチー・ムーアに落としてまで、別な手を打つことにしたんじゃないか。

それでも俺は、くどくど説明したりはしなかった。セコンドの立場では生きた心地もしないだろう。その気持ちも斟酌《しんしゃく》できないじゃない。立ち上がるとき、俺はアンジェロに励ますような言葉をかけた。

「なあ、アンジェロ、それでも二ラウンドは終わったんだ。フレージャーも、ノートンも、あいつには二ラウンドで倒されたが、この俺は倒されなかったぞ」

ゴングが鳴った。突進してくるフォアマンは、左目が少し腫《は》れていた。

軽いが速い俺のパンチは、敵の目を潰す。傍目《はため》にはフォアマンにいいように打たれて、俺は必死に凌いだという印象ばかり強かったろう。しかし俺は思いの外にクリーンヒットをとっていた。クリーンヒットは俺のほうが多かった。

「ほら、これだ」

俺は左ジャブを飛ばした。フォアマンも左ジャブ、左ジャブ、左ジャブと重ねたが、この手の突き合いなら俺に分がある。ほら、ハイスピードの左、それから右ストレートと、コンビネーションが見事に決まる。

その痛みで目が覚めたか、フォアマンは振り回しパンチに戻った。

ボディを狙った左フックは、岩でも落とされたかと思うほどだった。ガードした腕の感覚がなくなる前にと、俺は迷わずクリンチに持ちこんだ。

精力的なレフェリーが分けると、押しやられた巨体は、すぐさま前進を再開した。そうして追いこんだ先が、またしてもロープ際なのだ。

フォアマンは左フック、左フックとボディに二連発だった。もちろんガードしていたが、何発もは堪えられない。

俺はホールドを急いだ。が、奴が腕を振り回す力の強さに、うまく捕まえることができなかった。

ボディフックが、今度は左右だ。もうひとつ、左右が重なる。思わず顔を顰《しか》めると、そこに今度は上狙いのフックが飛んでくる。

俺はスウェイでかわした。ロープ深くにもたれすぎて、すんでに外に落ちかけたが、パンチは空を切ってすぎた。フォアマンが少し体勢を崩したところに、ロープの反動で戻ることで、ようやくクリンチに取ることができた。

分けたレフェリーが下がるや、もうフォアマンは突進してきた。やる気だな、ジョージ。むっつり顔なので読みにくいが、二ラウンドで決められなかったことを、悔やんでいるのかもしれなかった。ああ、三ラウンドこそ決めてやると、勢いこんで来ているのかもしれない。

足を使って下がっても、左ジャブ、左ジャブ、左ジャブで追ってくる。コーナーに詰められて、いくらか横にずれなければと思ったそのときだ。

顎に鉄の塊が落ちた！　そう思わせたのは、フォアマンの右ストレートだった。意識は飛ばなかったが、その分だけダメージの大きさが自覚された。

前にのめりかけたところに、追い打ちの右フックが飛んできたが、幸いにしてこれは頭の後ろをすぎていった。

左フックをボディに、さらに左右をボディにと重ねられたが、俺はそのまま前に進んだ。大男の脇に手を入れ、なんとかクリンチに持ちこんだ。やばかった。つけこまれて、連打を決められたら、もう終わりだった。

レフェリーに分けられると、フォアマンは左ジャブ、左ジャブと小さく始めた。そのあとが、ぶん回しの右ストレートだった。

力みすぎで、正確さを欠いたパンチだ。これには何度も救われていた。難なく外すと、俺は今度こそロープに下がった。

その深いところからワンツー。これは届かなかったが、もうひとつ続けたワンツーは命中した。フォアマンはろくろくガードもしないからだ。大きく手を広げたところから、左ボディ、左ボディと叩きつけて、同じところに何度もパンチを重ねてくるのだ。

この攻めが厳しい――呻き声のひとつも洩《も》らしたいところだったが、そのかわりにクリンチしながら、俺は奴の耳元で吠《ほ》えてやった。

「なんだ、こんなもの。え、ジョージ、おまえ、こんなパンチで俺様を倒せるとでも思ってるのか」

奴の肩を押して離れると、俺はそこから睨みつけてやった。フォアマンが何を思ったか、それはわからない。ただ変わらずに前に出てくる。

俺は息苦しさを覚えた。凄まじいばかりの圧力だった。

左ジャブ、左ジャブと打ちながら、俺はロープまで下がった。自分で下がろうとするまでもなく、気がつくと下がっていた。

フォアマンは左ジャブ、左ジャブと伸ばしてきた。ひとつ、もらった。後に右が続いたが、例の力みすぎで俺の顎の下に逸れた。

ここぞと左回りに足を使い、俺は狭いところから抜け出した。下がりながらの左ジャブ、左ジャブで突き放しているうちに、背中がコーナーにぶつかった。だから、駄目だ。普通の戦い方では駄目だ。

わかっているのに、教科書通りのファイトをしてしまった。もしや俺はフォアマンの圧力に呑《の》まれたのか。ああ、そうだ、呑まれた。まさに蛇《へび》に睨まれた蛙《かえる》で、身体が思うように動かない。

フォアマンは左ジャブで入ってきた。その左手を伸ばしたまま、俺の肩を捕まえる。的を固定するようにしてから、狙い澄ました右ストレートを叩き入れてくる。

固い。直径三インチの鉄棒の頭でも、ぐいと押し出された感じだ。これは意識まで飛ぶか。いや、なんとか踏み留まれた。

強烈なパンチだが、フォアマンは打ち方が雑だ。その分だけ救われている。これがフレージャーだの、ノートンだの、心得た打ち方をする手合いだったら、とっくに昇天している頃だろう。

俺は引き寄せるような動きで、フォアマンの首の後ろを押さえた。強引にクリンチに持ちこみながら、また耳元で喚いてやる。

「だから、こんなものかよ、おまえは。お願いだから、最高のパンチをみせてくれよ」

レフェリーに分けられると、フォアマンはまた左ジャブで突進してきた。怖い。しかし、この恐怖に負けてしまえば、もう終わりだ。

俺は今度こそ心がけてロープに下がった。張りの緩さに深くもたれたところに、フォアマンは左ストレートをボディに突き刺してきた。さらに右ストレート、それから左右、左右、左右と、ガードも構わず連打してくる。

これだけ打たれると、両腕が馬鹿になる。痺れて、感覚がなくなる。なにくそと自分を鼓舞して無理にも動かし、俺は巨漢の胸板を力いっぱいに押してやった。

「だから、本気で打ってこい。ジョージ、この俺を倒す気で来い」

フォアマンは下がらない。あっという間にロープ際に戻ってくると、眼前で壁さながらに聳え立つ。肘をL字に固めながら、無造作に大きく腕を後ろに引き、そこから体当たりでもかますような動き方で、全体重を乗せた拳を叩きこんでくる。

右、左、ドスン、ドスン。それを両の腕で受け止め、俺はガードで守るというより、ガードで攻めるくらいの気分だった。ああ、前に出る。俺のほうから迎え撃つ。そうして気持ちを支えなければ、ほんの数発といえども、堪えられるものではない。

俺はスピードを乗せた左、さらにワンツーで奴の鼻先を騒がせた。フォアマンは思わず目をつぶった。その隙に動いて奴の首の後ろを引き寄せ、ひとまずクリンチに逃れられたと思いきや、レフェリーが来る前に下から左アッパーを突き上げられた。まともにはもらわなかったが、不用意だった。

自分を歯がゆくも思いながら、相手をリング中央まで押していく。そこからフォアマンは、また前進あるのみだ。左ストレート、右フックと繰り出してきたものをさばきながら、俺はといえば、予定通りにロープ際に戻っていた。

ワンツー、ワンツーと刺されたが、こうなっては浅い。左手を奴の首の後ろにかけ、右腕で奴の左腕を搦め捕りながら、レフェリーが分けにくるのを待てばよい。

いったん遠ざけられるも、フォアマンはすぐロープ際に戻った。それを左ジャブで突き放し、俺は素早くクリンチに取る。もつれながらリング中央まで進んで、いったん分かれたあとは、またロープ際に帰っていく。

この試合の形ができてきた。ロープ際で攻防、クリンチで間を取り、レフェリーに分けられたら、またロープ際での攻防になる。その繰り返しだ。

今のところ両者とも決め手はない。ほとんど守り通しの俺にはないし、攻め続けているフォアマンにもないだろう。ただ奴は焦れ始めている。あまりにパンチが当たらないので、頭のなかでは別な攻め手も考えているはずだ。

フォアマンは左アッパーを振るう。思い切りの右ストレートも伸ばしてくる。俺がロープに深くもたれていれば、それでも手が届かない。この俺は狩られるだけの小動物ではない。

「だから、ジョージ、本気で来いといったろう」

リング中央で分けられると、俺は左ジャブ、左ジャブで巧みに下がり、なるだけ早くロープ際に戻った。フォアマンも左ジャブを出してきたが、みやすいパンチで、ガードを合わせるのは造作もない。

いや、その左右の拳の間に、巨漢は自分の手をこじ入れてきた。その指まで使うことで、ガードを無理矢理に崩してしまうと、そこに右拳を叩き入れる。

しかし、また力みすぎだ。正確さをなくして、クリーンヒットにはならなかった。

さあ、俺の番だ――俺は高速の右ストレート、さらにワンツーで前に出た。当たったが、フォアマンはなにするものぞと巨大な圧力をかけてくる。俺の左右のガードの狭間《はざま》を狙いながら、左ストレートで打ち据えてくる。

次のパンチは許すものかと、俺は素早く左右を返した。どちらもクリーンヒットになったが、大男はただの一歩も後退しない。なんとかクリンチに捕まえると、そこに「ディン」と音が介入した。

「次のラウンドだ、忘れるなよ」

ひとつ睨みをくれてから、俺は自分のコーナーに帰っていった。

四ラウンド

会場が沸いていた。アフリカらしい太鼓の音に合わせながら、繰り返される言葉がある。

「アリ・ボンバイエ、アリ・ボンバイエ」

〝やっちまえ、アリ。やっちまえ、アリ〟。「リンガラ語」というザイールの言葉で、それくらいの意味になるらしい。練習会場に詰めかける人も少なくなくて、さかんに声をかけられるので、通訳を介して聞いたことがあったのだ。

「それにしても、すごい人気だな、俺は」

コーナーで言葉が出た。

ザイールで人気があるのは、わかっていた。愛想もいい。よく喋る。サーヴィス精神も旺盛《おうせい》だ。マスコミに受ける。大衆に受ける。人気が出て不思議ではないが、それでも俺は知っていた。

弱いファイターは人気が出ない。決して好かれることがない。

現にアメリカでは人気がなくなっていた。もう嫌われ者ではないとしても、タイトル戦に辿《たど》り着くまでのまごついた戦い方で、すっかりロートル扱いだった。

でなくとも、もはやフォアマンに勝てるほどのファイターとはみなされていない。そのあたりの伝わり方が、ザイールでは微妙に違っていたのかもしれない。元世界チャンピオンとしてフォアマンと同格、少なくとも勝ちようがないファイターだとは思われていない。それにしても、だ。

「アリ・ボンバイエ、アリ・ボンバイエ」

会場は割れんばかりの声援だった。どうして俺ばかり、こんなにも応援するのか。フォアマンは強いのだ。人気が出て、当然なのだ。まだ三ラウンドしか終わっていないが、その豪快なファイトを目の当たりにすれば、なおのこと観客は熱狂するはずなのだ。それなのに、どうしてフォアマンではないのか。どうして、この俺なのか。ロープにもたれて、ひたすら守りを固める俺を、どうして応援しようとするのか。この無様なファイトから、皆は何を感じているのか。

「モハメド、いいか、ダンスだ。ダンス、ダンスで、フォアマンを翻弄《ほんろう》しろ」

アンジェロはなおも続けた。マウスピースを噛《か》んで立ち上がりながら、俺は思う。それじゃあ、観客は沸かない。今の俺じゃあ、ダンスで皆を魅了できない。せいぜいが逃げることしかできないからだ。それじゃあ、駄目だ。駄目なんだよ。

俺は気づいた。自分のことながら、今さら気づいた。俺は勝ちにいっている。逃げられればいいとは思っていない。倒されなければいいとは考えていない。

もしそうなら、こんな風に守りに徹したりはしなかった。見た目に無様で、ジャッジの心証も悪い防戦一方では、判定で勝てるわけがないからだ。

もちろん、俺は負けてもよいとは考えていない。あくまで勝つつもりでいる。いつか逆転の攻勢に転じる。それもKOで勝負を決める。少なくとも、それを狙っている。わざわざ言葉にするまでもなく、はじめから決まっていたのだ。

形としては守っていても、心は果敢に攻めている。あの怪物めいた男を相手に怯《ひる》むことなく、真正面から立ち向かおうとしている。そのことを直感するから、これだけ会場は沸いているのだ。

ああ、観客が虜《とりこ》にされるのは、いつだってファイターの勇気なのだ。ファイトは勇気を表現するためにあるものだといってもよい。その理《ことわり》を思い出せれば、もう迷いはありえない。

「ああ、だから勇敢たれ、俺よ」

四ラウンド開始のゴングが鳴った。フォアマンは一ラウンドと同じように、手を前に差し出すような独特の構えだった。

左ジャブ、それから右ストレートと続けて、繰り出すパンチは基本通りだった。なんだか迫力がない。俺も左ジャブを返したが、なお左ジャブ、左ジャブと返されて、小さな突き合いが続くばかりだ。

気持ちが空回りする。拍子抜けだ。いや、がっかりだ。そう心に吐き出しながらも、かたわらでは思う。フォアマンは疲れたか。いや、セコンドに何か指示されたな。

左ジャブ、左ジャブで下がりながら、俺はロープに背をつけた。フォアマンは追いかけてきたが、パンチは左ジャブ、左ジャブで、やはり小さい。

それなら――俺は鋭く踏みこんだ。ハイスピードのワンツーが顎を捕らえる。もうひとつワンツー、また顎にクリーンヒットだ。

フォアマンは思わず目をつぶった。見開かれてみると、奴の瞳のなかに苛々の濁りが生じていた。右目の下も腫れ始めている。気を失うほどではないが、叩かれれば痛いのだろう。しかし、ちょこちょこやっているかぎり、また俺に叩かれるぞ。スピードでも、コンビネーションでも、俺のほうが上なんだから、延々と歯がゆい思いをしなければならなくなるぞ。

俺はクリンチにかかった。レフェリーに分けられると、また迷いもなく下がった。フォアマンは追いかけてきた。よし、来い。ロープ際まで詰めたが、繰り出したワンツーは、依然として小さかった。浅くて届きもしなかったが、あえて俺はクリンチに捕まえた。

「おい、ジョージ、なに怖がってるんだ」

レフェリーに押されるまま、また下がる。追いかけてくるフォアマンに、俺は正面から声を浴びせかけてやった。

「ほら、来いよ、ジョージ。みられてるぞ。逃げ腰だって、皆に見透かされてるんだ。だから、おまえは、人気がないんだ」

ロープ際に来た。またフォアマンはワンツーだった。が、直後にフックというか、スウィングというか、とにかく物凄いパンチを叩きつけてきた。俺のガードは完璧だったし、向こうの狙いも例の力みすぎで微妙に外れていたが、それでも受けた右腕がビリビリ痺れた。

慌ててクリンチに出ざるをえない。来いとはいったが、このパンチは尋常じゃない。やはり、こいつは甘くみていい相手じゃない。

レフェリーが分けたが、俺はロープ際を動かなかった。相手がどれだけの怪物でも、続けるしかない。この戦い方から降りるわけにはいかない。

フォアマンが詰めてきたので、俺は左ジャブ、それから高速のワンツーを飛ばした。右が当たったが、巨漢はビクともしなかった。何事もなかったような顔をして、強烈な左アッパーをボディに、それから右アッパーを顔面に振るってくる。

やられた。顎を打たれた。ほんの一瞬ながら、視界が白くなった。ハッとしながら、俺は慌てて奴の首を押さえた。

またクリンチに頼りながら俺は思う。逃げちゃ、駄目だ。だから逃げちゃあ、駄目なんだ。痛くても、苦しくても、怖くても、奴の正面に立ち続けなければならないんだ。

フォアマンはすぐ正面に来た。パンチも強い。左ストレート、左ストレート、それから左、右と振り回されて、金棒でも叩きつけられた気がした。ロープにもたれて最大限に遠ざかり、必死のガードを固めながら、それでも俺は今度こそ動かなかった。

フォアマンは左ジャブを三つ続けたが、それは届かなかった。攻めあぐねるのにも飽きたといわんばかりに、ズンと突き出される左ストレートが次に続いた。ガードする俺の右腕は痺れがひどい。そろそろ感覚がなくなってきている。

が、休まない。奴を休ませない。

俺は左ジャブを二発、それから高速の右ストレートを突き刺して、また下がった。そこを追いかけ、フォアマンも左フックをボディに二連発だった。

きつい。もう完全に腕の感覚がない。もしかするとガードなんかできていなくて、今さっき俺は脇腹を打たれたのかもしれない。

それでも、逃げない。奴を逃がさない。

ワンツーを飛ばすと、拳にヒットの感触が残された。どうだ、ジョージ、腫れたところが痛むか。痛くて、痛くて、腹が立つか。憮然《ぶぜん》たる顔のフォアマンは、答えるかわりに左ストレート、それから大きな右スウィングと振るってくる。

俺はここぞとロープによりかかった。パンチはかわしたが、勢いが止まらずにフォアマン自身がもたれてきた。クリンチになると、レフェリーはリング中央で分けた。

左ジャブ、左ジャブ、左ジャブで、俺はまた下がりにかかった。ほとんど駆け足で追いかけるフォアマンは、そのまま右ストレートをボディに伸ばしてきた。

もらった。拳は俺の腹筋を分けて、奥深くまで食いこんだ。数秒息ができなかったが、そのことを気づかれるわけにはいかなかった。やむなくクリンチに逃れたが、クレイトンという働き者のレフェリーは、すぐ分けに駆けつけた。

まだ呼吸が苦しかった。俺は打たれ強いはずなのに……。ボディで動きが止まることなど、まずないはずなのに……。

フォアマンは左フック、左フックと、ボディに二発重ねてくる。俺はワンツーを返したが、力なく外れてしまった。まずいな。今のでダメージを気づかれたか。

フォアマンは振り回しのパンチが止まらない。右、左、右、左と、扇風機のように風を巻く。俺のほうはブランコ遊びよろしく、たわみ一杯にロープを前後に揺らしながら、そのことごとくをかわしてやる。

そうしているうちに、ダメージが消えていく。回復力には自信がある。それで、ジョージ、おまえはどうだ。

フォアマンは肩で息をしていた。そうか、疲れたか。ああ、疲れたろうな。だったら、喰《く》らえ。いきなりのワンツーで痛めつけて、どうだという気分だったが、そこで振り回された左フックはかわせなかった。

右顎が飛んだ。一フィートも横に動いた。「ディン」と聞こえて、俺はゴングに救われた。果敢に攻めているはずなのに、やはり最後はゴングに救われる羽目になった。

五ラウンド

術中に嵌《は》めている。フォアマンはセコンドの注意を無視して、まんまと「ロープ・ア・ドープ」の虜になっている。それなのに押されているのは、俺のほうだ。

パンチがあるというのは、強い。圧倒的なパワーの前には、どんな作為も役に立たない。分の悪い勝負もあったものだと、俺は舌打ちを禁じえなかった。それでも、道はひとつしかない。

ゴングが鳴るや、のっけから俺はロープ際に下がった。フォアマンも詰めてくる。もはや躊躇《ちゅうちょ》する理由もない。ゆっくりの左ジャブに、鋭い左ジャブを続け、それから左右のボディフックで殺到してくる。

きつい。痛い。折れないまでも、腕は腫れてきた。内出血で、褐色の肌がもう紫がかるほどだ。

俺はクリンチを急いだ。しかし、この試合のレフェリーは働き者なのだ。すぐに分けられ、また試合が再開した。フォアマンは左腕を伸ばしてきた。

手を前に出す、あの独特の構えではない。伸ばし放しで俺の身体を押さえつけ、ロープ際に貼りつけにしてから、そこにクソ重い右ストレートを叩きこむのだ。

なんとか斜めのスウェイでかわすと、今度は左ストレートが飛んでくる。もうひとつ顔面に左ストレートを続けてから、フォアマンはその巨体を預けるようにして組みついてくる。そこから右フックをボディ、右ストレートを顔面と、怒濤《どとう》の連打を始めるのだ。

ウィーヴィング、スウェイバック、肘のブロック、ダッキングと、俺はロープに深くもたれたまま、あらゆるディフェンス技術を駆使した。クリーンヒットを許さないだけでは足りない。こここそ後じさりするのでなく、この勝負を前に進めなければならない。右のボディフックをブロックしたところで、俺は奴の耳近くで吠えた。

「これがベストか。おい、ジョージ、これが目一杯かって聞いてんだ」

フォアマンの表情は、ピクリとも動かない。ただ俺の身体をコーナーに押しこむと、右アッパー、左アッパーと無慈悲にボディを叩いてくる。

ガードが遅れた。いや、やろうと思えば間に合ったが、腕の痛みを気にして、とっさに引けてしまった。かわりに肋骨《ろっこつ》が、軋むばかりの衝撃に襲われるのは仕方がない。

左手で奴の肩を押し、俺は回りこむ動きで脱出した。あっち行け、あっち行けとストッピングの左ジャブで牽制しながら後退したが、フォアマンは左フック、右フックで追ってくる。

下手糞め。ノロマめ。このミイラ男め。ボクシングにもならない動きを翻弄するのは簡単だった。俺はクイックなステップで変化してから、右フックを鋭く叩きこんでやった。手応えもあったが、それでも奴の表情は岩のように動かないのだ。

気がつけば、俺はコーナーに詰められていた。ここぞとフォアマンが突進してきた。その大きな身体を預けられて、俺は気づいた。

フォアマンの呼吸が荒い。攻め疲れか。いや、違う。違《たが》わず疲れていたとしても、奴のパンチは止まらない。

左、右、左、右と、俺はボディ四連打に襲われた。それはガードで弾いたが、顔面に伸びてきた左フックはよけられなかった。

俺は思わず顔を顰めた。野郎め、渾身の力をこめてきやがった。

次の右フックは力みすぎで俺の首の後ろをすぎた。今が好機とクリンチに捕まえるが、そこで内なる声が警告した。駄目だ。ここで休んでは駄目だ。ここで休ませては駄目だ。

俺は自分からフォアマンを押し離した。奴もそのまま離れてはいない。左手を前に出して、俺の胸板を押しながら、ぐいぐいとロープ際に押しこんでくる。

直感が走った。勝負どころだ。フォアマンは力いっぱいの右ストレートから始めた。さらに右フックを重ねてきたが、二発とも高く上げたガードで阻んだ。

腕が痛いなんていっていられない。もうひとつ右フックに襲われたが、俺は腕を押し出すくらいの勢いで、それを弾き返してやった。

重い左アッパーがボディに来る。肘の骨が砕けるなら砕けろと、俺は脇を固く締めて阻んだ。右フックを振り回されれば、クイックに上体を下げてかわすこともした。

フォアマンは左ジャブ、左ジャブと軽いパンチを重ねていた。そうすることで、狙いを定めているのはわかった。ほら、来た。ガツンと右ストレートだ。右のサイドステップとロープのたわみを利用して、綺麗に空転させてやれ。

顔面が難しいとなれば、フォアマンが狙うのはボディか。左ストレート、左ストレート、右ストレートと叩きこんで、注意を下に集めてから、顔面に右フックだなんて、おい、ジョージ、教科書通りにすぎるんじゃないか。返しの左フックを続けても、俺には何も変わらないぜ。スウェイ、スウェイのリズムでかわすくらい、本当に造作もないんだぜ。

心のなかで強気に口走りながら、俺は高く固めたガードの奥で、歯を喰いしばっていた。防戦一方だ。骨が軋む。肉が潰れる。このまま身体がバラバラになるんじゃないかと思う。が、ここで引くわけにはいかなかった。

逃げるわけにもいかない。このディフェンスは攻撃だからだ。堪え続ければ、いつかフォアマンは疲れる。パンチなしでも、ダメージは与えられる。フォアマンはパワーがあるからだ。無駄に打てば、その分の消耗も大きいのだ。

だから、モハメド、ここを踏ん張れ。ここで攻めろ。フォアマンを痛めつけろ。ロープ際に留まる俺は、高いガードをさらに高くした。そこに来る。左フック、左フック、ガツンと右ストレート。左フック、左フック、またガツンと右ストレート。左フック、左フック、さらにガツンと右ストレート。

まさにパンチの嵐だった。一瞬でも気を抜けば、吹き飛ばされる。文字通りリングの外に撥《は》ね飛ばされる。させて堪るかと、俺はフォアマンの首の後ろに手をかけた。そのまま引き寄せるようにして、さらに深くロープにもたれれば、当然ながらボディはがら空きになる。だから、さあ、来い。

フォアマンは左右ボディの連打を始めた。ああ、来い。俺は両足を揃えて、その場に踏ん張るのみだった。さあ、どんどん来い。

左フック、右ストレート。左フック、右ストレート。左、左、左、左、それからガツンと右が打たれる。顔面に左ストレート、ボディに右フック。全て生身の身体に受け止めながら、俺は心のなかで叫ぶ。どうだ、この俺は逃げていないぞ。少しも逃げたりしていないぞ。

後頭部にかけた手を放すと、フォアマンは離れた。すぐ左ストレートを出したが、そのとき俺は見逃さなかった。目に微《かす》かな怯《おび》えが覗《のぞ》いていた。奴は驚いたのだ。フレージャーも倒れた。ノートンも我慢できなかった。アリだけがこんなに堪えられるわけがない。そんな人間がいるわけがない。つまるところ、奴には俺の頑張りが容易に信じられないのだ。

そうなんだろう、と俺は左ジャブで問いかけた。急に怖くなったんだろう、ともうひとつジャブを重ねた。それともジョージ、おまえ、疲れ果てたのか。パンチの出しすぎで、もうフラフラになってしまって、今ならバンタム級のパンチにだって、KOされかねないんじゃないか。

疲れてなんかいないといわんばかりに、フォアマンは手を伸ばしてきた。また俺を押さえながら、右ストレートを突いてきたが、やはりといおうか力がない。

よし、疲れてきた。容易に疲れに抗《あらが》えなくなってきた。

俺は右フック、それからワンツーと命中させたが、そのまま攻めに走るではなかった。ロープに腰かけるような格好で、また受けの構えだ。ほら、ジョージ、みせてみろ。なあ、ジョージ、おまえの頑張りどころだぜ。

フォアマンは左ストレートを出したが、傍目にも力が抜けていた。やる気がない。疲れすぎて、立っているのも楽じゃない。それはわかるが、ジョージ、そうかい、そんなに恥をかきたいかい。

俺は疾風の動きでロープの奥から飛び出した。いきなりの右ストレート、さらに左ストレート、左ストレートと続ければ、全て当たった。ワンツー、ワンツーと繰り出せば、四発ことごとくがクリーンヒットになった。

フォアマンの目が怒りで濁った。正面から応戦して、左フック、右フックと振るってきたが、ロープのたわみを利用したスウェイバックで、俺は見事なまでにかわしてやった。それのみか奴の身体が泳いだところに、左、右、さらに左とワンツースリーを決めてやる。悔しいフォアマンは左右を大きく振り回した。しかし、当たらない、当たらない。またぞろ体勢を大きく崩して、ワンツー、スリーの左ストレート、ワンツー、スリーが左アッパーと、また俺の連打に遊ばれてしまうだけだ。

フォアマンの右フックが外れる。左フックも外れる。俺がロープの深いところに戻ったからだ。スウェイ、スウェイと巧みに身体を反らせるからだ。あとは突っこんでくるしかない。その頭を脇に抱えたときだった。ディンと五ラウンド終了のゴングが鳴った。

六ラウンド

「いいぞ、モハメド、いいぞ、奴は疲れてきてる」

アンジェロは褒め言葉で俺を迎えた。あんな戦い方は止めろ。ロープ際から離れろ。絶えず動き回るんだ。さっきまでそういってたんじゃないのかと苦笑しながら、それでも咎《とが》めようとは思わない。

「わかってる。もうパンチが弱い。あと二ラウンドのうちに仕留める」

「待て。モハメド、待て。もう少し慎重に行こうじゃないか」

「どうして。リストンのときと同じだぜ。リストンも七ラウンドがやっとで、八ラウンドは出てこられなかった」

「そこだ。敵を疲れさせて勝つ。確かにリストンのときと似ているが、リストンは年寄りだった。フォアマンは若い。おまえが年寄りだとはいわないが、奴が若いことは確かなんだ。若い回復力っていうのは侮《あなど》れないぞ」

「それは、まあ、そうだが……」

「リストンのときと同じというなら、奴の目を潰せ。だんだん腫れてきているが、まだフォアマンはみえている。だから、どんどん打て。どんどん腫れを大きくしてやれ。できれば傷にして、血を流させるんだ。フォアマンは苛立《いらだ》つ。ますます攻撃が雑になる。ますます疲れる。KOのチャンスも生まれる」

「そうだな」

俺は抗わずに頷《うなず》いた。ブラウンに汗を拭かれていれば、腕はタオルに撫でられても痛かった。あと何ラウンド、堪えられるものか。

またフォアマンのパンチを受けなければならないと思うだけで、うんざりする。が、そうして気持ちが逃げてしまえば、それきり勝ちきれないというのも、ここまでやってきた経験則だ。

「ディン」

フォアマンは例の相手を捕まえるかのような構えだった。一ラウンドと同じ出方で、一ラウンドと同じ元気を取り戻したということか。いや、ピンピンしていた一ラウンドに戻りたいと思う、一種のおまじないだな。

それが証拠にパンチが出ない。かわりに俺は拳を押さえられてしまった。なんだか妙な具合で、リング中央で組み合うことにもなった。

油断は禁物だ。こういうときに一発をもらいやすい。俺は奴の頭の後ろに手をかけた。引き寄せるように力を加えて、巨漢の動きを掣肘《せいちゅう》したが、そこをレフェリーに注意された。分けられると、フォアマンは今度こそ左ストレートを伸ばしてきた。下がる俺は、そのままロープ際まで引いた。

深々ともたれながら、ガードを高くして誘う。ほら、来いよ。若い力をみせてみろよ。このインターヴァルで回復したっていうなら、その元気をみせてみろよ。

フォアマンは左ジャブ、そして左ストレートで攻めてきた。俺も左ジャブ、左ジャブで応じた。それを嫌がる奴は、また捕まえようと手を伸ばしてくる。それは御免だと、左ジャブ、左ジャブで動きながら、俺はロープ際を移動していった。

俺は左ジャブ、左ジャブを突き続けた。「ミイラ男」は前に伸ばしたままの両手で、こちらの身体をコーナーに押しこもうとした。そうはさせじと押し返して、リング中央まで戻ったところで、レフェリーが分けた。

打ち合いにならない。フォアマンはまだ回復していない。とはいえ、戦意を失うというところには程遠かった。戦うつもり、勝つつもりであるからには、むしろ休みたがっている。それを俺は許すわけにはいかないのだ。

俺は高速の右ストレートを飛ばした。外れたが、続けた左ストレートはクリーンヒットになった。さらに左、左、右とコンビネーションパンチを繰り出している間に、確かめることができた。フォアマンの右目の腫れは、そろそろひどくなってきた。さすがはアンジェロだ。目のつけどころが的確だ。

さらに左ジャブを三連発、それは距離がありすぎて当たらなかったが、右ストレート、そして左ストレート、左ストレートは、フォアマンの眉のあたりに命中した。

痛いはずだ。気絶するほどでも、絶叫するほどでもないが、やはり痛くて、辛くて、厳しくて、フォアマンは苛々してくるはずだ。逃れたいと思うなら、疲れていても出てくるしかない。

左ジャブの牽制で安全を図りながら、俺はロープ際に下がった。フォアマンは捻《ね》じこむような左フックもろともに突進してきた。が、そこでハッとしたように立ち止まった。

俺は自分から前に出た。クリンチに捕まえながら、奴の耳元で騒ぎ立てた。

「地獄を思い出したのか。ロープ際はしんどいもんな」

レフェリーに分けられた。ファイトが再開しても、フォアマンは来なかった。気の入らない左ジャブばかり繰り返して、決して深入りしようとはしない。スッと前に踏みこんで、また俺はクリンチに持ちこんだ。

「ジョージ、若いくせに横着じゃないか。要するに、おまえ、逃げるんだな。辛いからって、逃げるんだな。なるだけ離れて、俺から逃げようっていうんだな」

離れ際、俺は高速の左ジャブまで喰らわせてやった。それもジンジン痛みが疼《うず》いている右目の下に、だ。

フォアマンは出てきた。俺がバックステップでロープまで下がると、今度は距離を詰めて、左右フックをボディに振るってきた。が、力がない。やはり相当に疲れている。俺の肩に頭をつけて、そのまま体重を預けるようにして、奥に押しこもうとするばかりだ。

やはり休みたがっている。が、この試合のレフェリーは元気なのだ。すぐにクレイトンが介入して、フォアマンは自分で立たざるをえなくなった。

「だから、逃げてるようじゃあ、この俺には勝てないぜ」

いいながら、俺はロープ際を動かなかった。それどころか、ほとんど下段に腰掛けながら、カモン、カモンと誘う手ぶりをしてやった。

「ほら、どうした。出てこられないってんなら、さっさと負けを認めちまいな」

フォアマンは突進してきた。ストレートで左右、もうひとつストレートで左右、どのパンチも重い。ガードの奥で俺は思った。今度こそ来た。

さらに左右ストレートを続けられて、俺は奴の首の後ろに手をかけた。抱えるように手繰《た》り寄《ぐ》せれば、フォアマンは空いたボディを叩き始める。右アッパー、右アッパーと衝撃を重ねられて、当然ながら苦しい。ダメージがないでもないが、そこは俺の打たれ強さだ。苦しさをおくびにも出さずに、ファイトを続けることができるのだ。

「なんだ、これ。こんなパンチしか打てないんなら、さっさと負けを認めろっていうんだ」

吠えた止《とど》めに、鋭い左ジャブを叩き入れる。

フォアマンの無表情も、目の奥にメラと揺れる赤いものを覗かせた。左ジャブ、それから右を打つふりをして、また左ジャブを繰り出して、また足踏みかと思いきや、左ジャブ、さらに鋭い左ジャブ、もうひとつ左ジャブと、倍した勢いで押しこんでくる。

やはり来た。あと半歩を残した位置取りから本気の攻めだ。長い右手を突き出して、俺を標本台の虫のように動けなくしたかと思うや、ドンと重たい左を叩きこんでくる。その左ストレートが、三連発なのだ。

かろうじてガードしたが、右腕の感覚がない。そこに右ストレートが来た。いや、右は力を抜いたパンチだ。やはり左かと身構えたが、その捨てパンチで溜《た》めを入れると、直後に思い切り振るう右ストレートが、またドンという感じで入ってきた。

今度は左腕が痺れる。

「だから、なんだ、これは。蠅《はえ》たたきパンチかよ」

フォアマンは両手を出した。俺の身体をロープに押しつけて左ストレート、そのまま左手を俺の胸板に留めながら、さらに右フックを続ける。

これは厳しい。ガードが持たない。左右の腕が堪えられない。

「効かない、効かない。ジョージ、もうあきらめたら、どうだ」

いいながら、俺はパンチを飛ばす。左ジャブの三連打が、またしても目の下の腫れを捕らえる。フォアマンは右ストレートを返したが、素早くロープの奥に戻った俺には届かなかった。

俺ががっちりガードを固めると、それが邪魔だといわんばかりに両手を差しこみ、抉《こ》じ開けたところに左ストレートを叩き入れる。

やはり厳しい。俺はロープ際から脱出して、リングの反対側に動いた。追いかけてきたフォアマンの顔面に左ジャブ、左ストレートを返されても左ジャブで応じて、そうこうするうちに再びロープ際である。

フォアマンは今度こそ猛攻だった。ボディに左フック、顔面に左フック、ボディに右フックと続けて。こいつ、回復しやがった。

俺の術中に嵌って動かざるをえなくなっていながら、それでもラウンド終盤には体力を戻してきた。これが若さか。容易なことでは折れない、心と身体の若さなのか。

「なんだ、なんだ、そんなんで俺を倒そうなんて十年早いぜ」

吠えながら、右ストレート、左ストレートと叩きこむ。左ジャブ、左ジャブ、右ストレートと連打を返したところで、クリンチになった。

レフェリーに分けられるや、俺は左ジャブの四連打で突き放した。それでもフォアマンは突進してくる。距離を詰めて、顔面に左フック、左フック、ボディに左フックと続け、あの馬鹿みたいに重たい右が来るかと身構えたときだった。

「ディン」

救いの音が響いた。ホッと息を抜きながら、そんな自分に後から苛々する。ここまで試合の主導権を握りながら、まだ怯えていなきゃならない。まったく、もう嫌になるぜ。

七ラウンド

俺はゴングが鳴る前に立ち上がった。またしても座ってなんかいられない気分だった。

隣のニュートラルコーナーまで歩いていくと、向こう側でフォアマンも立ち上がっていた。やはり奴は回復したのか。本当に回復したのか。

まったく、もう嫌になる。次こそ疲労困憊《こんぱい》させてやる。ただ立つのも容易でないというほどの、本当のフラフラ状態にしてやる。

「ディン」

コーナーは出たが、俺は近くのロープにいきなり腰かけてやった。

フォアマンも一直線に突進してきた。右フック、右フック、右フックのボディ三連打は全て弱かったが、それも俺の注意を逸らすためでしかない。

来るなと思った通りに、左ストレートが俺の顔面に飛んできた。それでも、ロープの奥には届かない。続けた右フックも、俺の顎は捕らえられない。が、このまま留まるのは、うまくない。インターヴァル明けに、好きに連打させるのは、うまくない。

巨体の横に回りこむようにして、俺は狭いロープ際から離れた。バックステップで下がりながら、リング中央を横断すると、反対側でまたロープを背負いにかかった。

フォアマンは右ストレートもろともに追いかけてきた。が、やはり届かない。俺の顔面はもたれた深いところにある。右、左と振り回しを続けられたが、その打ち終わりのタイミングで、俺はロープ際を離れた。

左ジャブで牽制しながら、また下がり、またリングを横断し、またロープを背負う。ああ、ジョージ、追いかけてこい。本当に回復したなら、追いかけてこい。いや、本当に回復したとしても、走って、走って、また疲れるがいい。

　フォアマンは詰めてきたが、今度はパンチが出なかった。首を押さえつけてやると、そのまま頭をつけてくる。つまりは休もうとしている。なんだ、こんなに疲れているのか。ラウンド序盤に虚勢を張るのが精一杯で、実はとっくにフラフラになっていたのか。

　クリンチでもつれながらリング中央まで移動して、そこでレフェリーに分けられた。俺は左ジャブ、左ジャブで牽制しながら、当然のようにロープ際まで下がった。同じく当然のようにフォアマンも追ってきたが、振るうアッパーは左右とも弱かった。やはりだ。

　俺は一歩だけ前に出て、奴の首を上から押さえ、怒鳴りながら、また一歩後ろに引いた。

「負けを認めろ、ジョージ。もう疲れて動けませんと、泣きを入れろ」

　そうやって挑発して、最後の体力まで使い切らせてやる。

　フォアマンは右フックを振るってきたが、みるからに力が入っていない。ガードの構えを取るより、俺は高速の右フックを叩きこんでやった。油断するな。侮るな。この俺様に殴るパンチがないだなんて、なめるなよ、若造が。

　フォアマンがボディに右ストレートを伸ばしてきた。一発入れられた。刹那《せつな》に息が詰まるほど重いパンチ、ようやく重いパンチだったが、ボディに続いた左フックは弱かった。

　頭から突っこんできて、また休みにかかろうとしてくる。いや、だから甘えるな、ジョージ。そう簡単に休ませてやるものかってんだ。

首の後ろを押さえているると、レフェリーが飛んできた。ミスター・クレイトンは働き者なのだ。分けられて、また下がり、またロープを背負えば、フォアマンは追いかけてくるしかない。左ストレートも繰り出したが、俺はロープの奥深くにいる。

届かない。次の右ストレートも手前に終わる。俺はスッと前に出て奴の首の後ろに手をかける。

「だから、当たらないんだって」

言葉と一緒に右ストレートを突き刺した。右目の腫れたところだから、かなり痛かったろう。だから怒れ、ジョージ。その縮れ髪を逆立てて、猛然と向かってこい。そうして身体を動かすんだ。渾身のパンチを振るって、振るって、振るい続けて、終《つい》にピクリとも動かなくなるまで。

フォアマンは左フックを振るった。まだ弱い。俺は左ジャブで奴の顔の腫れをいたぶった。スッとロープに下がるとみせかけて、さらに左ジャブ、左ジャブ、右ストレートと連打に捕らえてやった。だから痛いだろう。こんなに痛くても、怒らないのか、えっ、ジョージ、それでも、おまえは男なのか。

フォアマンは突っこんできた。それでも、パンチは出てこない。首の後ろを押さえつけると、レフェリーが分けてくれる。離れると、また巨体は突っこんでくるのだが、やはり攻めてくる様子はない。

なんなんだよと、俺は左フックを叩きこんだ。さあ、どうだ。さあ、ジョージ、もうさすがに怒るだろう。

フォアマンは変わらなかった。ロープ際まで来るが、パンチは出ない。それどころか頭を下げて、もたれかかってこようとする。

本当に疲れたのだ。もう怒ることもできないほどに、疲れたのだ。

レフェリーに分けられるや、俺は左フックを飛ばした。ガードで弾いたフォアマンは、左フックと一緒に距離を詰めてきた。俺は回りこむ足の動きで、ロープ際から脱出した。

今なら足を使う意味もある。怒濤のプレッシャーが失せた今なら、敵を翻弄することができる。

バックステップで下がり、下がり、俺の足はといえば、軽やかに動いた。

両腕は内出血でボロボロだし、張り詰めたきり弛《ゆる》められない神経も擦《す》り減っている。が、まだ体力には余裕があった。なかんずく、脚の筋肉に疲労はない。

ロープ際に居続けて、ほとんど動かなかったからだ。さすが御大《おんたい》アーチー・ムーアの戦術で、疲れない。恐怖と戦い、痛みに堪えなければならないが、それでも疲れることはない。

パンチを出し続けたフォアマンは、それと正反対だ。動き続けて、疲れ果てる。土台が脚力に優れた手合いでもない。挑発の右ストレートを出しながら、それを追いかけさせるなら、あれよという間に奴は肩で息をする体《てい》になる。

俺はコーナーまで下がりながら、スピードのワンツーパンチを飛ばした。フォアマンは久々に大きなパンチを振るってみせた。風の唸《うな》りが音になるほどの、豪快な左フックだ。もちろん、簡単には当てさせない。俺はスウェイバックで空を切らせ、上体を戻す動きと一緒に半歩だけステップイン、同時に首の後ろに手をかけると、やはり奴には暴れる体力も残されていなかった。

レフェリーが分けた。俺はロープ際を舐《な》めるように、横へ横へと移動した。果てのコーナーまで近づいたところで、フォアマンが左ストレートを出した、というより、パンチと一緒に身体ごと飛びこんできた。もう闘牛だ。

闘牛士、というより闘牛士が扱う赤布さながらにフワリと舞うと、俺は奴の背中にかぶさった。そのまま抱えこむように、上から押さえつけながら、大声で脅しつける。

「このザマか。もうパンチは出ないのか。それなら、俺が行くからな。そろそろ、行かせてもらうからな」

レフェリーに分けられるや、俺は高速の左ジャブ二発、奴の右目の腫れをいたぶり、それでもロープ際まで下がった。

長年の勘所で、まだだとわかっていた。もうじきだ。しかし、まだだ。まだフォアマンは死んでいない。もう少し弱らせてからでないと、フォアマンは倒せない。獰猛《どうもう》な若さには、追い詰めれば最後の逆襲に転じられるだけの余力が、まだ残されている。

フォアマンは左ストレートと一緒に詰めてきた。ボディだ。これは重い。左、右、左と続けて、やはり重い。

右アッパーは鋭くさえあり、俺は顎を一フィートも飛ばされた。ほら、これだ。当たりが浅かったから助かったが、深くロープにもたれていなければ、今頃どうなっていたことか。

フォアマンは左フックを続けた。それをガードしてから、両手で奴を押し返すと、その大きな身体にはやはり力が感じられなかった。

もう立っているのがやっと、という感じだ。だから、苛《いじ》める。とことん、苛める。

俺はロープ際を脱出し、また足を使った。ほら、ジョージ、走れ、走れ。

スッ、スッ、スッとフットワークで下がっていくと、追いかけてきた巨体は反対側のコーナーに、突進してきたというより倒れこんできた。疲れている。明らかに休みたがっている。が、それを許さないのは、俺じゃないぜ。

精力的なレフェリーがまた素早く分けにきた。タイムは残り三十秒、ちょうどポイントの稼ぎ時だ。終了間際にジャッジの心証をよくすれば、そのまま優勢につけてもらえる。

それはフォアマンもわかっているはずだった。これだけ無様に疲れをみせたラウンドであれば、最後くらいは形をつけなければ終われないという意識も働く。

だから――俺は下がった。左ジャブ、左ジャブで牽制しながら、ロープ際に到着しても、左ジャブ、左ジャブで挑発する。

案の定で、フォアマンはやってきた。じき休めることがわかっているので、ここぞと力を振り絞るはずだ。

左手で俺の喉を押さえながら、ボディに右フックを叩きこむのが始まりだった。

よし、力を出し切らせる――俺はロープにもたれた。フォアマンは攻めてくる。思い切りの腕の振りで、右ストレート、左ストレート、右ストレートと叩きこんでくる。

ガードの腕が痺れる。その痛みの奥で俺は思う。いいぞ、ジョージ。もっとだ、ジョージ。

「これが、おまえのベストじゃないだろ。えっ、どうなんだ、ジョージ」

問いかけながら、がっちりガードを固めてやる。そこにフォアマンは左、右、左と力いっぱいに叩きつけてくる。いや、顔面に当ててやると、左ストレートを無理にもガードの隙間に捻じこみ、それも届かないならばと、左右フックをボディに叩きつけてくる。しかし、だ。

「こんなもの、全然効かないっていうんだよ」

ラウンド終了のゴングが「ディン」と鳴った。

八ラウンド

フォアマンは最初から出てきた。

前のラウンドを恥じたのか、終盤の勢いを持ち越したのか、左ストレート、左ストレートと猛然と攻めてくる。それなら——俺は最初からロープにもたれた。

向こうも早速、ぶんと横殴りの左フックを飛ばしてきたが、それは楽々スウェイでかわす。しかし、この俺は、ただかわしているだけじゃない。

俺は左ジャブ、右ストレート、また左ジャブと突いた。後の二発を奴の顎に命中させると、スッと引いてロープに戻る。追いかけようとしたフォアマンの出端《でばな》に、ハイスピードの左ジャブ、そして右ストレートとヒットを続けて、だから、ジョージ、さっき次は俺の番だといったじゃないか。

フォアマンは手を前に出した。こちらの腕を捕まえにかかる例の構えだが、それじゃあ防御はできないだろう。俺はロープの奥から飛び出し、がら空きの顔面に左ストレート、そして右ストレートと連打を決めた。

怒ったか、フォアマンは腕いっぱいの左フックを振るってきた。が、それはロープの深いところに戻れば、難なくかわすことができるのだ。

勢い余って、フォアマンは最上段のロープの上から半身が外に出てしまった。踵《かかと》が浮いて、すんでにリングの下に落ちかけさえした。なんとか戻ると、斜め横にいた俺とクリンチになって、またレフェリーに分けられるのを待つことになる。

離されるや、俺はすぐロープに戻った。フォアマンは左ジャブ、左ジャブと繰り出しながら、頭を下げて突っこんでくる。また闘牛だ。

今度こそ闘牛士さながらに、俺は半回転の足さばきでいなした。それでも突撃に巻きこまれて、奴の首の後ろにのしかかる格好になった。ロープに突っこんだ巨体が、その反動で跳ね返されると、一緒にリングの中央まで戻ることにもなった。

距離が開くと、またフォアマンは手を前に出した。例の臆病者の構え方だが、俺は冷笑するより、あれ、と首を傾《かし》げた。

フォアマンは左ジャブを出した。が、これまでのジャブとは違う。

前進しない言い訳に使う左ジャブでも、疲れたときに横着するための左ジャブでもない。短いけれど速く鋭い、シュアなジャブだ。

それが三発、四発と重ねられ、フォアマンのファイトがコンパクトになっていた。ビシッ、ビシッと左ジャブを続けられ、こんな攻撃もできたのかと驚いているうちに、ドンと右ストレートが来た。

もらった。ジャブに連なるパンチも、これまでのものとは違う。モーションが小さくて、飛んでくるタイミングが容易に読めない。よけられない。それなのに強い。大振りでなくとも、フォアマンのパンチは十二分に強いのだ。

さらに左ジャブ、左ジャブ、左ジャブと細かく重ねられて、俺は舌打ちを禁じえなかった。

厄介だな——俺はフォアマンの腕をつかんだ。無様でも、滑稽でも、このまま奴を調子に乗せるわけにはいかなかった。

一発喰らったら終わりというような大きなパンチを、ドスン、ドスンと叩きこまれているよりも、遥かに怖い。シュアな左ジャブを重ねられたら、これ一つで、もう俺には勝ち目がない。

あのソニー・リストンだって、左ジャブひとつだった。その必殺パンチだけで鳴らした。フォアマンの左ジャブも遜色《そんしょく》ない。加えるに、容易に折れない若さまである。それが小さなパンチで、体力を無駄に消耗しなくなるならば、もう俺に勝ち目はない。

本当に厄介だ——必死に捕まえる俺を睨みつけながら、フォアマンは綱引でもするように腰を落として後ろに下がった。そうやって腕を引き抜きにかかったわけだが、レフェリーのクレイトンが精力的なのは、俺にとって都合が悪いときも同じだった。

分けられるや、俺は左ジャブを飛ばした。向こうへ行けと、やや気持ちに焦りがあったのか、あるいは不用意な左ジャブだったかもしれないが、いずれにせよ拙《まず》かった。

フォアマンの右ストレート、続く左ストレートに、俺は顎を打ち抜かれた。くそ、効いた。さらに右ストレート、ボディに左アッパーと打ちこまれると、また前に出て、クリンチに頼るしかなくなった。

レフェリーに分けられると、フォアマンは手を前に出す構えで近づいてきた。

そこから右ストレートを飛ばされ、またもらった。なんだ、俺は怯えているのか。下手糞と馬鹿にしてきた相手にシュアなパンチをみせつけられて、すっかり取り乱しているのか。

いや、ここまでやってきたのだ。ガラガラ崩れ落ちてたまるものか。俺は歯を喰いしばりながら、ロープ際まで下がった。左ジャブ、左ジャブで牽制を試みていると、それをパリングでさばいたフォアマンは、今度は矢のような一閃《いっせん》の左ストレートだった。

思い切りのパンチだ。またファイトが大きくなった。大きくなるのか。俺の狼狽《ろうばい》に目ざとく気づいて、これなら強引に押し切れると、またファイトが大きくなるのか。それなら、俺としては大助かりだ。

スウェイバックでかわして、ロープ深くにもたれていると、フォアマンは頭をつけてきた。首の後ろを押さえつけていると、早速レフェリーが分けにきた。リング中央まで戻され、そこで再開となれば、俺はフットワークを使って、またロープに下がっていく。

フォアマンは左ジャブ、左ジャブで詰めてきた。ロープ際で正対する位置まで来ると、左ジャブ、左ジャブ、右ストレートと、それは思わず舌打ちしたくなる攻撃だった。

額をつけながら、ボディに左右、顔面に左右、もうひとつ左右とリズミカルな連打が重ねられる。またコンパクトなファイトだ。

ロープにもたれ、ガードの高い俺に苛立つ様子もない。左ジャブ、左ジャブ、右ストレート、また左ジャブと、やはりシュアなパンチに切り替えられている。

まずい、まずい、このままではまずい。フォアマンの右フックは外れたが、密着してもつれるなかから短い左フックが回されて、それに俺は頰を打たれた。

左ジャブで突き放したが、フォアマンは左右ワンツーで応じて下がらない。

慌ててクリンチに捕まえて、首の後ろを押さえつけたが、そこに奴は押し放すような左フックを入れてきた。さらに顔面に右フック、ボディに左右、左右、そして左と高速パンチを連ねたあげく、顔面に左ストレート、そして右ストレートと決めるのだ。

打たれるがままの俺は、またクリンチを試みるしかなかった。まずい、まずい。こうなればフォアマンは無敵だ。俺がつけいる隙などない。一発でKOされないまでも、確実な有効打を重ねられては、こちらは持たない。

まだ八ラウンド、まさに中盤でしかなければ、残す後半を乗り切れるとは思えない。疲れるからだ。今度は俺が疲れるからだ。

万事休すか——レフェリーが分けた。ロープ際に留まっていると、フォアマンは詰めてきた。左ストレート、そのまま俺の身体を押さえつけて、物凄い右フックが飛んできたが、勢いがつきすぎて、叩いたのは俺の首の後ろだった。

「………？」

またファイトが大きくなった。タイムは残り三十秒、フォアマンはここで決めるつもりなのか。決めないまでも、大攻勢でポイントを取るつもりなのか。

いや、だから今度は俺の番だ。俺の番にしなければならない。ここで決めなければならないのは、俺のほうなのだ。奴のファイトが粗くなった今このときを逃すなら、もう二度と勝利をつかむチャンスは来ない。

レフェリーに分けられると、俺は高速のワンツーを飛ばした。コーナーまで下がると、あっという間にフォアマンが詰めてきた。やはり、前がかりだ。俺を捕まえんとするかのように両の手を出しながら、しかし、その瞬間に奴は下を向いていた。

俺の動きはみえない。ほんの一秒だけはみえない。

この刹那——パアアと光が満ちて、リングのなかが白くなった。

少なくとも俺には、そうみえた。しかも静かだ。時間が止まっている。いや、止まってはいないが、ゆっくり、ゆっくりにしか進まない。

これなら余裕をもって動ける。全ての動きをみてとれる。

俺は右回りの足さばきで、コーナーを出た。回りこみながら、フォアマンの肩越しに右ストレートを叩きこんだ。軽いパンチだったが、奴にすれば完全な死角から加えられた一撃で、なにが起きたかわからなかったに違いない。

あとは簡単だ。さらに右ストレート、もうひとつ右ストレートと側頭部に続けると、ようやく気づいたような顔になって、フォアマンは追いかけてこようとした。

その動き出しに左フック、さらに右ストレートで顎の横を打ち抜くと、そのパンチは拳になんの感触も残さなかった。あるいは空気の塊だけが、スッと先に抜けていった。

クリーンヒットだ——そう心に快哉《かいさい》を叫びながら、俺は見下ろす目になった。フォアマンの巨体が、くるりと大きな螺旋《らせん》を描いて、白いマットに落ちていくところだった。

「ダウン」

レフェリーのクレイトンが宣した。せっかちな時間が戻った。光は失せ、マットの水色だの、トランクスの赤だの、コーナーエプロンの青だの、仰々しい色も戻ってくる。

身体を押されて、ニュートラルコーナーに歩きながら、横目で確かめた俺には、フォアマンの後頭部がみえた。すでに半身を起こしている。立ち上がるのか。いや、立ち上がれまい。冷静なつもりでいても、頭は混乱しているに違いない。こういうときは立てない。

フォアマンは腕に力を入れて、よいしょと立ち上がろうとしたが、そのときだった。

「……ナイン、テン」

カウントを数え終えて、レフェリーは腕を交差させた。俺はスッと両手を上げた。高々と上げていると、あれよという間に人、人、人に取り囲まれた。

それからは何も聞こえなかった。皆が声を張り上げている。興奮のあまり声のかぎりに吐き出さなければ収まらない。セコンドのアンジェロからして強く拳を握り締め、珍しくも狂喜の体を隠さない。

客席も大きな波を打っていた。「アリ・ボンバイエ、アリ・ボンバイエ」と合唱しているのかもしれなかったが、いずれにせよ音、音、音が渦巻いて、どんな言葉も俺の耳には届かない。

また俺からも口を開こうとは思わなかった。

不思議と喋る気にならない。笑う気にさえならなかった。

勝った。無敗の強敵を下して、また世界チャンピオンになった。それなのに嬉しいという感慨も湧かず、あるいは負けたフォアマンよりも、勝った俺のほうが茫然《ぼうぜん》としていたのかもしれなかった。

信じられない。あれだけ勝つ気でいたというのに、信じられない。いざ勝てば、自分は勝利を手にしたのだという現実を、容易に受け入れることができない。

恐ろしいファイターだった。強い弱いでいえば、フォアマンは俺より確実に強かった。これからだって、どんどん強くなるだろう。コンパクトな左ジャブひとつ完全に習得すれば、もうこの世に敵もいないくらいになるだろう。

リマッチが組まれても、もう勝てない。それほどの相手を今日は負かした。土をつけられる最後のチャンス、それこそ最後の最後に訪れた一瞬を過《あやま》たずに見出して、逃さずにつかみとった。そうして勝利を収めることで、ああ、そうか、俺は奇蹟《きせき》を起こしたのだと、ようやく気づいた。

なるほど、安っぽく喜ぶより、今は厳かな気分になるべきだった。ああ、アラーの神よ、あなたの恵みに私は感謝いたします、と。

第四試合

対ラリー・ホームズ、ヘビー級十五回戦
世界タイトルマッチ、一九八〇年十月二日

○ラウンド

「ピーナッツ、おまえを噛《か》み砕いてやる」

いいながら、俺は身を乗り出した。ほとんどダイブする勢いだった。

セコンドたちが下から支えてくれるのはわかっていた。だから、また身を乗り出す。横並びに二人がかりで押さえられても、ピョンピョンと跳ね続ける。子供が垣根の上から、覗《のぞ》き見の顔を出すような動き方だ。

「はしゃぎすぎだ、モハメド」

チーフセコンドのアンジェロが窘《なだ》めた。脇から腕を入れられ、胸で押し返されて、無理矢理コーナーに戻されたが、やはり俺は止めることができなかった。

「ピーナッツ、おい、ピーナッツ、おまえ、それともピーナッツバターになりたいか。潰《つぶ》されて、搾《しぼ》られて、パンにたっぷり塗られてから、俺様に食べられたいって、このリングまでやってきたのか」

確かに、はしゃいでいたかもしれない。認めるにやぶさかではない。リングに立っていることが嬉しい。足裏で滑り止めの松脂《まつやに》とマットの表皮が擦《す》れている感触からして、もう身悶《みもだ》えするくらいに嬉しい。久方ぶりになるからだ。

一九七八年、俺はファイターを引退した。が、二年がすぎて、シーザーズパレスというラスヴェガスのカジノホテル、その駐車場に特設されたリングに、こうして今また立っているのだ。

それはカムバックの試合だった。

「青コーナー、挑戦者、世界ヘビー級スリータイムチャンピオン、ケンタッキー州ルイヴィル出身、二一七ポンド二分の一、皆さんに紹介いたします、モハメド・アリ」

リングアナウンサーが、いかにもという艶声を張り上げた。

屋外用にと、マイクもスピーカーも上等なものを用意したのだろうが、それにしても、いい響きだ。特に「スリータイムチャンピオン」の響きがいい。

一九七四年、今では「キンシャサの奇蹟」と呼ばれる試合でフォアマンに勝ち、俺は世界チャンピオンに返り咲いた。文字通りの「ザ・グレーテスト」として、防衛戦を重ねる日々が再開した。

一九七五年には「スリラ・イン・マニラ」と題したフィリピンでの興行で、フレージャーとの第三戦も戦った。一勝一敗で迎えた、いわゆる「ラバーマッチ」で、まさに雌雄《しゆう》を決する戦いだった。

またしても激戦になったが、相手が十五ラウンドを放棄するＴＫＯで、やはり勝利を収めることができた。いや、勝ち負けを超えた名勝負として、今も語り草のファイトだ。

もちろん、常に絶好調とはいかなかった。格下の挑戦者チャック・ウェプナーを迎えた防衛戦では、十五ラウンドまで粘られる苦戦を強いられた。

ウェプナーにすれば、大善戦である。そのテレビ中継にインスピレーションを与えられた売れない役者が、シルヴェスター・スタローンなのである。

三日で書き上げたシナリオが『ロッキー』だ。一九七六年に映画が公開されると、世界的な大ヒットを記録した。つまるところ、俺は世紀の凡戦でも名を上げることになった。

絶好調といかないどころか、負けることさえあった。十連続の防衛で、気の弛《ゆる》みができたときだ。まだプロ八戦目という若きレオン・スピンクスに、判定でタイトルを奪われたのだ。

すでに三十六歳、もうアリは終わりだと囁《ささや》かれながら、その声さえ俺は黙らせた。六ヵ月後のリマッチで、見事な勝利を収めたからだ。人里離れた山荘でトレーニングを決行、そこで俺は一から身体を造りなおして臨んだのだ。

リストンから奪ったのが一度目、フォアマンを倒して二度目、スピンクスから奪還して三度目と、これで俺は「スリータイムチャンピオン」になった。

戦い熾烈《しれつ》なヘビー級において、これまで二度チャンピオンになったファイターはいたが、三度なった者はひとりとしていなかった。

前人未到の記録まで達成して、要するに俺は全てを手に入れた。

黒人だからと、馬鹿にする人間はいなくなった。イスラム教徒だからと差別されることもない。ヴェトナム戦争も終わり、かつての反戦運動だって、年とともに評価が高まる一方である。

離婚、再婚と繰り返したが、それは仕方ない話だ。子供も沢山できたが、不自由な思いはさせなかったから、それも嘆くべき話ではない。

金があり、名誉があり、なにより胸奥には目一杯に生きたのだという、至上の満足感があった。もうやり残したことはないと思った。だから、スピンクス戦から九ヵ月後、俺は引退を発表した。しかし、だ。

「赤コーナー、世界戦八連勝中、二一一ポンド二分の一、WBC世界ヘビー級チャンピオン、イースタンの刺客、ラリー・ホームズ」

リングアナウンサーの紹介は続いた。高々と手を上げて歓声に応えたのが、俺と同じくらいまでスラリと伸びた長身に、小さく、しかも細長い頭を載せて、そこから俺が「ピーナッツ」と綽名《あだな》をつけてやった、今の世界チャンピオンだった。

青コーナーの俺は、口の横にグローヴの手を翳《かざ》しながら、満席の会場に働きかけた。

「ブー、ブー、ブー」

要求したのは、ブーイングだった。

なじられたって仕方がない男だと、俺は思う。世界チャンピオンというが、WBCのチャンピオンだからだ。WBC（世界ボクシング評議会）とか、WBA（世界ボクシング協会）とか分けて、二人もチャンピオンがいるのは、全体いかがなものだろうかと思うのだ。統括団体は以前から分かれていたが、チャンピオンはひとりだった。分かれたのは、俺が最初にチャンピオンになったときで、あるとき突然にして、おまえはWBCのチャンピオンだが、WBAのチャンピオンではないといわれた。

それはおかしいと、俺はWBAチャンピオンのアーニー・テレルと戦い、見事に下してタイトルを統一した。元通り、ひとりきりの世界チャンピオンに戻した。

後に続くチャンピオンたちは、それをそのまま受け継いだ。フレージャーだって、フォアマンだって、返り咲いた俺自身にしてみたところで、たったひとりの統一世界チャンピオンだった。

分かれたのは、レオン・スピンクスからだ。

スピンクスが悪いわけじゃない。むしろ痛快な男で、俺が負けた直後に申しこんだリマッチを、イエスの一語で快諾《かいだく》してくれた。それをWBCは認めないといったのだ。ケン・ノートンとの指名試合を果たさないからと、タイトルを剝奪《はくだつ》してしまったのだ。

スピンクスとの二戦目は、WBAの選手権試合になった。そのことで、俺が手にした世界タイトルの価値が、些《いささ》かも割り引かれたとは思わないが、その間にWBCのチャンピオンになったケン・ノートンも、それに挑戦して判定勝ちしたラリー・ホームズも、こちらについては本物のチャンピオンとは認めたくない気分がある。

俺に勝ったわけではないからだ。レオン・スピンクスさえ退けていないのだ。

「ブー、ブー、ブー」

まして気に入らないのは、ラリー・ホームズが世界戦八連勝で、わけてもタイトルを奪取してからは七連続KOで防衛を続けていることだった。

本物だの、実力者だの、ホームズ時代の到来だのと騒がれる段になれば、俺としても黙ってはいられなくなる。皆さん、誰かをお忘れではないですかと。ホームズの天下も誰かが引退してからの話ではありませんかと。

「俺に勝ちもしないで、なにが世界チャンピオンだ、ピーナッツ野郎」

レフェリーのリチャード・グリーンに呼ばれ、俺はリング中央に進んでいた。やはり進み出てきたホームズは、ステップ、ステップで身体をほぐしながらだった。

「つまんでやる、ピーナッツ。おまえなんか、スパーリングパートナーがやっとなんだ。こっち来い、ピーナッツ。スパーリングパートナー止まりなんだって、わからせてやる」

俺は子供の喧嘩《けんか》のような仕種で手を伸ばした。アンジェロ・ダンディー、バンディーニ・ブラウンという、引退前から変わらない二人のセコンドに押さえられながら、なお聞かない子供のように、おどけ顔で何回も手を出そうとする。

当然、レフェリーの注意なんて聞きもしない。

「シャラップ、シャラップ」

注意するにも顔面を危ういくらいに紅潮させて、リチャード・グリーンは短気な質《たち》のレフェリーのようだった。見事な好対照をなして、静かなのがラリー・ホームズだった。なにか言い返すわけではない。毒舌に苦笑いするでも、無理に抑えた怒りのせいで、仏頂面になっているでもない。無視を決めこむ無表情でさえない。ただ東洋人のような細い目を伏せながら、黙々と身体を動かし続けている。

それが俺には気に入らなかった。刹那《せつな》にカッとなってしまうほど気に入らなかった。

「いいか、ラリー、覚悟しろ。昔みたいにジャブを喰らわせてやる。右クロスをお見舞いしてやる。いや、今日という今日は、おまえのケツの穴、蹴り上げてやるからな」

「シャラップ、シャラップ」

激するのは、やはりレフェリーだけだった。高性能のマイクが汚い言葉まで拾うので、この夜のチケットのために、五千ドルからの大枚を叩《はた》いた紳士淑女の不快感にも、配慮しなければならないということだ。

注意しても無駄だと考えたらしく、リチャード・グリーンは先を急いだ。

「質問は？　ホームズサイドは何か？」

「特にない」

「それなら、レッツゴーだ」

セコンドに伴われて、ホームズはスッと踵《きびす》を返した。その敵を見送りながら、俺はといえば、左右の二人のセコンドに押されて、渋々という感じで青コーナーに下がった。

もちろん、その間も喚《わめ》き続ける。

「ラリー、おまえなんかクソだ。おまえなんか、ゴミだ。小汚ねえガキだったくせに、売女《ばいた》の息子め、殺してやる。いいか、ぶっ殺してやるからな」

どうしてそんなに汚い言葉まで叫ばなければならないのか、自分でも理解できなかった。コーナーに戻っても、その場で軽やかなステップ、ステップを続けるホームズが、なぜだか歯がゆくて仕方がない。なにかいわないでは済まされない気分なのだが、うまい言葉がみつかるより先に、汚い言葉が吐き出されている。

「モハメド、マウスピースだ」

アンジェロにいわれて、俺はゴムを噛んだ。こうなっては仕方がない。もう黙るしかない。それでも左右の手でコーナーロープをつかみながら、俺は今にも飛び出していかんばかりに前のめりだった。

すでに冷静になっていたが、なお大人しくゴングを待つ気にはなれなかった。相手を罵《ののし》らないまでも、おちょくらないではいられない。

だらりと両手を下げた酔っぱらいの真似をして、俺はヨタヨタとコーナーを出ていった。

数歩のところで短気者のレフェリーに押し返され、いったん戻るも、また出ていっては、けんけんした声で注意される。まったく、リチャード、これじゃあ、あんたと喧嘩しているようなものじゃないか。

そのレフェリーはといえば、もう一秒も堪えられない顔だった。さっさとリング下に指示を出し、俺からもタイムキーパーが木槌《きづち》を構えるのがみえた。

一ラウンド

ゴングが鳴る。

「ディン」

久々に聞いたが、やはりいい音だ。うっとり余韻に浸りたいところだったが、もうホームズが出てきた。なんだよ、ラリー。短気者はレフェリーのほうだったんじゃないのかよ。

軽口を叩いている場合ではなかった。赤コーナーに飛びこんでやる。それくらいのポーズだったのに、逆に青コーナーで迎える格好になった。

まったく、サマにならない。とはいえ、慌てるわけでもない。ホームズが繰り出した左ジャブに、とりあえず俺は高速のワンツーで応えた。

ホームズは左ジャブ、左ジャブと続けた。左回りのステップと相手の横面を張って回すような左ジャブで、俺はリング中央に逃れていった。

流れるように身体は動く。軽やかに動いてくれる。スッと風が頬を撫でて、ああ、このスピード感だと思い出す。

若い頃と同じに動いて、ふくらはぎの筋肉が痙攣《けいれん》する気配はない。膝が怪しくなる様子もない。だから、大丈夫。やはり、大丈夫。

ホームズは追いかけてきた。左ストレートを伸ばして、俺のボディを狙った。がっちりガードを固めてやると、その間にスッと距離を詰めてくる。左フック、左フックと叩きつけてくる。

さらに左フック、右ストレート、踏みこんで右スウィングと、ホームズはいきなりのラッシュだった。あげくがジュードーの技よろしく、左腕で投げるような真似をする。せっかくリング中央まで進んだ俺の身体を、元の青コーナーに押し戻そうとする。おいおい、ラリー、そりゃないぜ。

ロープ沿いに移動して、俺はリングの広いところに戻った。追ってきたホームズは、またボディに左ストレートをひとつ。これもガードで阻んでやると、正対する位置まで来て足を止めた。

教科書通りの右構え——後ろの右足に体重がかかる、ディフェンス優先のアップライトな構え方で、こちらの出方を窺うような素ぶりだ。

俺は右の拳を少し動かした。それから左の拳も揺すった。ホームズも似たようなフェイントの動作で、しばし探り合いが続いた。

ホームズのワンツーが飛んでくる。意外と奥まで伸びてきたが、なに、ピーナッツなんぞに簡単に当てさせるものじゃない。

ファイトは仰天の展開ならぬ、教科書通りになりそうだった。

まず放たれるのは左ジャブだ。ほら、来た。みにくいパンチではないが、ホームズの左ジャブは足が長いので、いくらか注意が必要だ。

腕の回転も速い。すぐあとに左フックが続いた。さらに踏みこんで、右ストレートまで飛ばしてきたが、もちろん全て外してやった。だから、俺は簡単にはもらわないよ。

それでも距離は詰まった。俺は左ジャブで押し放した。二歩、三歩と下がった位置から、ホームズはボディ狙いの右ストレート、さらに返しの左フックと振るってくる。

俺は足を使うことにした。左回りで下がると、またホームズは距離を詰めてきた。左ジャブ、ワンツーと空振りを続けたが、そのパンチ一発ごと前に出てくる。遂にコーナーまで下がらされると、飛んできたのが右ストレートだった。

ボディに一発、もらってしまった。おっとっと、そうだった。こいつのパンチは奥まで伸びてくるんだった。

回りこむステップを使い、俺はコーナーを脱出した。ホームズが追いかけてきて、また正対し、また見合いになった。パンチを出すのは、やはりホームズからだった。

左ジャブ、右フック、左ジャブと出されたが、全てガードで受けてやる。俺からも左ストレートをボディに伸ばしたが、それはパリングで払われた。直後にワンツーと続けられたが、こんなイージーなパンチをもらうわけがない。

フェイントで先を取り合う数秒から、ホームズは半歩の踏みこみで、ボディに右フックを振るってきた。左ジャブ、左ジャブと捨てパンチを続けてから、奴が風音もろとも繰り出したのがワンツーだった。

しっかり体重が乗せられた、かなり厳しいパンチだ。ほおお、ラリー、おまえ、なかなかのパンチを打つようになったじゃないか。

俺はガードを高くした。ワンツーを弾《はじ》かれたホームズは、あとにボディ狙いの左フックを続けた。それも肘《ひじ》で阻んでやると、あとは軽い左ジャブで、ちょんちょん、ちょんちょん突き続けるだけになった。

しばらく流す気かと思いきや、右アッパー、左フックと、またホームズは渾身《こんしん》の力を籠《こ》めてくる。ボディ、ボディと二発続け、また大振りの右アッパーなのである。

おいおい、ラリー、やる気まんまんだな。積極果敢に攻めて出て、しかし、おまえは挑戦者じゃないだろう。チャンピオンともあろう者が、なんだか貫禄ないんじゃないか。自分でも偽物だと思っているのか。実際はチャレンジャーの立場なんだと。

とりあえずは一分三十秒——高く固めたままのガードの奥で、俺の余裕は崩れなかった。ホームズは左ジャブ、左ジャブで、組み立てなおしにかかった。まさに堅実なファイトの手本だ。左フックを高いガードに弾かれても、めげることなく左ジャブをパンパン重ねる。いくらか俺のガードがずれると、その隙間に目ざとく右ストレートを刺してくる。おっとっと、危ない、危ない。

そう思う間も、ホームズの左ジャブは休まなかった。

ちょんちょんと突き続けたところから、強い左フックが飛び出してくる。ちょんちょんと突きなおして、今度はボディを狙う右アッパーのダブルである。うん、ラリー、なかなかの戦いぶりだ。一応はチャンピオンを名乗るだけのことはあるな。

ホームズの左ジャブは多彩でもあった。ゆっくりの動きで三つ続け、こちらの身体を突き放すことで、いくらか距離を開けたと思うや、ビシビシと足の長いパンチになって二つ続く。

弾かれて、思わずガードを流してしまえば、すかさず鋭く踏みこんで、いよいよ左ストレート、左ストレートと奥まで突き刺してくる。

それを俺は顔を反らせる動きでかわした。上体を戻す動きに合わせて、滑り出るようなワンツーを飛ばすと、ツーの右ストレートがホームズの頰を捕らえた。

カッとなったか、ホームズは渾身の右ストレートを返してきた。それに俺は左ストレートを合わせてやる。ああ、惜しい。カウンターは取り損ねた。

距離が取られ、また見合いになった。ホームズは左ジャブで再開、続けたワンツーで前に出てきた。いなしているうちに俺はコーナーに押しこまれた。

慌てるまでもない。ほら、ピーナッツ、捕まえたぞ。首の後ろを押さえつけ、それから奴の身体を押し返す。ロープ際で掌を上に動かし、カモン、カモンと挑発する。

ホームズは打ってきた。ゆるい左ジャブを三発続けてから、ビシッと鋭い左ストレートだった。ちょんちょんと左ジャブを重ねてから、また鋭い左ストレート——俺は右のクロスカウンターを合わせた。

当たった。刹那ホームズは目を白黒させた。ほらほら、ラリー、あまり調子に乗らないことだ。せっかく褒めてやったのに、ここで油断しちゃ駄目だろう。

悪いファイターではない。ボクシングの基本は間違いない。パンチも多彩で、しかも強い。速さも、鋭さも兼ね備え、緩急つけることもうまい。ホームズは決して悪くないが、それでも怖いとか、かなわないとか、負けるかもしれないとかは思わない。

それはマッチ・メイクに恵まれたラッキーボーイと、格下にみるからだけではない。

ラリー・ホームズは元々俺のスパーリングパートナーだった。馬鹿にしていうのでなく、一九七一年から七五年まで、実際俺に雇われていた。

フォアマン戦に備えるためにザイールにも連れていった。ウェプナー戦の後くらいに独り立ちしたが、それまでの四年というもの、スパーリングで数えきれないほどのラウンドを打ち合ったのだ。

最初の頃は俺に滅多打ちにされるばかりだった。そのホームズも一年、二年、三年とたつうちに強くなった。スパーリングでは互角といえるほど、達者に打ち合えるようにもなった。

だから悪いファイターではないが、それは俺が鍛えてやったからだ。俺のおかげで強くなった。なあ、ラリー、そうじゃないのか。

ホームズはまた左ジャブだった。ゆっくりのジャブ、滑り出てくるようなジャブ、ストレートのように強いジャブ——左ジャブを主体に組み立てるボクシングも、俺から譲られたものだ。

スッと踏みこみ、ホームズは右ストレートまで飛ばしてきた。が、それはダッキングの動きで、首の後ろを素通りさせる。もらいはしない。それくらい、読めている。

「アリのコピー」

そう呼ばれていた時期もある。踊るようなフットワーク、目にも留まらぬ速さの連打、トリッキーな身のこなしと、露骨に俺の物真似をしたからだ。

興行主に無理強いされたと、ホームズはいうかもしれない。だが、俺にいわせれば、当たらずとも遠からずだ。上辺は別にみえても、今だって根のところは俺のファイトなのだ。ああ、このモハメド・アリに学んだファイトだ。ホームズはオリジナルじゃないともいえる。本物は、この俺だ。どれだけ強くなっても、偽物は悲しいかなで、どう転んでも、本物を脅かしたりはできないのだ。

ゆるい左、パンチともいえないような左、ただリズムを取るだけのような左――ホームズは出し続けて休まない。そこからビシと鋭い左ジャブにつなげ、重い右ストレートを叩きこむという組み立ては悪くない。しかし俺には通用しない。

これが本物だと左ジャブを返したところで、「ディン」とラウンド終了のゴングが鳴った。

二ラウンド

悪くない。やはり悪くない。俺はコーナーに戻りながら、心のなかで繰り返した。悪くない。俺は悪くない。俺の動きは悪くない。戦える。十分に戦える。昔と変わらず戦える。

怖いのはホームズではなく、むしろ自分の仕上がりだった。筋肉が痙攣したり、関節が覚束《おぼつか》なかったりは論外として、三十八歳になった身体に楽観はありえなかった。

足は動くか。パンチは出るか。身体は切れるか。もちろん練習は十分に積んできたが、いざ本番を迎えてみなければわからない要素も少なくない。

なかんずく体重は鍵だった。

カムバックを決めて練習を始めたとき、二年もリングを離れていた身体は、二五五ポンド（約一一五キロ）まで肥えていた。ヘビー級に体重オーバーがあるわけではないが、これではスピードは望めない。打たれ強くなったかもしれないが、スタミナ切れの不安は拭えない。

その体重を計量のときまでに、二一七ポンドと二分の一（約九八キロ）まで減らしていた。さすがに軽い。まさに飛ぶように動ける。羽が生えたかと思うくらいだ。一ラウンド動いているのに、ろくろく汗もかかないほどだ。

とはいえ、軽すぎる体重も、また不安の種だった。

実をいえば、二二五ポンド（約一〇二キロ）くらいが理想で、そこからすると、落としすぎの感もないではなかった。どこかに弊害が表れるんじゃないかと心配したが、一ラウンドを戦った分には、何の問題もなかった。

ああ、ラリー・ホームズという悪くないファイターを相手に、きちんと戦うことができた。身体が十全に動くなら、ラリー・ホームズという悪くないだけのファイターは敵じゃない。

セコンドアウトのホイッスルが鳴ったのは、俺が椅子から立って数秒後だった。まだゴングは鳴らない。だらりと両手を下げて、おどけながらリング中央に出ていくと、今度も苛々《いらいら》顔のレフェリーに押し返された。はしゃぎすぎか。いや、いよいよ楽しくて仕方がない。リングに上がり、しかも十分に戦えるのだから、こんなに嬉しいことはない。

「ディン」

さあ、ラリー、打ってこい。受けてやるぞといわんばかりに、俺はガードを高くした。ホームズも応えた。こちらの顔面に左ジャブ、ボディに左ジャブと向けてきて、二つとも厳しいパンチだった。それが、ゆっくりのジャブに切り替わる。と思えば、また速いジャブが来る。いや、ゆるくゆるく出し続けて、今度はリズムを作ろうとする。

やや距離を置いた見合いになった。探りを入れてみるかと、俺はロングで左ジャブを出してみた。当然ながら、それは綺麗に外された。

ホームズは左ジャブ、続けてボディに左ストレートを刺してきた。いや、ラリー、ボディってのは、こうやって打つんだぜ。俺も右ストレートを伸ばしたが、あっさり手で払われた。まあ、そう簡単には当たらないか。そうやって苦笑いする間もなかった。

ホームズは左ジャブを上、下、もうひとつ下と散らし、それからバチンと左フックを打ちこんできた。俺はガードで迎えたが、受けた腕がビリビリ痺《しび》れた。

おいおい、ラリー、序盤から力みすぎなんじゃないか。俺は心で冷やかしたが、ホームズが続けた左ジャブは力が抜けて、ただリズムを取るだけのパンチになっていた。

ちょんちょん、ちょんちょんと重ねて、それが止まない。ちょんちょん、ちょんちょん、さらに続くと思ったところで、鋭いワンツー、さらにスリーで重い左フックが飛んでくるから、俺はガードを下げられない。

ホームズの左は止まらなかった。ゆるく、ゆるく、と思っていれば、いきなり右ストレートが飛んでくる。続けて右フック、それと一緒に右に回りこんで、こうした動き方などはトリッキーでさえある。

完全に俺の真似だ。そう思いながら、俺はついていく。ついていけないわけがない。もともと俺の動き方なのだから、かえって楽についていける。

ホームズは左ジャブ三連打から、ボディに左フックとつなげてきた。さらに左ジャブ、左ジャブと重ねられたが、そこで俺はいきなりの左フックを振るった。僅《わず》かに届かなかったが、奴もヒヤリとしたに違いなかった。

それで出てこられなくなったのか、これまで止まらなかった手が止まった。なんだよ、ラリー、弱気な練習生に逆戻りかよ。

俺は顎《あご》の前で手を動かし、カモンカモンと挑発してやった。

ホームズは左ジャブ、左ジャブを再開した。それを俺は大きなダッキングの動きでかわしてやる。ガードを下ろしたままで、またしてもの挑発だ。さあ、怒れ、怒れ。

ホームズのワンツーが大振りになってきた。教科書通りの構えも乱れる。奴のパンチをスウェイで外し、ガードが空いたところに俺は高速の左ストレートを飛ばした。まだ距離があり、少しだけ届かなかったが、奴《やっこ》さん、また胆を冷やしたこと請け合いだ。

怒らせ、脅かし、焦らし、ヒヤリとさせながら、巧みに相手の隙を誘う。なあ、ラリー、おまえ、チャンピオンになってまで、俺の術中に嵌《は》まるのかい。そう問いたくなるというのも、ホームズは大真面目《じ》な顔をして、今度は間を取る左ジャブだったからだ。

俺も左ジャブ、左ジャブとパンチを重ねた。なんとも懐かしいというか、やはり覚えのある呼吸だった。ああ、俺の呼吸だ。スパーリングでも、こうだった。合わせてくれるから、ラリー、おまえとは楽にファイトできる。それこそ汗をかくこともなく、軽く流しながら悠々と戦える。そうこうするうちに、小心者のおまえは勝手に自滅してくれる。

ホームズは左フック、右ストレートと続けた。ちょんちょん、ちょんちょん、力を抜いた左ジャブに戻られた間に、そういえばと思い出されたことには、コンビネーションが上手な手合いではなかったなと。

一発ずつのパンチは悪くないが、それぞれが滑らかにつながらない。ビシ、ビシと単発を連ねるだけで、二つが一つ、三つが二つに思えるような連打がないから、よけやすい。その不器用を補う意味での、絶え間ない左ジャブだったのだ。

ホームズの左ジャブ、鋭く速いが、やはり単発のパンチを見切ると、俺は左ジャブ、左

ジャブ、左ジャブ、それからチョッピングの右ストレートと続けてやった。

どうだ、この流れるような連打は。距離を詰め切れず、強く当たりはしなかったが、その滑らかな連なりに、またぞろラリーは寒い思いをしたに違いない。いや、おっと、待ってくれよ。

楽すぎて油断した。ホームズの長く伸びる左ジャブに、ひとつ打たれた。いや、もうひとつだ。単発だが、矢継ぎ早のパンチなので、やはり気は抜けない。

意識を失うほどの強烈なパンチではない。それでもパンと鋭い音を鳴り響かせ、実際、ちょっと効いた。油断するな。気を抜くな。侮《あなど》るな。

ラリーは下手糞《へたくそ》だが、だからといってパンチをもらってよいわけではない。ヘビー級のパンチとなると、誰のどんなパンチでも、不用意にはもらえない。

それでも俺はガードを下げた。顔を前に突き出して、なお挑発を続けた。それが俺一流の戦術だからだ。敵を自滅させる罠だからだ。だって、ほら、ラリー、そろそろ不安になってきたんじゃないか。

ホームズは左ジャブ、左ジャブ、左ジャブで、前に出てきた。全てヘッドスリップでかわしてやると、ハッと気づいたような顔になって、慌てて足を止めにかかる。力を抜いた左ジャブで、自分のリズムを取りなおそうとする。

薄笑いを浮かべながら、俺は思う。繰り返される上下の打ち分けだって、もともとは俺が得意にしていたものだ。

あしらうのは、わけもない。スタンスを大きく取り、やや後傾に構えながら、左腕をL字に固めてボディを守り、同時に柔らかな上体の動きを用いて、顔に的《まと》を絞らせないディフェンスは、ホームズごときに破られるものではない。

ホームズは左ジャブをビシ、ビシ、ビシと三発続けた。速いが、リズムが単調だ。誰がもらうか。のみならず最後のパンチに合わせて、俺は外から右腕をかぶせてやった。どうだ、クロスカウンターだ。

肘を上げ、かろうじて外したものの、ホームズは目を見開いていた。いや、瞠目《どうもく》している場合ではないと自分に言い聞かせるように、左ジャブ、左ジャブ、一拍おいてからビシッと速い左ジャブ、さらに鋭い左ジャブ、もうひとつ強い左ジャブとパンチを重ねた。

そこから踏みこんで、ワンツーまで刺しこんでくる。一発もらってしまったが、おいおい、ラリー、その後が続かないから、相手にダメージを与えられないというんだ。

と思った瞬間、ホームズなりに攻勢をかけてきた。ワンツー、さらにスリーを左アッパーにして、左回りに動く俺を追いかけてくる。コーナーに追い詰めようとしては、俺に左回りで脱出される。上体をクネクネさせる挑発まで繰り返されると、いよいよ前がかりにパンチを繰り出してくる。左ジャブ、左ストレート、右フック、さらに左ストレート。

勢いがあるのは結構だが、なあ、ラリー、こんなものじゃあ、この俺を仕留めることなんかできないぜ。ああ、駄目、駄目——かつてスパーリングで使った合図で、クルクルと拳を回して伝えてやると、むきになったホームズはボディに左ストレートを突いてきた。そうじゃない。そうじゃないんだ、ラリー。わからないなら、また俺が拳で教えてやることにしようか。

俺は小刻みに腕を動かし、いくぞ、いくぞとプレッシャーをかけた。いざ踏みこもうとした矢先に、「ディン」と二度目のゴングが鳴った。

三ラウンド

スタスタとコーナーに戻ると、俺は丸椅子に座るために身体を反転させた。対角線上の赤コーナーにみえたのが、立ったままのホームズが、こちらにくれている眼光だった。なんだ。おい、ラリー、そいつは全体なんのつもりだ。

負けずに睨《にら》み返そうと思うなら、こちらも座るわけにはいかなかった。といって、内心できれば早く座りたい。下らない意地の張り合いで、次に備える時間を無駄にしたくない。

ホームズは目を逸《そ》らし、それを潮に自分の丸椅子に向かった。その着座を確認してから、俺もゆっくり腰を下ろした。これで怖気《おじけ》づいたことにはならない。

丸椅子にすっかり体重を預けて、ホッと息を吐《つ》く。ああ、ようやく休める。ああ、なんて膝が楽なんだ。

正直いうと、少し疲れた。何が起きたという序盤でなく、何も起こらなすぎるほどだったが、やはり疲れた。

リストンでなく、フレージャーでなく、ましてやフォアマンでもない。ホームズはプレッシャーがきつい相手でもなかったが、それでも疲れた。二ラウンドが終わったばかりで、今もって汗すらかいていないのに、なんだか疲れた。

問題がないわけではなかった。これはカムバック戦だ。リタイアを発表してもう丸二年も試合をしていないのだ。いったんリングを離れた身体が、戦うそれに容易に戻れるわけがないのだ。

それにしても——以前にも二年、いや、三年を越えて、戦えない時期があった。あれは十年ほど前、徴兵拒否問題で、ライセンスを剝奪されたときだ。

ようやく戻れたフレージャー戦も苦しかった。しかし、こんなに早いラウンドで疲れを意識することはなかった。やはり、あのときとは違うのか。二十九歳なら可能だったカムバックも、三十八歳を数えるとなると、端《はな》から無茶な試みだということか。

いや、そんなことはない——疲れを感じたからといって、それで戦えなくなるわけではない。疲れて、疲れて、疲れ果ててから、どれだけのパンチを出し、どれだけのファイトを演じることができるか、それが勝負の分かれ目なのだ。そのことを経験則で知る三十八歳は、それゆえにカムバックを可能にできるのだ。

もとより、悪意に満ちたその手の台詞《せりふ》には馴《な》れっこだった。

「いくらなんでも、できっこない」

どうやっても勝ちようがない。リストン戦でも、そういわれた。フレージャー戦でも、俺に向けられる眼差しは厳しかった。それがフォアマン戦となると、誰もが憐《あわ》れみに近い目つきだった。

できない、できない、できっこない。が、世間の声なのだ。その声こそリストン戦でも、フレージャー戦でも、フォアマン戦でも、常に俺が打ち負かしてきた敵なのだ。

このラリー・ホームズ戦も、無理だ、勝てない、愚かしい真似をする、と俺を退けようとした言葉にこそ、謹《つつし》んで反論を献上しなければならない。

セコンドアウトのホイッスルが鳴らされた。立ち上がると、膝はそんなに厳しくなかった。そうだった。俺には回復力がある。それも人並み外れている。ダメージであれ、疲労であれ、すぐに消し去り、試合を振り出しに戻すことができる。

「ディン」

ホームズは出てきた。距離が詰まると、いきなりのワンツーだった。それを俺は左右のガードを下げながら、上体のダッキングだけでかわしてやった。

どうだ。これが無理だと笑われなければならない男の動きか。心のなかで息巻いたところに、スリーで左ストレートが飛んできた。もらった。強いパンチだ。

それでも俺はガードを高くしたりはしなかった。両足のスタンスを広めに、やや後傾の体勢で、飛んでくるパンチを全て見切ってやるという構えだ。

ホームズは左ジャブを出してきた。ゆるく、ゆるく、ただ出すことでリズムを取るパンチかと思いきや、鋭い踏みこみで左ストレートに変えてくる。こちらが少し驚けば、また力を抜いた左ジャブにして、そうかと少し気を抜けば、また左ストレートに変化させる。

受けてやる。見切ってやる。そう大口を叩いても、守勢に回るのはうまくない。俺は大きな左フックで、自分から前に出ようとした。そこに、だ。

ホームズが右ストレートを合わせてきた。かろうじて外したが、カウンター狙いのパンチだった。

簡単に取らせるものかと、俺は左ジャブを出した。つけこんだ前進は許さないと、ゆっくりの左ジャブ、高速の左ジャブ、大きく手を上げて、おどけるような仕種をみせてから、今度は奥まで伸びるロングの左ジャブと、ストッピングのパンチも連発した。

ホームズは慌てなかった。本当に平らな顔で、ビシッ、ビシッと左ジャブを二つ続けただけだった。ストッピングが効いていない。効かないはずで、土台が前がかりで攻めるタイプではなかった。

十八番《おはこ》は、むしろ待ちの構えだ。迎え撃つファイトなのだ。当たり前だ。この俺が、そうなのだ。コピーと呼ばれた男が、どんどん前に詰めてくるはずがない。

ホームズは逆にストッピングのほうが得意だった。左、左、左と重ねられて、俺はなかなか出て行けなかった。

手を翳し、頭を下げて、強引に出ようとすれば、そこを厳しい右フックで叩かれる。さらに左ジャブ、左ジャブ、踏みこんで左ストレートと続けられる。ひとつ喉元に刺しこまれ、俺は息を詰まらせる羽目にもなる。

それほど効いたわけではないが、息苦しい――それを認めたくなくて、俺はなんでもない顔をして上体を揺らしながら、手をブラブラさせてやった。

陽動、挑発、嘲弄《ちょうろう》、いずれと取られたにせよ、ホームズに変化はなかった。左ジャブ、左ストレートと淡々と繰り出して、また俺からヒットを奪う。ゆるい左ジャブ、鋭い左ジャブと緩急をつけながら、浅いながらも当ててくる。それを俺は、迂闊《うかつ》な感じでもらってしまう。

なんだか調子が出ない――俺は左ジャブ、左ジャブ、左ジャブと連ねて前に出た。当てるパンチでなく、つなぐパンチだったが、肝心のコンビネーションを繰り出す前に、ホームズのパンチが飛んでくる。

左ジャブ、ワンツー、スリーの左アッパーと、やはり手が止まらない。ラリー、おまえさん、こんなにパンチが出るファイターだったっけ。あるいは、いつにも増して必死ということなのかい。心で軽口を叩く間に、ホームズは左ジャブ、そこから腰を落として狙い澄まし、矢のような左ストレートと繰り出してきた。

来るのは、わかっている。みえてもいる。それなのに、かわせない。かわさなければと、必死になる気持ちがない。

いけない——俺は十分な距離を開けた。ガードを下げ、そのかわりに上体を大きく動かし、そこから左ジャブ、左ジャブ、左ジャブと続けたが、そんな三連打など蹴散らしてやるといわんばかりに、ホームズは腰を入れた右ストレートを飛ばしてきた。

ガードしたが、その腕がビリビリ痺れる。そうだった。こいつ、右のパンチには、昔からノックアウトの破壊力があった。

もらいたくないと思えば、下がるしかなかった。高速のワンツーでホームズに追いかけられると、俺は素人みたいに目をつぶり、嫌々をする子供のように手を前に出していた。

なんて無様な——自分で自分が信じられなかった。どうして、こんな動きになるんだ。これじゃあ、ファイトにならない。スリーの左ストレートに顎を捕らえられて、それみろ、よけられるわけがない。いや、そうじゃない。ラリー、貴様、あんまり調子に乗るんじゃない。

俺はいきなりの右ストレートを飛ばした。右のリードパンチは簡単じゃない。俺にしか出せないパンチといっていい。しかし、僅かに届かなかった。

まだ距離が詰まっていない。そのはずなのに、ホームズのワンツーばかりは奥まで伸びる。二発とも俺の顎を打ち抜いていく。

あれっ、こんなはずじゃないと思う間にも、膝が怪しくなってくる。あれっ、あれっと心のなかに繰り返して、あるいは俺は青ざめた真顔になっていたかもしれない。

俺は左フックもろともに飛びこんだ。そこから右ストレート、さらにワンツーと続けると、目尻に動きが感じられ、会場が沸いたのがわかった。ほら、ラリー、わかったか。みんな、俺をみにきているのだ。俺が勝つところをみたくて……。

痛い。もらった。ホームズの左ジャブ、左ジャブに、また突き放されてしまった。いや、今がチャンスだ。よろけたとみせかけて、そこから右フックで飛びこんだが、俺のパンチとなると、簡単にガードに阻まれてしまう。

また左ジャブが来た。負けじと俺も左ジャブを返した。左の突き合いとみせかけながら、鋭いステップインで右ストレートを飛ばしてやる。そのパンチにホームズは、左カウンターを合わせてきた。危ない、危ない、もう少しでもらうところだった。

右回りでひとまず危機を脱したが、すぐ詰められ、上下に打ち分ける左ジャブに襲われる。ゆっくりの左ジャブが三つ、あとに鋭い左ジャブ、またゆっくりの左ジャブと緩急つけた攻撃に、あれよという間にコーナーまで追い詰められる。

ホームズは左ジャブ、そこから右フックだった。しっかりガードで阻んだが、かなり強いパンチだった。ボディに振るってきた右フックも強かった。続けた左ジャブで俺のガードに釘を刺し、そこからボディに左ストレート——入れられた。息が止まった。うっと呻《うめ》いた一瞬に、また一撃見舞われる。ダブルの左ストレートか。いや、右ストレートか。いずれにせよ、みえなかった。こんなはずじゃなかった。

そう心に呟《つぶや》いたとき、「ディン」とゴングの音が聞こえた。

四ラウンド

おかしい——俺は首を傾《かし》げないではいられなかった。

少し打たれた。ダメージがあるわけではなかったが、客席からは俺が攻められたようにみえたかもしれない。くそ面白くもない。すでにして屈辱だ。

ペースを握られたとは思わない。ホームズが強いわけではない。この俺の調子が悪い。どういうわけだか、思うようにパンチが出ない。それで守勢に回らされ、大して強くもない相手に打たれて……。

眉間に皺《しわ》を寄せてから、俺は苦笑した。これはカムバック戦なのだ。もう二年もリングを離れていた。試合勘が鈍るのは当然だ。いきなりは戻らないのだ。

裏を返せば、段々には戻ってくる。ラウンドを重ねるごとに、ぐんぐんと調子が上がる。

賭けと同じだ、とも俺は考えた。もうアリは終わりだと、はじめは皆が声を合わせた。最初に発表された賭け率は三対一で、ホームズの圧倒的な優勢とみられていた。俺は憤然としたものだが、それが今日の試合直前には、十三対十まで持ち直していた。

これと同じだ。最後には帳尻が合う。本来の実力に見合う賭け率になり、それに見合う試合展開になる。

「ディン」

ラウンドが始まるや、ホームズはボディに左ストレートを伸ばしてきた。続けて右ストレートを顔面に、左フックをボディに——対処できないパンチではなかった。やはり奴が強いわけではない。やはり俺次第なのだと、遅れずに左ジャブを返してやる。一発じゃなく何発も繰り出そうと思ったが、そうする前にホームズは次の連打にかかっていた。

ボディに左ストレート、顔面に左ジャブ、腕の軌道を横殴りに変化させて左フック、踏みこんでボディに左ストレートと来たところで、俺は左のカウンターを合わせようと思いついた。が、うまくパンチが飛んでいかない。中途半端な左ジャブが出ただけだ。

ホームズのほうは止まらなかった。鋭く伸びる左ジャブに、ゆるく、ゆるくと二つ左ジャブを続けてから、ボディ、ヘッド、ボディと、左ストレートの三連打になった。

コンビネーションというわけではない。単発のパンチを、テンポよく重ねただけでしかない。ガードであしらうのは、さほど難しい話ではない。

さて——俺は左に回りながら、左ジャブ、左ジャブと二つ続けた。ホームズに劣らずテンポよく、さらに俺の場合はパンチの出方がリズミカルだ。

翻弄《ほんろう》してやろうと思うも、ホームズはもう正面にいた。ボディ、ヘッド、ヘッド、ボディと、ストレートのような左ジャブの四連打で、やはり単発だが、やはりテンポよく、しかもビシッ、ビシッと鋭く出てくる。

悪くはない。が、見方を変えれば硬い。ガチガチに硬くなって、全ての動きが直線的だ。そうじゃなくて、滑らかな動きから、パンチも曲線的に、譬《たと》えていえば鞭《むち》のようにしならせて、左ジャブ、左ジャブと、こういう打ち方ができると……。

俺のパンチを防御するより、ホームズは左ジャブの三連打を繰り出した。一発もらった。高くガードを上げながら、俺は心に続けずにはいられなかった。だから、ラリー、ひとのいうことを聞けよ。そんなんだから、いつまでたっても俺のようには動けないんだ。

ほら、こういう打ち方だ。手本を示してやるつもりで、俺は懐から滑り出るように伸びていく、螺旋《らせん》軌道の右ストレートを繰り出した。

それをホームズはスウェイバックでかわした。奴も長身の部類であり、奇妙な防御ではなかったが、俺は少し首を傾げた。

それは一瞬当たったかと思ったくらい、ギリギリの見切りだった。身体を前に戻しながらの左ストレートまで、昔の俺そっくりだ。こんな流れるような身のこなしまで、おいおい、ラリー、いつの間に俺から盗んでいたんだよ。

右ストレートを返して、拳で問いかけるくらいの気持ちだったが、ホームズは簡単にかわしてしまった。あとに続いた左ジャブを、またもらった。それほど強いパンチではなかったが、思わず顔を顰《しか》めてから気がついた。

左目の下が痛い。もしや腫《は》れ始めているのか。高がジャブと軽く考えているうちに、思いがけない数をもらっていたというのか。

俺は左ジャブを出した。三連発の後に右ストレートを飛ばした。その打ち際《ぎわ》にホームズは、左パンチでカウンターを合わせてきた。もらった。痛い。左目の下だ。なにくそ。

俺は左ボディ、さらにワンツースリーと畳みかける攻撃に出た。ああ、そろそろ行かせてもらう。おまえを調子づかせるのも、そろそろ終わりだぜ、ラリー。そういってパンチを重ねるつもりだったが、その前にホームズが左ジャブ、左ジャブと出してきた。

ワンテンポ置いて左ストレート、これが奥まで伸びてきて、ガツンと俺の顎を打ち抜く。やられた。いや、ラリー、ちょっと待てや。その台詞のかわりに左ジャブを突き出したが、ホームズはといえば、その倍くらいの数を打ち返してくる。鋭い左ジャブ、ゆるくゆるく二つ続けて、そのあとにビシッ、ビシッと二つ強く。

踏みこんで、左ストレートを伸ばしてきたところに、俺は上から右ストレートを重ねてやった。狙っていたクロスカウンターだ。どうだ。やったか。一瞬心が浮き立ったが、手応えに乏しかった。ちくしょう、外れた。惜しかったが、手前に終わった。

ホームズは何事もなかったかのような無表情で、やることも変わらなかった。ゆるく、ゆるく、パンチともいえない左を出し続けたと思うや、ビシッ、ビシッと鋭い左ジャブを二発、いくらか速さを落とした左ジャブを二発、それからドンと強い右ストレートを刺してくる。

なんとかガードしたところに、左ストレートが続いて、これも強い。ガードしたが、コーナーまで下がらざるをえない。

俺は右手でロープをつかんだ。そのまま左ジャブ、左ジャブ、少し置いてから上下に二つ打ち分けたところで、あの短気なレフェリーが介入してきた。目ざとくも見咎《みとが》めて、さっそく注意してきたことには、ロープをつかむなということらしい。

どうしてロープなどつかんだのか、自分でもわからなかった。別にロープに縋《すが》りたいわけではない。改めるのは、やぶさかではない。はい、はい、わかりました。

手を放し、俺はロープ際からも離れた。そこにホームズはワンツー、そしてスリーの右フックと飛ばしてくる。俺はガードを高くして迎えた。そうして足が止まったところに右ストレート、左右のフック、左ボディと繰り出して、奴の手は止まらない。

「ディン」

終了のゴングが聞こえたとき、俺はこの試合で初めて思った。もしかすると、ペースを握られたかもしれない。ラリーなんかと侮る気持ちでいる間に、淡々と有効打を決められて……。

五ラウンド

セコンドアウトのホイッスルが吹かれた。立ち上がったホームズは、左目の上をテカらせていた。ワセリンを大量に塗り重ねてきた。ということは、守りたいのか。腫れてきたのか。俺のパンチが当たっていたのか。いや、それはないか。

当たったのでなく、これから当たる、ホームズは当てられることを警戒している。リズミカルで速い俺の左ジャブは、相手の目を潰すからだ。スパーリングパートナーとして、嫌というほど打たれたホームズは、その痛みを今も忘れていないのだ。

忘れていたのは、俺のほうだ。

「ディン」

ゴングが鳴るまでには、やるべきことを承知していた。自分のファイトをやればいい。

やっていないから、調子が出ない。ひとつ鍛えてやろうなんて偉そうなことを考えるから、受けに回ることになる。

いくらホームズがコピーでも、受けるかぎりは相手のスタイルに合わせて戦うことになる。本当のスタイルとは微妙に違う。ペースを握られるのは当然である。

俺のファイト――コーナーを出る俺は、そのまま左回りにリングを動いた。ホームズは左ジャブ、左ジャブで前に出てくる。しかし、直進したところに俺はいない。フットワーク、フットワークで円を描く。身体は常に横に流れる。

俺は足を使い始めた。いや、はじめから使うつもりだったが、受けに回っているうちに止まっていた。それでは駄目だ。俺のファイトにはならない。足を意識しなければならない。

常に意識してサークリング、サークリング。軽やかに、軽やかに、リングで舞い続けなければならない。

隣のニュートラルコーナーまで流れていくと、ここぞとばかりにホームズは詰めてきた。左ジャブ、左ジャブ、しかし俺はクイックな左回りで狭いところを脱出した。そのまま大きな左回りに入り、軽やかなステップ、ステップの足跡で、美しいばかりの弧を描いていく。

ホームズの動きは直線的だ。鋭い踏みこみ。切れのある左ジャブ。悪くはないが、直線の動きでは曲線のそれを絶対に捕まえられない。

　背中がロープについた。それを横に滑らせながら、左回り、左回りと続ければ、ホームズは追いつくことさえできない。ニュートラルコーナーから青コーナーへ、またニュートラルコーナーを回って、赤コーナーへ行きかけるが、遅れて追いかけてきたホームズをかわす動きで、俺は右回りに変えた。またニュートラルコーナーに戻っていった。

　翻弄してやる——俺は左ジャブを出した。ほら、外れた。ホームズは右クロスを合わせにきたが、円の軌道を真正面で迎えるのは至難の業だ。あしらうような左回りで離れていくと、俺は挑発がてらに足を止め、しばし青コーナーで待ってやった。

　ホームズは突進してきた。左ジャブ、左ジャブ、左ジャブの三連打だ。しかし、一発も当たらない。俺の顔面を捕らえることはできない。

　奴が距離を詰めにかかった瞬間に、俺は右回りの動きに入っているからだ。くるりと身体を回しながらコーナーを脱出して、次のジャブが飛んでくる頃には、もう隣のニュートラルコーナーにいるという寸法だ。

　調子が出てきた。右回りから左回り、フットワークで赤コーナーまで弾むように移動すると、そこからクイックな反転で右回りに入る。

　青コーナーを経由して、ニュートラルコーナーに向かう途中で、ホームズが左ジャブを伸ばしてきた。

俺は左回りで、青コーナーに戻る。と思いきや再びの右回りで、やっぱりニュートラルコーナーに進む。そこで足を止めて、いきなりの左ジャブ、左ジャブ。ほら、調子が出て……。

刹那に息を止められた。ホームズの左ジャブが鋭かった。急所にもらったりはしないが、ナックルを首に埋められた。だから、足を止めては駄目だ。

調子に乗るな。油断するな。軽やかなフットワークが絶えては、もう俺のファイトじゃなくなる。俺のファイトじゃなくなれば、それと同時に勝ちもなくなる。

左回り、左回りで立て直し、リングに大きな弧を描き、俺は青コーナーに向かった。感嘆の溜《た》め息ながらに眺める目には、滑らかで、優雅でさえある動きだ。

比べるほどに、ホームズは不器用だ。どんなに速くても、どんなに鋭くても、まっすぐな動きでは、ぎこちない印象になる。

ボディ、顔面と打ち分ける左ジャブも、やはり固い。あるいは単調なので、パンチの軌道がみえやすい。油断さえしなければもらわない。

みえず、かわせず、つまり嫌なパンチというのは、こうだ。俺はリズミカルなフットワークから、ひゅんと左ジャブを飛ばしてやった。

まっすぐのパンチでも、回りながらの動作から繰り出せば、流れるように斜めの軌道で滑り出る。横移動に付き合う足がないかぎり、かわせない。ホームズはガードすら間に合わない。ほら、当たった。ナックルに小気味よい感触が残っている。えっ、ラリー、どうだ、おまえ、わかったか。

ホームズの表情は変わらなかった。動揺した風もなく、それが証拠に休まない。ヘッド、ボディ、ヘッドと打ち分けて、やはり左ジャブは止まらない。

俺も左ジャブを出し、同時に左回りに入った。サークリングで動いた先が、隣のニュートラルコーナーだったが、それをホームズは読んでいた。直線的な動きだが、最短距離を迷わず詰めて、あっと思ったときには、俺の眼前に二つの拳を構えていた。

手前の赤い丸が、ボンと爆発したかに大きくなる。槍《やり》のような左ストレート——それが途中で消えてしまう。

「グフッ」

パンチが突き刺さっていたのは、俺のボディにだった。ポストに貼りつけにせんと、あらかじめ狙っていたパンチだろう。貴様、ラリーのくせに、こしゃくな真似を。

怒りに弾かれ、俺は左ジャブを出した。それをホームズは難なく捌《さば》く。左のパンチがよく出るので、不動の右ブロックが盤石《ばんじゃく》だ。感心している場合じゃないというのは、その間にも再びの左ストレートが飛んでくるからだった。

やはり鋭い。ぎこちないほど単調な動きだが、それでも強い。

俺は左回りで逃げた。大きく、大きくリングを回って、青コーナーに流れていく。

追いかけるホームズは、ボディに左ストレート、顔面にも左ストレートと伸ばしてきた。どちらも当てさせなかったが、正直いえば危なかった。

今度も追いつかれていた。どうして俺が追いつかれるんだ。

距離が詰まったところから、また鋭い左ジャブが飛んでくる。もらってしまった。もうひとつ鋭い左ジャブが続いて、また俺の頬でパンと高い音が鳴った。

効いていない、効いていない──アピールがてらの挑発で、俺はだらりと両手を下げてみせた。おどけるように大口も開けてやったが、そこでホームズは腰を振った。からかうようにフリフリと左右に動かし、ラリー、それをおまえがやるのか。

生意気な──ムカッと来ている間に、スピードある左ジャブが飛んできた。さらに踏みこんで、奴はワンツー、ワンツーと繰り返す。

もしやラッシュが始まるのか。俺はガードを高くした。やってみろ、ラリー。俺を殴るパンチがあるなら、やってみろ。

「クソったれ、売女の息子が、クソったれ」

それしかいえない。気の利いた言葉を考える余裕もないほど、ホームズのパンチは休みない。左ストレート、左ストレート、ボディに左ストレート、もうひとつ左ストレートと、単発を四つ連ねただけだが、それぞれのパンチが速く、鋭く、強いので、かなり厳しい攻めになる。いや、俺だって下がらない。

右ストレートを外すと、俺は奴の正面で足を止めた。やや顔を突き出し気味に、今度こそ罵りの言葉を投げつけようと思う。ああ、きやがれ、ピーナッツ。俺のパンチで粉々にしてやる。おまえの頭を潰して、ピーナッツバターにしてやる。

「てめえ、ぶっ殺してやる」

また汚い言葉しか出なかった。ホームズがその返事に代えたのは、左ジャブの三連打だった。が、そんなもの、当たるかよ。いくら鋭いパンチでも、単調な単発が通用するかよ。ホームズは左右のワンツー、続いたスリーとフォアのパンチはフック気味だった。俺は青コーナーに下がらされた。そこにグローヴの赤い丸が、次から次と大きくなって迫り来る。

左ジャブ、左ジャブはガードで阻む。大きな左フック、厳しいワンツーと続けられ、これは容易じゃないと腕に力を籠めた直後に、ボディに左ストレートを刺される。

また息が止まる。身体が折れかけ、やや下がった顔面に、またぞろ奥まで伸びる左ストレートが飛んでくる。が、そこまで好きにやらせてたまるかよ。

お返しだ——俺は左ストレートを伸ばした。低い体勢から全身のバネを使い、相手の懐の奥まで滑らせ入れるようなパンチで、やはり当たった。ホームズの顎を捕らえた。

今度は俺の番だと意気込むも、次の左ジャブは届かなかった。ビシと音を立てた左ストレートも、鉄壁の右ガードに迎えられるばかりだった。まだまだと左ストレートまで続けたが、そこで上体が泳いでしまった。腕の勢いばかりが走って、踏みこみが遅れていた。

その失態をホームズは見逃さなかった。ここぞと左ストレートを刺してきたが、そこで俺は閃《ひらめ》いた。今だと右ストレートを上からかぶせて、クロスカウンターを決めたのだ。どうだ。今度こそ、どうだ。

ホームズは顔色ひとつ変えなかった。届いたはずだ。当たったはずだ。俺のパンチが効いていないのか。

ホームズは平然として左ジャブを放ち、俺が左ジャブを返すと、さらに左ジャブ、そしてボディに右ストレートと出して、些かも腕が萎《な》えた様子はない。やはり効いていないのか。あれなら怖くはないと、かえって高を括《くく》られたのか。

「ディン」

ゴングの響きが聞こえたところで、ようやく俺は思い出した。クロスカウンターじゃない。それは俺のファイトじゃない。

足を使わなければならなかった。リングを大きく回りながら、逃げなければならなかった。それなのに俺ときたら、みためにに派手なばかりのクロスカウンターとは……。

六ラウンド

コーナーで椅子に座ると、顔に冷たいものを押しつけられた。氷嚢《ひょうのう》だ。アンジェロの指示で、ブラウンがアイシングを始めたのだ。

やはり左目の下が腫れていた。皮膚が突っ張る感じがしていたし、アイシングは正しい判断だとも思う。それでも、心穏やかではいられなかった。この俺が顔を腫らしてしまうなんて……。それを癒すところを、満員の観客にみられてしまうなんて……。

これまでの試合でも、腫れたことはあった。が、覚えているかぎりでは横面だ。ジョー・フレージャーの左フックだったり、ケン・ノートンの右ストレートだったり。いずれにせよ、強打で顎を打ち抜かれたのだ。

目の下ではなかった。わけても左目の下ではない。そこはリードパンチで腫れる場所だ。オーソドックスな右構えから出されれば、左ジャブということになる。左ジャブの突き合いで負けたほうが、左目の下を腫らすのである。

これまでは常に俺が、相手の目の下を腫れ上がらせた。左ジャブ、いや、いきなりの右という変則的なパンチを含めて、リードパンチは大の得意だったからだ。

リズミカルで、スピード豊かなフットワークから繰り出して、最初に目を潰すのは俺のほうだと、今日の今日まで自信が揺らいだ例もなかった。しかし、今夜は……。

ホームズは強いのかもしれない、と俺は思い至った。

悪くないファイターであることは知っていた。当たり前だ。俺のスパーリングパートナーだったのだ。しかし、そこで足踏みしていたわけではない。もうスパーリングパートナーの「ラリー坊や」ではない。

知らない間に、自身で研鑽《けんさん》を積み重ねていた。新たなヴァリエーションを獲得して、「アリのコピー」などではない、自分のファイトを完成させていた。

あるいは世界チャンピオンとして防衛戦を重ねることで、自然と強さを増していったのかもしれないが、いずれにせよ、ひとつ稽古をつけてやるというような格下の相手ではなくなった。

俺が知らず足を止めてしまったのも、それだ。もはや通用しなくなったからだ。ラリー・ホームズというファイターは、昔のようにフットワークだけであしらえる相手ではなくなったのだ。

大したものだ――と、感心ばかりはしていられなかった。そろそろ逆転にかからなければならない。そろそろ本気を出さないと、ポイントでは追いつけなくなる。ああ、やってやる。ホームズが強いなら、上等だ。かえって、好都合だ。

なめてかかるから、試合が雑になる。自分のファイトをしようとこだわるほど、知らず強引になる。それでは駄目だ。ファイトは相手がいてはじめて成立するものだからだ。相手をみて、相手を認めて、なお恐れず戦うのだ。

「ディン」

ホームズはヘッド、ボディと上下に打ち分ける左ジャブから始めた。半歩だけ左に移動して、俺も左ジャブを伸ばした。

当たった。手応えは軽いが、きちんとヒットさせた。これを繰り返せばいい。何発となく重ねていけば、じきに奴の目も腫れてくる。

この調子、この調子と、俺は左回りに入ろうとした。その動き出しを、ホームズは左ジャブの二連打で止めにきた。このあたり、巧い。パンチそのものは何でもないが、やはり巧い。

捌きながら、俺はサイドステップを続けた。ホームズの次の左ジャブ二発が、厳しいパンチだった。思わず足が止まったところに、左ストレートさながらの左ジャブが飛んでくる。

俺はニュートラルコーナーに背をつけることになった。まずい。

スッと踏みこんだホームズは、今度こそボディに槍の左ストレートだった。なにくそ、こんなもの。リストンの左ジャブのほうが何倍も強烈だったぞ。

ぐっと堪えて、俺は左ストレートを伸ばしたが、僅かに届かない。もうひとつ左フックを続けたが、その前にホームズにジャブを返された。そのためにパンチがずれて、奴の頭の横を叩いて終わった。

いや、これでは終われない。逆転しなければならないのだから、クリーンヒットを取らずには終われない。

俺はホームズのボディに左ストレートを伸ばした。当たりは浅いが、ヒットだ。さらに左ストレートを二発、ひとつ右のフェイントを置いてから、また左ストレートを二発と、ここぞとボディに連打を叩きこんでやる。

ホームズは左ジャブを返しながら、少し顔を顰めていた。スウェイでかわしながら、俺は思う。よし、嫌がっている。よし、どんどん行こう。

顔面に左ジャブ、左ジャブ、これは陽動で、すかさずボディに左ストレート。手応えがあり、今度は深く入った。

ホームズの動きも止まる。ここぞとボディの同じところに、左ストレート、もうひとつ左ストレートと連ねたあと、ひとつ左ジャブで間を持たせたところで、俺は思わず目をつぶった。

なんだ——ホームズの左ジャブだった。短いが、速くて強い。それが上下、さらに下、下と続いて、もらったり捌いたりしているうちに、俺は赤コーナーに追い詰められていた。

襲来するのは上下の打ち分けだ。いや、好きに打たせるかと、俺は左回りで狭いところを脱出した。そのままサイドステップで動きながら、ボディに左、左と、ホームズが嫌がるパンチを続けてやった。よし、いいぞ。

そう吐いて、気を抜いたつもりはなかったが、みえなかったのは事実だ。ホームズのワンツーは速かった。踏みこんでのスリーが左フックで、三発とも俺には全くみえなかった。

動揺したところに、ビシと左ジャブが飛んでくる。もらうものかとパリングの手を出せば、できたガードの隙間に横殴りの左フックが二連発なのである。

「………」

意識が飛んだ。そのことにハッと気づいて、慌てながら取り戻すと、眼前に赤い塊が迫っていた。強烈な左ストレート――顔面にもらった。さらにワンツー、右フックのスリーまで、全てクリーンヒットに取られた。

必死にガードを上げる俺は、自分に思う。モハメド、おまえ、何やっている。これから逆転にかからなければならないのに、これまで以上にパンチを綺麗に入れられて。

ホームズはゆるく、ゆるく出し続ける左ジャブで、間合いを図ろうとしていた。このリズムは危ない。早目に崩したい。

俺は左ジャブを出した。それを待っていたかのような、高速の左ジャブが飛んでくる。

それもダブルで、二発とも俺の目の下をバチンと叩く。

痛みが走る。左側の腫れたところだ。まったく嫌なパンチもあったものだ。そこで俺は思い出した。ホームズが嫌がるパンチはボディだ。ああ、ラリーの奴にもボディで苦しい思いをさせてやれ。

左ストレート、左ストレートで、俺は下から攻めた。が、ホームズはいったんバックステップを入れて、そこからの左ジャブ、さらに踏みこんでの右フックで返り討ちだった。

「がはっ」

顎が一フィートも動いた。俺はニュートラルコーナーまで飛ばされた。そこにホームズは覆いかぶさる影として肉薄した。

とっさにガードを高くすると、左アッパーが突き上げたのは俺のボディ、それも鳩尾《みぞおち》のあたりだった。息ができない。動きが止まる。そこを右ストレートが、今度は俺の顔面を打ち抜いていく。

意識は飛んでいない。そのことに安堵して、ホッと息を吐いたのは一秒にも満たない時間だったが、それが試合中であれば、つけこまれざるをえない。

右フック、左フック、右フック、左アッパーと、ホームズは波状攻撃をかけてきた。中間距離なので腰が入り、一発ごとのパンチが重い。コーナーに押しこめられて、必死にガードを固めながら、その奥で俺は泣きそうな顔になっていたかもしれない。

情けない表情を気取られるわけにはいかなかった。俺はカモンカモンの挑発の手ぶりを送った。それでカッとしたわけでもあるまいが、ホームズは強烈な左ストレートをボディに伸ばしてきた。

また息が止まる。身体が折れて、ガードが下がる。ちょん、ちょん、ちょんと左ジャブを三つ続けたホームズは、次の左ストレートを俺の顔面に叩きつけてきた。

「がはっ、がっ」

俺がガードを固めなおす間にも、ホームズはゆるく左を出し続けた。だから、ホームズは崩せない。左が主体のファイターは崩せない。力んだ右の大振りで、身体が流れることがないから、うまくつけこむこともできない。

俺は左ストレートを出した。それにホームズは右ストレートをかぶせてきた。クロスカウンターだ。取られた。衝撃に顎の骨が軋《きし》む音が確かに聞こえた。

また俺の動きが止まる。そこに重い右ストレートを重ねられる。もうひとつ右ストレートと連打されれば、いよいよ厳しい。左フック、右フックと続けられれば、もう俺は他に考えられなくなる。ダウンだけはしたくない。それだけは絶対に避けなければならない。

俺はコーナーまで後退した。いうまでもなく、ホームズは追ってくる。再びゆるく、ゆるく左ジャブを何度か突いて、がはっ、右アッパーと来たか。再びゆるく、ゆるくと重ねる左ジャブも、次に来る一発が鋭い。さらなる右ストレートは、いや増して強烈だ。

「がはっ、がはっ」

つらい。苦しい。厳しい。そうやって嘆くより、俺は唖然《あぜん》とさせられた。なんなんだ、これは。どうしたんだ、俺は。こんなファイトはないだろう。いくらなんでも、ないだろう。

ホームズは左ジャブ、左ジャブと続けた。ダッキングの動きでパンチを潜《くぐ》り抜けると、俺は右ストレートを出した。虚しく空《くう》を切ったところに、「ディン」とゴングの音が届いた。

七ラウンド

おかしい。やはり、おかしい。俺がおかしい。

ホームズのことは認めた。格下の相手ではない。世界チャンピオンに相応の実力者だ。リストンやフレージャー、フォアマンと比べても遜色《そんしょく》ないほど、優れて強いファイターなのだと了解して、なお俺が打たれるというのはおかしい。

ああ、俺のほうが弱すぎるのだ。仕上がりが悪すぎるのだ。

インターヴァルで椅子に座り、ぜえぜえ息を荒らげているのに、まだ汗はかいていない。

腫れ上がった顔面にアイシングを施されながら、その冷たさを爽快と思うより、寒いと不快に感じてしまう。

　身体が温まっていない。もう七ラウンドだというのに、ありえない。フットワークで回り続けたわけでなく、連打に次ぐ連打で攻め続けたわけでなく、なるほど、今回は動きに乏しいファイトだった。

　少なくとも俺の動きは鈍かった。が、まがりなりにもプロフェッショナルなファイトなのだ。実力十分の世界チャンピオンと六ラウンドも戦いながら、ろくろく汗もかいていないなんて……。

　調子が悪いというレベルではない。もはや気味の悪さすら覚える。

　異常だ――やはり体重を落としすぎた。汗をかかないというのは、ウェイト制限がある中軽量級のファイターには、しばしばみられる症状なのだ。上手に減量できないと、仮に体重は落とせても、体調を維持できなくなってしまうのだ。

　実をいえば、俺の減量も思うようには進まなかった。仕方なく、最後には下剤を使った。おかげで身体は軽くなったが、同時に動かなくなった。芯から力が抜けた感じで、かえって四肢は重くなった。

　身体が温まらないのも、それだ。水分が抜けきった身体には、汗になる分も残らない。湯も沸かなければ、湯気も立たず、ましてや沸騰などしようもない。体内の水こそ熱を帯び、力になるものなのに、それがすっかり失せてしまい、だから身体は動かない。

こうまで総身を干上《ひあ》がらせたのは、あるいは下剤でなく、甲状腺の薬のほうか。まったく病気とは嫌なものだが、そういう悩みを抱えざるをえなくなった年齢こそ、やはり根本の問題なのか。つまり、もうファイトなどできない老いぼれなのだという……。

「ディン」

俺はコーナーを出た。かつて俺に退けられたリストンのように、老いぼれとして椅子にうずくまったままでいるわけにはいかない。そんなことは認められない。絶対に認められない。

老いぼれ、などという言葉は、誰にも許したくなかった。他の三十八歳がファイターとしてはもう老いぼれなのだとしても、この俺だけは違う。

特別な人間なのだということを証明するために、このリングに戻ってきたといってもよい。ああ、違う。仮に身体が老いたとしても、心までは老いていない。熱く闘志を燃やしながら、さあ、立ち上がれと冷えた身体を叱咤して、今も雄々しく動かすことができるのだ。

ホームズの左ジャブは変わらず快調だった。上下に打ち分ける三発から、ワンツー、そして左フックのスリーと強いパンチにつなげて、また左ジャブ、左ジャブに戻っていく。たちまちロープを背負わされた俺は、左回りのフットワークで応じた。広いところに逃げる、逃げる。ああ、そうだ。

ステイ・フリー——そう最初に教えられた。懐かしいな。あれはルイヴィルの街のコロンビア会館だった。コーチをしていた警官のジョー・マーティンにいわれたのだ。おまえがディフェンス主体に戦うファイターなら、決して相手に捕まるなと。常に自由に動けるポジションにいて……。

「ぶっ」

と、思わず声が洩《も》れた。パンチをもらった。ビシッ、ビシッと鋭い左が飛んできて、呑気に思い出に浸る暇など、もとよりあるわけがなかった。

今は試合中だ。そうだ、俺は戦わなければならないのだ。

俺は左ジャブを出した。こちらが基本に立ち返れば、ホームズのほうは変則で、いきなりの右フックだった。

ガードで阻んでやると、ホームズはやや距離を置いて、それからだらりと両腕を前に垂らした。ラリー、そいつは挑発か。また俺を馬鹿にしようってのか。

睨みつけたが、奴には効かない。半身の姿勢で後ろに下がると、また正面に向きなおっては、クネクネと腰を振る。ラリー、貴様、生意気にも程があるぞ。

なめた態度を正してやろうと、俺は左ジャブを飛ばした。ところが、逆に鋭い左ジャブを合わせられた。上にビシ、下にビシと、厳しく打たれさえしてしまう。

うまくなった、強くなったと、益体《やくたい》もなく感心する必要はない。その前に動くことだ。ほら、これだと左ストレートを思いきり伸ばしてやると、その拳に手応えがあった。よし――足を使って左回り、左回り。それと同時に左ジャブ、左ジャブ。

俺の動きに、ホームズは右ストレートを返したが、あえなく外れた。ロープを背中で舐《な》めるように移動して、俺が足を使い続けているからだ。フットワークを止めなければ、俺のボディに伸びてくる左ストレートだって、残り一インチのところで届くことがない。

俺は左回り、左回りを続けた。そうだ、そうだ。ダンス、ダンス。左ジャブ、左ジャブ。当たらなかったが、リズムが出てきた。ダンス、ダンス。左ジャブ、左ジャブ。いいぞ、いいぞ。

そこから俺は攻めに出た。左ジャブ、左ジャブと当てるつもりでパンチを飛ばすと、ホームズは二発とも左手のパリングで下に叩いた。

直後の反撃を直感して、俺は深追いしなかった。左回りの動きに戻って、そこから再び左ジャブ、左ジャブ。ダンス、ダンス、左ジャブ、左ジャブと続けていれば、当たらなくても、やはりリズムは出てくるのだ。どんどん乗りがよくなれば、このリズム自体が我が身を守る盾《たて》になるのだ。

ホームズは左ストレートを出した。鋭くステップインしながらのパンチで、これは奥まで伸びてくる。それも左回りさえ途切れなければ、スウェイバックで少し上体を反らせるだけで、もう空転するしかなくなる。

ホームズの左ストレートは今度はボディを狙ってきた。同じことだ。左回り、左回りとサークリングを続けていれば、ほら、なにも怖くない。

左回り、左回り、左ジャブ、左ジャブ、流れるような身のこなしに、ホームズは追いついてくるのがやっとだった。得意の左ジャブだって、もう止まっているじゃないか。

「………！」

いきなりの右ストレートが飛んできた。バックステップで逃げたため、まっすぐ下がることになり、あっと気づけばコーナーを背負っていた。

そこに槍の左ストレートが飛んでくる。逃げ場のないところで、ひとつ打たれた。いや、ホームズは連打だ。ボディに左ストレート、顔面に左ストレート、もうひとつ左ストレート。正面を向いたまま、それに付き合うのはうまくない。

俺は左回りに逃れた。ホームズは左ジャブの二連打を続けたが、やはり虚しく空を切った。

左回りを続ければ、必ず俺のリズムになる。リズムに乗れば、左ジャブ、左ジャブと自然と手も出る。ほら、どうだ。おい、ラリー、どうなんだ。

ホームズの左ジャブはといえば、もはや掠《かす》りもしなかった。一発、二発、三発と止まらないのに、もう俺を捕らえることはできない。

左回り、左回り、左ジャブ、左ジャブ、そこから一歩を踏みこんで、俺は一閃《いっせん》の左ストレートを飛ばした。ほら、当たった。左回りで左ジャブを三連発、そこからの踏みこみで、もうひとつ左ストレート。ほら、またクリーンヒットになった。

ホームズは肩を竦《すく》める仕種をみせた。誤魔化《ごまか》しのポーズにこそ、窮した本音が透けてみえる。これまでとは違うと、異変を直感したのだろう。これまでの戦い方では通用しない。それはわかるが、どうしてよいのかわからない。なあ、ラリー、そうなんだろう。

ホームズは左右のフックを振るってきた。いきなりで、不意打ちのつもりだったかもしれないが、俺は慌てたりしなかった。

冷静にガードして、次の左ストレートも左回りで空振りに終わらせて、さあ、俺の番だと返したのが左ジャブだ。そこから鋭くステップイン、さらに左ストレートを走らせたときだった。

ビシビシと音が弾けた。と思っていると、目の前が白くなった。

左ジャブか。もらったのか。ああ、左ジャブから左ストレートのパターンを読まれたのだ。左ジャブをカウンター気味に合わせられてしまったのだ。

視界が戻ると、小さな頭に細い目が光っていた。ホームズはワンツーを出し、さらに駄目を押すかのような左フックを振るってきた。

俺は左回りに入ろうとしたが、すでにロープを背負わされていた。逃げ場がない。大慌ての眼前に、もう大きな影が迫る。

ホームズは連打を始めた。左ジャブ、左ジャブ、右ストレート、左ストレート。ガードはしっかり固めたが、俺の足は止まったままだ。

防ぎきれない。ホームズのワンツーが、とうとうボディに突き刺さる。息ができない。もう足を使うどころじゃない。

俺はクリンチに捕まえた。そうだ、俺はクリンチもうまいのだ。ラッシュを食い止めるだけでなく、そうしてもつれる間に敵の体力を消耗させてやれる。

俺はホームズの首の後ろを押さえつけた。身体ごと、ぐいぐい上からのしかかれば、それに堪えているだけで相手はしんどい。

いや――ホームズはバックステップでスッと引いた。奴の背後はリングが大きく開けている。クリンチなど簡単に逃れられる。のみか再度のステップインで、左ストレートまで刺してくる。

もらった。腕を伸ばしきられて、俺の顎が一フィートも横にずれた。

このパンチは厳しい。ダメージが苦しい。いや、だから、苦しいときこそ、俺は足を使わなければならないのだ。

くるりと身体を回転させ、俺は左回りにかかった。絶体絶命のニュートラルコーナーを脱出して、大きく開けた青コーナーに逃げるのだ。

ホームズはワンツーで追いかけてきた。捕まらないはずなのに、また俺は打たれていた。知らず足が止まっていた。背中のロープに退路を阻まれ、あとは左ジャブ、左ストレート、右フックと好きに叩きこまれているしかなかった。

いや、足が動かなくても、まだクリンチがある。ダッキングの動きで前に出ながら、またぞろホームズの身体にしがみついたとき、「ディン」とゴングの音が響いた。

八ラウンド

みえにくい――左拳を前に半身に構えると、左斜めの半分から上で視界が切れる。瞼《まぶた》が覆いかぶさるからで、つまりは左目が腫れた。ホームズの左ジャブに、これでもかと叩かれて腫れた。いつも敵の目を潰してきた俺なのに、今夜は全く逆だった。

こんなことは初めてだ――何度も目を瞬《しばた》かせ、それでも視界が開けないことに苛立《いらだ》ち、どれだけ繰り返したところで何か改善するでもないのに、また目を何度も瞬かせる。そうやって自分の狼狽《ろうばい》を紛らわせているうちに、セコンドアウトのホイッスルが聞こえてきた。

「ディン」

こんな顔でリングに出ていくなんて、みっともない。腫れぼったさときたら、なんだか寝起きみたいだなと、さんざ相手を笑った覚えがあるだけに、俺には堪えがたい屈辱だった。

ああ、もう世間の笑い物だ。こんなことなら、カムバックなどしなければよかった。そうまで心に続けてから、俺は不意の自問に囚われた。

失敗だったのか――この試合は失敗だったのか。カムバックなど無理だったのか。自分で考えているよりも、俺の身体は遥かに衰えてしまっているのか。

いや、そんなはずはない。俺は自分を肯定できる言葉を探した。みつかる前にホームズがやってきた。

ビシと左ジャブが飛んできた。ゆるい左、ゆるい左と続けて、それから強い左フック、さらに強い左ストレートと出されたが、これくらいならよけられる。サイドステップを使えば、ほら、よけられる。回りこむ身のこなしから、左ジャブまで出すことができる。

当たらなかったが、ストッピングの用は為した。ホームズは踏みこめなくなり、奴の左ジャブも手前に終わった。よし、できるじゃないか。

俺は自分を冷やかす笑みになった。カムバックは失敗だったなんて、馬鹿な弱気に駆られたものだ。確かにリードは許したかもしれないが、これまでだって試合にならなかったわけじゃない。強いチャンピオンを相手に、まがりなりにも中盤まで来ているのだ。

まだまだ、できる――俺は左ストレートを伸ばした。スッと踏みこんで、長いパンチだ。

奥まで届いて、手応えもあった。よし、ホームズの横顎を叩いた。そう呻くと同時に、自分の顎に突き刺さる、硬くて重い感触があった。相打ちに取られてしまった。衝撃が後頭部に抜けた。効いた。それでも、怯《ひる》んでは駄目だ。

俺は左ストレートを重ねた。また手応えがあった。ほら、当たってきた。が、そうして前がかりになった出端《でばな》を迎えたのが、ホームズの左ジャブだった。

ビシ、ビシと二連打されたが、どちらも俺は拳で叩いた。打たれなかったが、勢いには押されてしまった。背中にロープが当たって、もう後ろには下がれない。

左回り、左回りで横に動き、追い詰められたニュートラルコーナーから青コーナーに向かいながら、その間も俺はパンチを出し続けた。

フリッカーの左ジャブ、左ジャブ――この懐から滑り出るようなパンチは、どうだ。螺旋軌道を描くパンチを避けられるか。これが老いて、もう戦えない男の攻めか。これでもカムバックは間違いなのか。

「………！」

みえなかった。ホームズの左ストレートだ。打ち抜かれ、また顎の骨を軋ませてから、わかった。

強烈な一撃に、俺はコーナーに飛ばされた。かろうじて足が止まっていたことだけ自覚できた。

逃げなければならないとも思ったが、それが身体の動きになる前にホームズのパンチが飛んでくる。左ストレート、左ストレートのダブルで、その鉄の棒が突き出されるようなパンチに、俺はポストに貼りつけにされてしまう。

俺は左ジャブを返したようだった。いや、わからない。よくよく確かめる時間などない。ホームズは、もうひとつ左ストレートを重ねた。ちょっと待てよと思うが、待ってくれるはずがない。これが試合であるからには、のんびり待つほうがおかしい。

ああ、問答無用だよな。俺もワンツーを飛ばした。二発ともホームズのガードを叩いただけだった。

蟹《かに》の鋏《はさみ》のように高く上げられた拳が、そこからスルスルという感じで前に出てくる。みえているのに、かわせない。なんの変哲もない左ストレートを、どうやってもかわせない。かわそうと思っているのに、身体が少しも動かない。いや、そんなはずはない。

俺はダッキングの動作に入った。少し遅れて、パンチに髪を掠められた。かろうじて難を逃れたと思いきや、そうして頭が前に出たところを襲われる。

左ジャブ、左アッパー、右ストレート。ホームズの攻めは厳しい。やはり厳しい。俺の動きが遅れるからと、優しくなるわけもない。

カムバックは失敗だったか――自問が息を吹き返したが、自問などしていては駄目なのだ。俺が老いぼれなのだとすれば、それは試合に身が入らないからだ。

実際、ホームズは休まない。左、左、左の三連打だ。それを、ただみていては駄目だ。かわすなり、かわせなければガードするなり、なにかしなければ駄目だ。

ハッと思い出して、俺は足を使うことにした。そうだ、左回りだ。青コーナーまで逃げられて、俺はホッと一息吐いたが、そのときにはもうホームズが正面にいた。

左ジャブが飛んでくる。右ストレートが飛んでくる。必死のガードに隠れながら、ちょっと待てよと俺は呟く。それでも左ストレートが飛んでくる。右ストレートが飛んでくる。だから、ちょっと待てったら。

顔面を捕らえ始めたパンチの痛さに、なんだか腹まで立ってくる。どうして、こうなる。なんだか、おかしい。ああ、ラリー、おまえ、おかしいぞ。

左ジャブ、左ストレート、右ストレート、いずれも速く、鋭く、強いパンチだ。それでも、全て単発じゃないか。流れるようなコンビネーションで、かわす余裕もないわけじゃない。こんなに殴るのは、おかしい。いや、殴られる俺が、おかしい。ああ、そういうことか。だから、文句をいっている場合じゃない。

ようやく気づいた。ニュートラルコーナーに追い詰められていた。迫り来るホームズは左ストレートのダブルで、上下に打ち分けてきた。

もらうかよと右のガードを高くしたが、左のガードは下げたままだった。がら空きの顎に、今度は右フックのダブルを叩きこまれてしまう。

滅多打ち——ふと心に浮かんだ言葉に、俺は自分で驚いた。滅多打ちだと？　この俺が一方的に打たれているだと？　ありえない話なのに、滅多打ちにされているのでないならば、これほどの痛み、苦しみ、そして目眩《めまい》に説明はつけられない。

ホームズは俺の左顎に、もうひとつ右フックを重ねてきた。返しの動作で左フックまで振り抜くと、それが俺の右顎を見事に捕らえた。

ふわあと身体が浮いた感覚があり、一瞬オレンジ色の部屋がみえた。これが気持ちよくてならない。そのまま眠りについたら、きっと天国に行ける。

「…………！」

膝が落ちかけて、俺は慌てて左足を前に出した。が、それもホームズは見逃さない。カウンター気味の左ストレートが、俺のボディに打ちこまれる。

息が止まった。その苦しさで、はっきりと目が覚めた。もう好きにはさせない。そう決意したというのに、左、左、左と三つもホームズに打ち据えられる。

さらに右ストレート、右フック、左ストレート、右ストレート。これだけ打たれているというのに、俺はといえば何をしている。ガードは固めたか。ああ、ガードを固めるのだ。

それでも打たれる。ホームズが左アッパーに替えたからだ。左右のガードを縫うように突き上げられる三連打が、俺のヘッド、ヘッド、そしてボディへと立て続けに打ちこまれる。

なにくそ——俺は左ジャブを返した。せっかく返したと思った瞬間、ゴングの音が届いた。

九ラウンド

空気が殺伐としてきた。インターヴァルの間も静まり返り、客席は声もなかった。誰も熱くならない。心は冷えるしかない。ファイトをみにきたのであって、リンチがみたいわけじゃない。ましてや公開処刑などみせられたくもない。失望、落胆、恐れ、あるいは俺に対する同情、いや、すでにして憐れみすらはびこっている。

負けている——それは認めざるをえなかった。ほとんど一方的な展開で負けている。つまりは滅多打ちだ。やはり滅多打ちだ。しかし、この俺が何もできずに打たれ放しになるなんて……。

まだ本当にできない。いや、本当にしなければ、もっと打たれる。もっと顔が腫れる。ノックダウンを取られる。そのままノックアウトされる。いや、大怪我をする。命まで危うくなる。

そんなのは嫌だ——それなのに次のゴングが聞こえれば、また出ていかなければならない。

出ていかなければ、負けを宣告されてしまう。ソニー・リストンのように負けを宣告されてしまう。無様な老いぼれとして、負けを宣告されてしまう。

そんなのは嫌だ——それだけは我慢ならない。俺には断じて受け入れられない。価値のない老人とみなされたが最後、あっという間に忘れ去られてしまうからだ。

誰も騒いでくれない。顔をみても、気づかない。それはモハメド・アリなどテレビのブラウン管を通してしか知らないという、一般大衆に留まる話ではない。親しくしていた連中にまで、すっかり忘れ去られてしまう。

ファイター仲間だって忘れる。マネージャーも、トレーナーも、ジムの嘱託医《しょくたく》だって忘れる。記者だの、写真家だの、現役時代には張りついて離れなかったような連中まで、綺麗に寄りつかなくなる。

この瞬間にも綿棒を口に咥《くわ》え、懸命に血止めをしてくれているアンジェロ・ダンディーだって、俺がカムバックしたからこそセコンドについてくれているのだ。

でなかったら、今だってウェルター級の新進ボクサー、レナードとかなんとかという、リングネームに「シュガー・レイ」を勝手に使うような生意気な若造につきっきりだ。俺にはひと月でもふた月でも、電話一本くれないにもかかわらずだ。

「ディン」

はじめから俺はガードを高くして出た。こうしておけば、滅多なことでは打たれない。たとえ老いても、プロのファイターだ。守りに徹してよいなら、むしろ簡単なのだ。ホームズは左ジャブを出した。厳しいのは最初の一発だけだ。ゆるくゆるくと続けざるをえないのは、力を籠めるだけ無駄になるだけだからだ。

ほら、チャンピオンだって攻められない。これだけガードを高くされれば、打ちこめるはずがない。

俺は背中にロープを感じた。いつの間にか下がっていた。下がるつもりはなかったが、ガードを固めて、ここは守ると決めたとたん、「ロープ・ア・ドープ」の癖が出てしまったのか。

このファイトは軽やかに動かなければならない。左回り、左回りで、身体が衰えた今だからこそ、いっそう励んで踊り続けなければ……。

ホームズに釘を刺された。矢のように走る左ストレートには、文字通り柱に打ちつけられる思いがした。左、左と続けられて、とっさにガードを上げなおしたが、衝撃は身体のみならず心にも刻まれていた。俺が動けないなんて……。

俺は左ストレートを出した。ボディ狙いだったが、届かない。いや、当たらないパンチに意味がないわけではない。そうした自負も、ホームズにビシビシと左のダブルを見舞われて、大きく顎を仰《の》け反《ぞ》らせる羽目になれば、もう虚しいばかりになる。俺のパンチが何になる。力の抜けた腕を振るって、どんな攻撃を組み立てられる。

コーナーに詰められていた。いつの間に下がったのか、もう赤コーナーだ。

ホームズのコーナーだなと思う間に、左ストレートが飛んできた。よけられない。きっと顔面を捕らえる。それならばと相打ち狙いで、俺は右ストレートを出したが、届かない。どうして俺のパンチだけ届かない。打てないから、一方的に打たれてしまう。

ホームズの攻撃は続いた。鋭い踏みこみから、奥まで伸びる左ストレートをダブルで出され、二発ともクリーンヒットになった。

やはり一方的に打たれる。なにもできずに滅多打ちにされる。俺は何をやっている。

ああ、そうだったと、俺は左回りを始めた。そうすればパンチは外れる。そのはずなのに、なぜだかホームズのパンチは当たる。左を顎に打ちこまれ、次の左がボディ、次の左が顔面、さらに顔面と続いた一撃が痛烈だった。

また身体が後ろに飛んで、ロープを背負わされた。フラフラと後退して、いつの間にやら青コーナーなのだ。自分のコーナーであれば、セコンドたちの声も聞こえる。

「モハメド、ボディだ。ボディを狙え」

「そうだ、そいつだ。ラリーが出てきたところに、カウンターだ」

しかし、突き刺さるのはホームズの左ストレートだ。痛感が刻まれるのは、俺の腹筋のほうなのだ。今さらな感じで左ストレートを返しても、相手の身体に触れるどころか、自分の身体が無駄に流れただけだった。

バランスを崩して、ディフェンスを取れないでいるところに、ワンツーを突き出された。ホームズのパンチは変わらず強い。急ぎガードを上げたので、次の右フックは防げたが、そこでひどく気になった。なんだか重い。グローヴが重い。腕が重い。ただ拳を構えているのが、容易ではない。

この感じ——入門して間もない頃だ。初めてのスパーリング。ファイトのＡＢＣもわからず、ただ打たれているしかなかった。なにやってる、この馬鹿、ガードくらい上げろ。そうセコンドに怒鳴られて、なんとか腕を上げようとするのだが、グローヴがひどく重たく感じられて、うまく上げることができない……。

そこまで落ちたのか、俺は——ホームズときたら、楽に、楽に、ゆるい左を出し続ける。しんどくても、だから俺はガードを下げるわけにはいかない。いつ強いパンチに変わるのか、いつ速いパンチに変わるのか、それがわからず、警戒を弛めることができない。

気づいたら青コーナーにいた。セコンドの声が聞こえる。どうして聞こえる。ファイトに集中しているときは、なにも聞こえなくなるはずなのに、どうして今夜は……。

「ボディだ、モハメド」

「今日のラリーは全くボディを打たれてない。ボディは効くぞ」

アドバイスを容《い》れて、また俺は左ストレートを伸ばしてみた。そのためにガードが下がり、ホームズの速いワンツーに打たれてしまう。

反撃しようと思うのだが、左ジャブ、左ジャブと重ねられるので、俺は次の動きを取ることができない。そのパンチはゆるくとも、次が怖くて動けない。いや、恐れるな。勇気までなくしたら、そのときこそファイターを名乗る資格がなくなる。

俺は左ストレートをボディに伸ばした。力がない。速さもない。切れもない。いくらなんでも、このパンチはない。だから、簡単に合わせられる。ガードが空いたところを、好きに狙い打たれる。ホームズが繰り出したのは、またしてものワンツーだった。

「かっ……」

と、思わず声が洩れた。効いた。生じた意識の空白に、さらに二つ衝撃が駆けた。右アッパーだ。しかもダブルだ。

俺は手で顔を押さえた。ボクシングを習い始めたばかりの子供のように、あるいは殴られた覚えもない女のように、痛いところを思わず手で押さえてしまった。

醜態だ。わかっているのに、どうすることもできない。パンチの威力に総身が痺れて、手も足も動かない。えっ、動きが止まった？　ガードも下がった？

「ギャッ」

俺は悲鳴を上げた。そのとき身体は、文字通りマットから浮き上がった。背中から胸に、それも下から上の方向に抜けて、身体を斜めに裂くような激痛が走っていた。キドニー（腎臓）だ。キドニー打ちは反則じゃないか。ラリー、おまえ、きちんと正面から叩いたのか。抗議しようと思いついたが、そんな場合ではなかった。

俺は棒立ちになっていた。まさしくサンドバッグ状態だ。左フック、左フック、また左フック、右フック、右アッパーと、ホームズは思いきりのパンチを叩きこんできた。まずい。これ以上の連打は、まずい。大袈裟《おおげさ》でなく命に係わる。

どうやったのかは、わからなかった。あるいはホームズの身体を強引に手で押したのかもしれないが、いくらか隙間ができていて、そこに俺は飛びこんだ。

いや、それくらいの気持ちで動いて、よろけながらも窮地を脱した。ああ、動いた。まだ俺は動けるじゃないか。左回り、左回りで、軽やかにステップ、ステップ……。

「ぶっ」

ホームズの左ストレートが俺の顔面を捕らえた。それも真正面の鼻先で、俺は思わず目をつぶった。馬鹿な、試合中だぞ。慌てて見開いたが、また細めざるをえなくなる。というより、激痛に顔が歪む。

ホームズの右フックが抉《えぐ》ったのは、みえもしない、備えもしていない、俺の左脇腹だった。その衝撃でキドニーに疼《うず》くままの痛みまで再び暴れた。

無意識に守ろうとしたのだろう。肘を下げれば、ガードが空いたところに、左ストレートが突き立てられる。慌てて拳を上げれば、今度はボディが空いて、そこに右フックが叩きこまれる。

　身体を斜めに肘を張れば、がら空きの左顎にチョッピングの右ストレートが打ち下ろされる。さらに左ストレート、右ストレート、左ストレート、もう滅多打ちだ。また滅多打ちだ。

　調子に乗るな──俺はロープ際から右クロスを繰り出した。ホームズの左ストレートにかぶせることはできたが、顎までは届かなかった。

　くそっ。くそっ。悔しさが腹奥にわだかまる。いや、俺はあきらめない。絶対にあきらめない。なにくそと思う気持ちは激するのに、それを形にするだけの力はなくなっている。こんな絶望ってあるのか。

　俺は左回りで、赤コーナーに動いた。まだ動ける。いや、フワフワして足の感覚が覚束ない。そこにホームズの左ストレートをもらう。右ストレートもよけられない。さらに左ジャブ、左ジャブ、そして右ストレート。右フックに背中を叩かれ、またキドニーに響いた。

　痛みに歪んだ顔に、左フック。ガードを上げれば、同じ左フックがボディに続いて、と思えば再び顔面に左フック、左フック、右フック──赤コーナーに釘付けにされたまま、また俺はサンドバッグの境涯だった。

いや、さすがのホームズも、そろそろ打ち疲れる頃か。パンチの嵐が、しばし止んだ。その隙に俺は赤コーナーを脱出した。

やはり、足がおかしい。膝がおかしい。ヨタヨタと動きながら、なんとかニュートラルコーナーまで移動したが、そうして顔を上げてみると、もうホームズがいた。また始まる。猛ラッシュが再開する。

ガードを上げろ——それしか言葉が浮かばない。ホームズはワンツー、右フック、左フック、右フック、さらに強い左フックと続けて、俺のガードを弾いて捨てた。

パンチが来る。効いた。頭が白くなったところに右フック、左ストレート、右アッパー。背中にロープの感触がある。俺はパンチの衝撃で後ろに飛ばされたのだろうか。

ホームズはボディにワンツー、そして右アッパーと繰り出すと、ゆるい左、ゆるい左、ゆるい左と続けて、少しペースを落とした。攻撃を躊躇しているようにもみえる。

俺は朦朧《もうろう》たる意識のなかから、ハッとしてリングに戻った。情をかけているのか。打たれ放しの俺を哀れとでも思うのか。なめるな、ラリー、この若造が。

俺は右ストレートを伸ばした。拳に感触がある。当たった。どうだ。

「ぶっ」

ホームズの左ストレートを、正面からもらった。俺も左を返したが、その頃には奴はスッと後ろに引いていた。

もうひとつ左を出すと、合わせた左フックが飛んでくる。いや、ひとつじゃない。右フックが来る。左フックが来る。右を向き、左を向き、とさせられた顔面を、また左ストレートが正面から痛打する。

俺は左ジャブを出した。ニュートラルコーナーに詰められたまま、まだ逃れられたわけではなかった。

ああ、足を使わなければと思う間に、ホームズの左ストレートに顎を打たれる。なけなしの左を返しても、俺のパンチは力なく泳ぐばかりだ。それに強い右ストレートを合わせられて、また顎の骨を軋ませるだけなのだ。

「ぐはっ」

呻きながら、俺は悟った。ラリーは決める気だ。左ストレート、右ストレート、ワンツー、ボディに左ストレート、顔面に左フック、ボディに右フック、もうひとつ右フック、顔面に左ストレート、さらに右ストレート、もうひとつ右ストレート。それにしても、どうして俺は打たれるままにしているのだ。

なにくそ――俺はワンツーを出した。弱い。我ながら、弱い。これでは蝿《はえ》も叩けない。それでもホームズは堅実にガードを上げた。その構えから直に拳が滑り出るような左ジャブで、また顎を浮かせられたところで、「ディン」とゴングの音が届いた。

俺は拳でホームズの腕を叩いた。やるじゃないか、ラリー。

そうして別れて、我ながら無様な虚勢そのものだったと思い知る。それでも、だ。せめて格好つけられないでは、ほんの数歩先にあるコーナーにさえ、なかなか帰るに帰れなかった。

十ラウンド

頬が熱を持っていることがわかった。身体が冷たいままなので、はっきりと感じられる。もう腫れ上がっている。目がみえない。いや、みえているが、その世界が歪む。ゆらゆら身体も揺れている。あるいは耳の後ろを叩かれて、三半規管がおかしくなっているのか。いずれにせよ、ダメージは大きい。覚えがないほど、大きい。ああ、ラリー、おまえ、ひどいぞ。フレージャーだって、フォアマンだって、こうまで俺を痛めつけやしなかった。

アンジェロが声を張り上げていた。

「だから、いいな、モハメド」

「なに」

「もう一ラウンドだけだ。それで駄目なら、もう試合をストップする。いいな」

ゴングが鳴った。俺は出ていった。変わらず足元が覚束ないが、なんとかリングに出たようだ。少しだけ助かったと思うのは、レフェリーが間に入り、ホームズの胸板を押し返したからだ。

コーナーに戻るや、セコンドがホームズの眉の上のあたりを指で拭った。ああ、ラリーはワセリンのつけすぎを注意されたのだ。はん、臆病者め。俺のパンチを恐れるあまり、自分のチャンスを失ったな。

笑っていられるのも、そこまでだった。ホームズは端から問答無用の連打だった。左ストレート二発、さらに三発、さらに三発、そんなに都合よく当たるかよとガードで受けたが、次の左ストレートをもらった。ゆるい左を上下に続けられてから、ようやく気づいた。ニュートラルコーナーだ。もう追い詰められた。で、一体この俺は何をやっている。

「…………！」

ボンヤリしていた。他人事みたいにパンチを眺めて、まだ意識は虚《うつ》ろなままだ。馬鹿な、試合中だぞ。ほら、ホームズの左ストレートが飛んでくる。一発、二発と厳しいパンチが続く。ゆるい左が二つ、ゆるい左がさらに二つ、だから今こそ動かなければならない。

俺は脱出にかかった。足が勝手に左回りを始め、身体のほうは必要な動きを忘れていないようだった。よかった。キャリアを積んでいてよかった。でなかったら、今もコーナーに詰められたままだ。滅多打ちにされている頃だ。

いや、もうホームズは正面にいた。上、下、上と続けた左ジャブが速かった。

もらった。もらったんだろう。気がつけば、今度は赤コーナーにいた。どうしてだ。足が勝手に動いたのか。俺の身体が、いつの間にか移動して、まだ足には来ていないということか。

「ぐっ」

低い左にボディを打たれた。ちょんちょんとガードの上を軽く叩かれて、あっと思ったときには、顔面に左ストレートが食いこんでいた。

強い。次の左ストレートは深い。ダブルで、もうひとつ深く来る。それから右ストレート。右アッパーのダブルは二発とも強い。さらに左ストレート、もうひとつ左ストレート。

俺はガードを高くした。なにもできなくなったわけじゃない。なにもわからなくなんてなっていない。自分が殴られたことくらいわかる。自分が立っているのか、座っているのか、それさえわからない人間がいるものか。

俺は喋《しゃべ》り方がおかしくなんてなっていない。くそったれ、ぶっ殺してやる、クソ野郎というような汚い罵りばっかりだ。あいつは流暢《りゅうちょう》に喋れなくなった。そういって馬鹿にする奴がいるが、それは心に思ったことを、そのまま口に出さなくなっただけなのだ。

指先がいつも震えてなんかいない。ものを落としてしまうのも、方向を見失ってしまうのも、あっけなく転んでしまうのも、たまたまの話だったにすぎない。

俺は自分がわからなくなんてなっていない。脳味噌が傷ついてなんかいやしない。俺はパンチドランカーなんかじゃない。ああ、そんな風に笑われてしまうから、ファイターたるもの、引退なんかするもんじゃない。

俺はまだ赤コーナーにいた。ホームズは左ストレートを顔面に二発、ボディに二発。パンチを右ストレートに替えて、俺の左頰を打ち抜き、いったん満足したのだろうか。

ホームズは力を抜いて、ゆるい左ジャブを三つ続けた。四つ、五つと続くだろうから、今だ。

俺は動いた。足が動いた。ああ、身体は信じられる。きちんとニュートラルコーナーに運んでくれる。

無論ホームズは、すぐ追いついてくる。左ストレートが強い。スッと抜け落ちようとする意識を、俺は強引に引き戻す。もうひとつ左ストレートが飛んできて――なめるな。俺は左ストレートを合わせた。どうだ。

ホームズは左フックを振るってきた。俺のパンチが当たったはずだ。少しも効かなかったというのか。

ゆるい左が続いた。と思うや、強い左が来た。衝撃が俺の総身を振動させる。ゆるい左、強い左、また芯から俺を危うくする。グラグラ、グラグラ、この世界まで揺れ始めて、それなのに一瞬にして全ての動きを封じてしまう。

速くて強い左ストレート――俺はダッキングの動きをしたようだった。これでいい。

俺は左回りでニュートラルコーナーを脱出した。ほら、できた。まだ、できる。仮に意識が覚束なくても、身体が勝手に動く分には戦える。

ホームズの左ジャブ、左ジャブもガードで受けた。右フックをボディに入れられたが、次の左はもらわず、逆に左を返してやる。当たらない。が、これでリズムが出ればよい。左回り、左回りで、俺は青コーナーに移動した。ほら、足は動く。動こうという意識と連動するようになって、ああ、そうか、そろそろダメージが回復する頃か。

ホームズは大攻勢をかけてきた。左ストレートの二連打から、ボディにワンツー、顔面にワンツー、さらにワンツースリー。

俺はガードを高くしたまま、さらに赤コーナーまで移動した。ここは凌《しの》げ。ダメージさえ完全に回復すれば……。

あれ、と俺は違和感を覚えた。おかしい。動こうという意識はあるのに、今度は足がついてこない。スッスッスッと横に流れたつもりなのに、そのイメージ通りには身体がリングを回れていない。

それが証拠にホームズは正面に居続けた。ゆるい左、ゆるい左、ゆるい左と続けて、その直後にガツンと来る。ボディに左ストレートだ。ガードできなかった。

さらに左ジャブ、左ジャブ、あとの左ストレートが顔面に来た。やっぱり来たかと思うのだが、よけられない。ちょんちょん左で突かれて、左フック、右フックと出されれば、左に右にと顎を振らされ、俺はといえば、ただ打たれるばかりなのだ。

ホームズは今度は左ストレートだ。みえているのに、よけられない。また左ストレートだ。軌道まですっかり把握しているのに、どうしてもらってしまうのか。さらに左ストレートが続く。もうひとつ左ストレートが重なる。

同じパンチなのに、ことごとくもらってしまう。パンチが眼前で消えてなくなる、ふっと消えて、どこにいったかわからなくなるからである。

あれと思う頃には重たい痛感として、俺の顎を厳しく打ち据えている。左フック、右ストレート、殴られ続けるうちに、気がつけば青コーナーである。

俺は左を返した。いや、返したつもりだったが、本当にパンチは出たのか。

ホームズは表情ひとつ変えていない。ひとつ左ジャブを捨てて、それから左右のワンツー、左右のワンツーと四連打を決める。それで満足することなく、右ストレート、左ストレート、左ストレート、ワンツー——やはり滅多打ちだ。

よけられないなら、ああ、クリンチだと思いつく。俺は腕を伸ばしたが、ホームズの右ストレートに顔面ごと突き放される。

なんて強烈なパンチだ。フラフラとロープまで後退し、その弾力に跳ね返されたところを、またぞろ速いワンツーに迎えられる。

なにくそ、と俺は左を返した。虚しく空を切るだけになりながら、ふと考えてみた。この試合で俺は全体いくつの左を出したのだろうか。十発か。二十発か。ましてや右のパンチとなると、ひとつとして繰り出した記憶がないのだが……。

「ディン、ディンディン」

ガードの奥から見上げると、ホームズはマウスピースを口から半出しに、こちらを見下ろしていた。泣くような、蔑《さげす》むような表情を浮かべると、肩を竦めて自分のコーナーに戻っていく。ラリー、おまえ、哀れだといいたいのか。この俺様のことを、なんて哀れな老いぼれなんだと。

十一ラウンド

頭の上が騒がしかった。暗くもあって、そうか、俺は椅子に座っている。コーナーにいて、エプロンサイドに立っているセコンドたちが、左右から身を乗り出している。

えっ、どうした。俺は眠ってしまったのか。いや、意識をなくしたのか。

「レフェリーを呼ぶぞ」

「なあ、アンジェロ、もう一ラウンドだけだ」

「うるさい、バンディーニ。いいな、モハメド、試合を止めるぞ」

アンジェロは確かめてきた。俺の返事を待つことなく、もう背後に伝えていた。

「レフェリー、試合を止めてくれ。棄権する」

「だから、待ってくれよ、アンジェロ」

いいながらブラウンは、アンジェロの白いセーターを引っ張っていた。

「なあ、モハメド、おまえからもいってくれ。まだ続けるといってくれ。こんな風に負けるだなんて、とてもじゃないが堪えられない……」

「どうするんだね」

レフェリーが俺たちのコーナーを覗きこんだ。リチャード・グリーンは短気者で、すぐ怒鳴りつけるような男だったが、このレフェリーが試合中はいるのかいないのかさえわからないほどだった。

そういえば、ほとんどクリンチをしていない。ホームズはする必要がなかったし、俺はその得意技を思い出すことができなかった。ああ、もっとクリンチを使うべきだった。なにしろ俺は、あれだけ滅多打ちにされたのだから。

ブラウンが答えていた。

「やるよ、リチャード、やるに決まっている。モハメド・アリが負けるわけがない。だって、モハメド・アリは……」

「いいから、試合を止めろ。チーフセコンドは私だ。その私がストップといったんだ」

アンジェロが声を張り上げていた。そこで気づいた。二人が声を張り上げていたのは、このファイトのことか。俺が棄権するというのか。

気づいたから、どうするわけでもない。なにをする気も起こらない。

レフェリーが両手を交差させた。ゴングが何度も打ち鳴らされた。駐車場に特設されたリングの空には、花火まで打ち上げられていた。

十ラウンドTKO――負けた。

これまでも判定で負けたことはあったが、KOで退けられたのは初めてだ。いや、そのこと以上に、これほど無様に負けたことはない。接戦でなく、善戦でなく、一方的な展開で負けたのだ。

なにひとつできず、ただ恥をかくためにリングに上がったようなものだ。いや、それ以下だ。あれじゃあファイトなんかじゃなく、ただの公開処刑じゃないか。このモハメド・アリともあろう男が……。

ホームズが訪ねてきたのは、ホテルの部屋に引き揚げてからだった。

招いても中には入らず、ドア口のところで俺に話しかけた。

「あんたは今でもグレーテストさ。あんたのことは好きなんだ。なあ、モハメド、本当に」

「好きなのに、殴るのかよ」

「………」

「なあ、ラリー、おまえは好きなのに殴るのか」

「済まない、モハメド、けど……」

後の言葉がみつからなかったらしい。暗い部屋に射しこんでいた廊下からの光の帯が、だんだんと細くなった。ゆっくりとドアを閉じて、それきりホームズは去ろうとしていた。

「なあ、ラリー」

と、俺は声をかけた。閉じようとしていたドアが止まった。そこにいるのは、俺を負かした男だ。自分のほうが強いのだと、これでもかと天下に証を立てた男だ。しかし、それはスパーリングパートナーだった男でもある。つまりは俺がファイトを教えた男だ。

それは俺の跡を継いで然《しか》るべき男だともいえる。ああ、チャンピオンになるに相応《ふさわ》しい。ああ、一時代を築けるだろう。誰より偉大だと胸を張る資格がある。なにしろ、この俺を倒して――いや、許せない。譲れない。やっぱり認めることができない。

悔しさがこみあげてきた。ものわかりよさげに達観するなど、到底できそうにない。ああ、悔しい。まだ俺は死んじゃいない。どんなに身体が老いさらばえても、心まで息絶えてしまっているわけではない。

「また来るぜ《アイル・ビー・バック》」

ああ、きっと戻る《アイル・リターン》。そう告げても、ホームズは返事をしなかった。ただ光の帯だけが細くなり、終《つい》には絶えた。そのドアは音もなく閉じられたようだった。

解説

角田光代

モハメド・アリを描いた小説『ファイト』の、その構成にまず驚いた。実際にアリが行った試合のうち四つが章立てになっている。第一章は一九六四年に行われた、ソニー・リストンとのヘビー級世界タイトルマッチだ。

試合前、勝利はないと見なされながらも、徹底的に相手を挑発し、侮辱し、八ラウンドKO勝利を予告していたアリがリングに上がり、第一ラウンド開始のゴングが鳴り響く。アップテンポのリズムを刻むような文体で、試合展開が描かれる。パンチの種類、防御テクニックについてほとんど説明がなされないにもかかわらず、いや、説明がないからこそ、止まらない動きが文章から立ち上がってくる。アリの試合を実際に見たことがなくても、華麗な脚捌きやそのリズム、高速の左ジャブが見えてくる。ラウンドが進むごとに温度の上がる熱狂が伝わってくる。

第二試合は七一年のジョー・フレージャー戦。六七年からの約三年間、ベトナム戦争への徴兵拒否のため有罪判決を受け、チャンピオンは剝奪、ライセンスも取り上げられた。その間のことを、小説はこの第二試合で触れる。……といった具合に、小説が描き出すのはあくまで試合であり、動きである。アリの思想、信念、世界観、家族、など、試合外のことには重点が置かれていない。それがこの小説のユニークな点だ。私はよくボクシング観戦にいくのだが、応援する選手のプロフィールや戦績は把握していても、その選手の内面については知らない。インタヴューで答えていることだって、本音かどうかわからない。それでも、試合のさなかにちらりと見えることがある。思想や信念といった大義名分ではない、本人ですら気づかないような負けん気ややさしさ、繊細さや人間離れした芯の強さが、激しい動作の隙間にどうしようもなく見えてしまうことがある。この小説はそんなふうにアリを描く。実際に彼が放った膨大な言葉や行いから、自伝的に描くのではなくて、闘うアリが、その華麗なボクシングから何を観客に見せたのかを描く。

その闘いぶりから立ちあらわれるいちばん大きなものは怒りだ。アリにとっての闘いは、勝敗であるとともに、差別や偏見、無理解との闘いだった。だから負けるわけにはいかなかった。たたみかけるような演説調の挑発も、ビッグマウスも、そのまま彼の背負うものの大きさに比例する。けれどそれよりさらに先までを、この小説は見せるような気がする。

第三試合（第三章）のある一瞬、ボクサーにしか見えない刹那が描かれている。怒りをも、背負うものをも超越した刹那だ。でも、読む者ほどにはアリはその刹那に心を震わせてはいない。もっと先を欲しているからだ。そんなふうに私には見えた。もっと先――そこにあるのは、完璧な肉体ではないか。傷つかず、疲れず、老いず、朽ちない肉体。彼の神ほど絶対的に、そんな完全無欠な肉体で闘う瞬間は存在する、とアリは信じていたのではないか。自分こそはその瞬間を、幾度も幾度も、永遠かと思えるほど幾度も、つかまえられるはずだ、と。四つの試合から、私が見てとったのはそのことだった。だから、かつてのスパーリング相手と闘う最終章はかなしかった。けれども、怪我からも老いからも逃れられないその体には、それこそ永遠に、完璧な瞬間が幾つも残っているはずだと、私も信じていることに気づくのだ。

（かくた・みつよ　作家）

＊『文藝春秋』（二〇一七年八月号）
「直木賞作家が描いた、モハメド・アリの本質が見える4つの試合」より再録

『ファイト』二〇一七年五月　中央公論新社刊

中公文庫

ファイト

2020年6月25日　初版発行

著　者　佐《さ》藤《とう》賢《けん》一《いち》

発行者　松田陽三

発行所　中央公論新社
〒100-8152　東京都千代田区大手町1-7-1
電話　販売 03-5299-1730　編集 03-5299-1890
URL http://www.chuko.co.jp/

DTP　嵐下英治
印　刷　三晃印刷
製　本　小泉製本

Published by CHUOKORON-SHINSHA, INC.
Printed in Japan　ISBN978-4-12-206897-1 C1193

中公文庫既刊より

各書目の下段の数字はISBNコードです。978－4－12が省略してあります。

さ-49-1
カエサルを撃て
佐藤賢一

紀元前52年、混沌のガリアを纏め上げた若き王ウェルキンゲトリクス。この美しくも凶暴な男が、ローマの英雄カエサルに牙を剝く大活劇小説。〈解説〉樺山紘一

204360-2

さ-49-2
剣闘士スパルタクス
佐藤賢一

紀元前73年。自由を求めて花形剣闘士スパルタクスは起った。その行く手には世界最強ローマ軍が立ちはだかる!! 叛乱の英雄の活躍と苦悩を描く歴史大活劇。〈解説〉池上冬樹

204852-2

さ-49-3
ハンニバル戦争
佐藤賢一

時は紀元前三世紀。広大な版図を誇ったローマ帝国の歴史の中で、史上最大の敵とされた男がいた。古代地中海を舞台とした壮大な物語が、今、幕を開ける！

206678-6

か-61-2
夜をゆく飛行機
角田光代

谷島酒店の四女里々子には「ぴょん吉」と名付けた弟がいて……うとましいけれど憎めない、古ぼけてるから懐かしい家族の日々を温かに描く長篇小説。

205146-1

か-61-3
八日目の蟬《せみ》
角田光代

逃げて、逃げて、逃げのびたら、私はあなたの母になれるだろうか……。心ゆさぶるラストまで息もつがせぬ傑作長編。第二回中央公論文芸賞受賞作。〈解説〉池澤夏樹

205425-7

か-61-4
月と雷
角田光代

幼い頃暮らしをともにした見知らぬ女と男の子。再び現れたふたりを前に、泰子の今のしあわせが揺らいで……偶然がもたらす人生の変転を描く長編小説。

206120-0

あ-88-1
幕末疾風伝
天野純希

時は幕末。男は攘夷だ勤皇だ佐幕だと意識の高い周囲に疲れ、酒浸りの日々を送っていたが、ある人物との出会いが彼の運命を変える！〈解説〉佐藤賢一

206646-5

お-87-1
アリゾナ無宿
逢坂 剛
時は一八七五年。合衆国アリゾナ。身寄りのない一六歳の少女は、凄腕の賞金稼ぎ、謎のサムライと賞金稼ぎのチームを組むことに⁉〈解説〉堂場瞬一
206329-7

お-87-2
逆襲の地平線
逢坂 剛
〝賞金稼ぎ〟の三人組に舞い込んだ依頼。それは十年前にコマンチ族にさらわれた娘を奪還してほしいというものだった……。〈解説〉川本三郎
206330-3

お-87-3
果てしなき追跡（上）
逢坂 剛
土方歳三は箱館で銃弾に斃れた——はずだった。一命を取り留めた土方は密航船で米国へ。友を、そして記憶を失ったサムライは果たしてどこへ向かうのか？
206779-0

お-87-4
果てしなき追跡（下）
逢坂 剛
西部の大地で離別した土方とゆら。人の命が銃弾一発より軽いこの地で、二人は生きて巡り会うことができるのか？ 巻末に逢坂剛×月村了衛対談を掲載。
206780-6

カ-6-1
塩の世界史（上） 歴史を動かした小さな粒
M・カーランスキー
山本光伸 訳
人類は何千年もの間、塩を渇望し、戦い、求めてきた。古代の製塩技術、各国の保存食、戦時の貿易封鎖とともに発達した製塩業……壮大かつ詳細な塩の世界史。
205949-8

カ-6-2
塩の世界史（下） 歴史を動かした小さな粒
M・カーランスキー
山本光伸 訳
悪名高き塩税、ガンディー塩の行進、製塩業の衰退と伝統的職人芸の復活。塩からい風味にユーモアをそえておくる、米国でベストセラーとなった塩の世界史。
205950-4

か-80-1
兵器と戦術の世界史
金子常規
古今東西の陸上戦の勝敗を決めた「兵器と戦術」の役割と発展を、豊富な図解・注解と詳細なデータにより検証する名著を初文庫化。〈解説〉惠谷 治
205857-6

コ-7-1
若い読者のための世界史（上） 原始から現代まで
E・H・ゴンブリッチ
中山典夫 訳
歴史は「昔、むかし」あった物語である。さあ、いまからその昔話をはじめよう——若き美術史家ゴンブリッチが、やさしく語りかける、物語としての世界史。
205635-0

各書目の下段の数字はISBNコードです。978－4－12が省略してあります。

コ-7-2
若い読者のための世界史（下）原始から現代まで
E・H・ゴンブリッチ
中山典夫訳
私たちが知るのはただ、歴史の川の流れが未知の海へ向かって流れていることである――美術史家が若い世代に手渡す、いきいきと躍動する物語としての世界史。
205636-7

タ-7-1
愚行の世界史（上）トロイアからベトナムまで
B・W・タックマン
大社淑子訳
国王や政治家たちは、なぜ国民の利益と反する政策を推し進めてしまうのか。世界史上に名高い四つの事件を詳述し、失政の原因とメカニズムを探る。
205245-1

タ-7-2
愚行の世界史（下）トロイアからベトナムまで
B・W・タックマン
大社淑子訳
歴史家タックマンが俎上にのせたのは、ルネサンス期教皇庁の堕落、アメリカ合衆国独立を招いた英国議会の奢り。そして最後にベトナム戦争をとりあげる。
205246-8

マ-10-1
疫病と世界史（上）
W・H・マクニール
佐々木昭夫訳
疫病は世界の文明の興亡にどのような影響を与えてきたのか。紀元前五〇〇年から紀元一二〇〇年まで、人類の歴史を大きく動かした感染症の流行を見る。
204954-3

マ-10-2
疫病と世界史（下）
W・H・マクニール
佐々木昭夫訳
これまで歴史家が着目してこなかった「疫病」に焦点をあて、独自の史観で古代から現代までの歴史を見直す好著。紀元一二〇〇年以降の疫病と世界史。
204955-0

マ-10-3
世界史（上）
W・H・マクニール
増田義郎
佐々木昭夫訳
世界の各地域を平等な目で眺め、相関関係を分析しながら歴史の歩みを独自の史観で描き出した、定評ある世界史。ユーラシアの文明誕生から紀元一五〇〇年までを彩る四大文明と周縁部。
204966-6

マ-10-4
世界史（下）
W・H・マクニール
増田義郎
佐々木昭夫訳
俯瞰的な視座から世界の文明の流れをコンパクトにまとめ、歴史のダイナミズムを描き出した名著。西欧文明の興隆と変貌から、地球規模でのコスモポリタニズムまで。
204967-3

マ-10-5
戦争の世界史（上）技術と軍隊と社会
W・H・マクニール
高橋均訳
軍事技術は人間社会にどのような影響を及ぼしてきたのか。大家が長年あたためてきた野心作。上巻は古代文明から仏革命と英産業革命が及ぼした影響まで。
205897-2

マ-10-6
戦争の世界史（下）技術と軍隊と社会
W・H・マクニール
高橋均訳
軍事技術の発展はやがて制御しきれない破壊力を生み、人類は怯えながら軍備を競う。下巻は戦争の産業化から冷戦時代、現代の難局と未来を予測する結論まで。
205898-9

も-33-1
馬の世界史
本村凌二
人が馬を乗りこなさなかったら、歴史はもっと緩やかに流れていただろう。馬と人間、馬と文明の関わりから「世界史」を捉え直す。JRA賞馬事文化賞受賞作。
205872-9

S-22-1
世界の歴史1 人類の起原と古代オリエント
大貫良夫／前川和也
渡辺和子／屋形禎亮
人類という生物の起原はどこにあるのか。文明はいかに生まれ発展したのか。メソポタミアやアッシリア、エジプトなど各地の遺跡や発掘資料から人類史の謎に迫る。
205145-4

S-22-2
世界の歴史2 中華文明の誕生
尾形勇
平勢隆郎
古代史書を繙き直す試みが中国史を根底から覆す。甲骨文から始皇帝、項羽と劉邦、三国志の英傑まで、沸騰する中華文明の創世記を史料にもとづき活写。
205185-0

S-22-3
世界の歴史3 古代インドの文明と社会
山崎元一
ヒンドゥー教とカースト制度を重要な要素とするインド亜大陸。多様性と一貫性を内包した、インド文化圏の成り立ちを詳説する。
205170-6

S-22-4
世界の歴史4 オリエント世界の発展
小川英雄
山本由美子
ユダヤ教が拡がるイスラエル、日本まで伝播したペルシア文明、芸術の華開くヘレニズム世界。各王朝の盛衰を、考古学の成果をもとに活写する。
205253-6

S-22-5
世界の歴史5 ギリシアとローマ
桜井万里子
本村凌二
オリエントの辺境から出発し、ポリス民主政を成立させたギリシア、地中海の覇者となったローマ。人類の偉大な古典となった文明の盛衰。
205312-0

S-22-6
世界の歴史6 隋唐帝国と古代朝鮮
礪波護
武田幸男
古代日本に大きな影響を与えた隋唐時代の中国、そして古代朝鮮の動向と宗教・文化の流れを描き、密接にかかわりあう東アジア世界を新たに捉え直す。
205000-6

各書目の下段の数字はISBNコードです。978-4-12が省略してあります。

S-22-7
世界の歴史7 宋と中央ユーラシア
伊原弘
梅村坦
宋代社会では華麗な都市文化が花開き、中央アジアの大草原では、後にモンゴルに発展する巨大なエネルギーが育まれていた。異質な文明が交錯した世界を活写。
204997-0

S-22-8
世界の歴史8 イスラーム世界の興隆
佐藤次高
ムハンマドにはじまるイスラームは、瞬く間にアジア、地中海世界を席捲した。様々な民族を受容して繁栄する王朝、活発な商業活動、華麗な都市文化を描く。
205079-2

S-22-9
世界の歴史9 大モンゴルの時代
杉山正明
北川誠一
ユーラシアの東西を席捲した史上最大・最強の大帝国モンゴルの、たぐいまれな統治システム、柔軟な経済政策などの知られざる実像を生き生きと描き出す。
205044-0

S-22-10
世界の歴史10 西ヨーロッパ世界の形成
佐藤彰一
池上俊一
ヨーロッパ社会が形成された中世は暗黒時代ではなかった。民族大移動、権威をたかめるキリスト教、そして十字軍遠征、百年戦争と、千年の歴史を活写。
205098-3

S-22-11
世界の歴史11 ビザンツとスラヴ
井上浩一
栗生沢猛夫
ビザンツ帝国が千年の歴史を刻むことができたのはなぜか。東欧とロシアにおけるスラヴ民族の歩みと、紛争のもととなる複雑な地域性はどう形成されたのか。
205157-7

S-22-12
世界の歴史12 明清と李朝の時代
岸本美緒
宮嶋博史
大帝国明と、それにとってかわった清。そして、朝鮮半島は李朝の時代をむかえる。「家」を主体にした近世の社会は、西洋との軋轢の中きしみ始める。
205054-9

S-22-13
世界の歴史13 東南アジアの伝統と発展
石澤良昭
生田滋
古来西洋と東洋の交易の中継地として、特色豊かな数々の文化を発展させた東南アジア諸国。先史時代から二十世紀までの歴史を豊富な図版とともに詳説。
205221-5

S-22-14
世界の歴史14 ムガル帝国から英領インドへ
佐藤正哲
中里成章
水島司
ヒンドゥーとムスリムの相克と融和を課題とした諸王朝の盛衰や、イギリスの進出、植民地政策下での葛藤など、激動のインドを臨場感豊かに描き出す。
205126-3

S-22-15
世界の歴史15
成熟のイスラーム社会
永田雄三
羽田正
十六、七世紀、世界の人々が行き交うイスタンブルとイスファハーンの繁栄。イスラーム世界に花咲いたオスマン帝国とイラン高原サファヴィー朝の全貌を示す。
205030-3

S-22-16
世界の歴史16
ルネサンスと地中海
樺山紘一
地中海から大西洋へ――二つの海をめぐって光と影が複雑に交錯する。ルネサンスと大航海、燦然と輝いた時代を彩る多様な人物と歴史を活写する。
204968-0

S-22-17
世界の歴史17
ヨーロッパ近世の開花
長谷川輝夫
大久保桂子
土肥恒之
宗教改革と三十年戦争の嵐が吹き荒れたヨーロッパ、そしてロシア。輝ける啓蒙文化を背景に、大国へと変貌してゆく各国の興隆を、鮮やかに描きだす。
205115-7

S-22-18
世界の歴史18
ラテンアメリカ文明の興亡
高橋均
網野徹哉
インカの神話的社会がスペイン人と遭遇し、交錯する文化と血が、独立と自由を激しく求めて現代へと至る。蠱惑の大陸、ラテンアメリカ一万年の歴史。
205237-6

S-22-19
世界の歴史19
中華帝国の危機
並木頼寿
井上裕正
香港はいかにして植民地となったのか。十九世紀、アヘン戦争前後から列強の覇権競争と国内動乱に直面しながら「近代」を探った「中華帝国」の人々の苦闘の歩み。
205102-7

S-22-20
世界の歴史20
近代イスラームの挑戦
山内昌之
十九世紀、西欧の帝国主義により、イスラーム世界は危機に陥る。明治維新とも無縁ではない改革運動と近代化への挑戦の道を、現代の民族問題と繋げて捉える。
204982-6

S-22-21
世界の歴史21
アメリカとフランスの革命
五十嵐武士
福井憲彦
世界に衝撃をあたえ、近代市民社会のゆく手を切り拓いた二つの革命は、どのように完遂されたのか。思想の推移、社会の激変、ゆれ動く民衆の姿を、新たな視点から克明に描写。
205019-8

S-22-22
世界の歴史22
近代ヨーロッパの情熱と苦悩
谷川稔／北原敦
鈴木健夫／村岡健次
流血の政治革命、国家統一の歓喜、陶酔をもたらす帝国主義、そして急速な工業化。自由主義の惑いのなか、十九世紀西欧が辿った輝ける近代化の光と闇。
205129-4

各書目の下段の数字はISBNコードです。978－4－12が省略してあります。

S-22-23
世界の歴史23
アメリカ合衆国の膨張
紀平英作
亀井俊介
南北戦争終結後、世界第一の工業国へと変貌した合衆国。政党政治の成熟、ダイナミックな文化の発展を経て、第一次世界大戦に至るまでを活写する。
205067-9

S-22-24
世界の歴史24
アフリカの民族と社会
福井勝義
赤阪賢
大塚和夫
三十六億年の歴史と、人類誕生の謎を秘めたアフリカ。人類学の成果を得て、躍動する大陸の先史時代から暗黒の時代を経た現在までを詳述する。
205289-5

S-22-25
世界の歴史25
アジアと欧米世界
加藤祐三
川北稔
人間の限りない欲望を背景にして人、物、金が世界を巡り、アジアと欧米は一つの世界システムを構成していく。海洋を舞台に、近代世界の転換期を描く。
205305-2

S-22-26
世界の歴史26
世界大戦と現代文化の開幕
木村靖二
柴宜弘
長沼秀世
世界恐慌の発信地アメリカ、ヒットラーが政権を握ったドイツ、スターリン率いるソ連を中心に、第二次世界大戦前の混迷する世界を描く。
205194-2

S-22-27
世界の歴史27
自立へ向かうアジア
狭間直樹
長崎暢子
反乱、革命、独立への叫び。帝国主義列強の軛から逃れ、二度の世界大戦を経て新しい国づくりに向かうアジアの夜明けを、中国、インドを中心に綴る。
205205-5

S-22-28
世界の歴史28
第二次世界大戦から米ソ対立へ
油井大三郎
古田元夫
第二次世界大戦の勃発、原爆投下、植民地独立、冷戦時代の幕開け、ベトナム戦争に介入したアメリカの敗北――激しく揺れ動く現代史の意味を問う。
205276-5

S-22-29
世界の歴史29
冷戦と経済繁栄
猪木武徳
高橋進
二十世紀後半、経済的繁栄の一方、資本主義と共産主義の対立、人口増加や環境破壊など、かつてない問題が生まれていた。冷戦の始まりからドイツ統一まで。
205324-3

S-22-30
世界の歴史30
新世紀の世界と日本
下斗米伸夫
北岡伸一
グローバリズムの潮流と紛争の続く地域問題の間で、新世紀はどこへ向かうのか？　核削減や軍縮・環境問題・情報化などの課題も踏まえ、現代の新たな指標を探る。
205334-2